Christine François-Kirsch

Une illusion
parfaite

Roman

A Richard

A Marius

Merci à Orianne O. pour la photo de couverture

« Tout existe pour aboutir à un livre »

Stéphane Mallarmé

« Une femme libre est exactement le contraire d'une femme
légère. »

Simone de Beauvoir

Un roman a toujours un peu à voir avec le réel. Les personnages de ce livre sortent de ma seule imagination. Toute ressemblance avec des personnes existant ou ayant existé est vraisemblable, mais ça n'est pas la réalité.

1

Je sonnai. Quelques secondes passèrent. J'entendis le petit bruit reconnaissable de l'ouverture de la porte. Je montai la quinzaine de marches. Je me présentai à l'accueil.

Je patientai un moment, un petit quart d'heure, en feuilletant un vieux magazine de voyage, avant d'être reçue pour ce rendez-vous sans réelle importance. J'y allais seule, alors qu'habituellement, mon mari et ma fille m'accompagnaient. C'était normal que je me rende chez la pédiatre de ma fille avec ma fille. Là, je n'avais que quelques questions à poser, simplement. J'étais plutôt en forme, bronzée, lumineuse. Voilà ce que j'entendrais plus tard d'ailleurs. Lumineuse. Je relevai les yeux au son des talons, un pas rapide, nerveux, sec. Je vis un large sourire, un regard profond, véritablement intense. Une poignée de main ferme, qui cependant m'enroba. Cette chevelure brune, ondulée sur les pointes, dégageait un parfum inconnu, surprenant. Nouveau. Saisissant.

Quelque chose clochait, quelque chose d'inhabituel.
— Venez !
Je suivis donc la pédiatre de ma fille dans ce bureau assez sombre, austère. Je jetai un coup d'œil sur la croix du

Christ fixée au-dessus de la cheminée et j'observai la très sérieuse pédiatre s'asseoir face à moi, dans son large fauteuil de patron. Je ne voyais ni table d'auscultation, ni jeu ni jouet.

Elle me regardait. Je la fixais. Aucune parole ne fut prononcée. Elle se leva, toujours silencieuse. Passa derrière moi. Ferma à clé la porte principale du bureau. Les talons claquaient moins, elle glissait presque sur le sol parqueté.

Je sentais très précisément son parfum, que je ne parvenais pas à identifier. Sucré, presque vanillé. Sûrement un parfum français.

Elle alla également fermer une deuxième porte, celle qui menait aux coulisses du cabinet. Puis, elle revint s'asseoir sur son fauteuil en cuir noir. Posa ses bras sur les accoudoirs. Et bascula lentement sa tête en arrière, comme alanguie.

Cette scène dura un long moment, comme un semblant d'éternité.

Son attitude sensuelle, ses yeux fermés, ses longs cheveux reposant sur le haut du fauteuil, sa respiration calme malgré la poitrine que je voyais se soulever : tout n'était qu'invitation retenue. Tout n'était qu'appel à l'étreinte interdite.

Enfin, j'osai me lever ; je contournai le large bureau, moi aussi avec lenteur. Sans le moindre mot. Je scrutai à nouveau la croix au-dessus de la cheminée. Je fermai un instant les yeux. Calmai ma respiration. J'étais moins grande qu'elle. Ses mains paraissaient presque petites comparées à sa taille. Pourtant, malgré les 10 centimètres qu'elle avait de plus que moi, je la dominais. C'est moi qui menais la danse à présent. Je saisis les deux accoudoirs pour tourner le fauteuil vers moi et je lui dis d'une voix autoritaire :

— Ouvrez les yeux, docteur, regardez-moi.
Nous nous fixâmes, plusieurs secondes. On dit que le silence après Mozart, c'est encore du Mozart. Là, le silence avant l'amour, c'était déjà de l'amour.

Nos respirations se faisaient écho. J'hésitai l'espace d'un instant, intimidée par l'incongruité du moment. Je ne sais pas vraiment. Mon sexe battait, mon cœur me faisait presque mal, je recevais dans la poitrine et dans le ventre comme des coups de poing.
Elle, ne bougeait pas. Ne parlait pas. Mais continuait de tenir mon regard, comme une provocation. « Vas-y, décide-toi, tu attends quoi ? » Voilà ce qu'elle semblait vouloir me gueuler.

Un dernier instant d'hésitation et enfin j'approchai mes lèvres des siennes, et l'embrassai au coin de cette bouche ronde et nerveuse.

Elle ferma les yeux, pour profiter de cet instant imprévu. Puis les rouvrit. J'effleurai sa joue du bout de mes lèvres, allai jusqu'à l'oreille, que je lui mordillai légèrement. Suçai son lobe, l'avalai presque. Descendis jusqu'au cou. Lentement, si lentement. Elle se cambrait, commençait à gémir, réclamant bien plus, bien plus vite.

Je la savourais. La goûtais. La découvrais. L'apprivoisais en silence. Autour, dans le cabinet médical, les autres médecins, la secrétaire s'activaient. On entendait des téléphones sonner, des portes claquer, quelques voix. La sonnette régulièrement. Des cris de bébé. Des mamans grondaient.

Sans doute l'interdit de cette situation impromptue ajoutait-il à notre excitation à toutes les deux. Je laissai de côté ces petits bruits et revins vers elle. Et vers sa bouche, entrouverte, qui réclamait ma langue.

Je me rapprochai à nouveau de ses lèvres, les léchai d'abord délicatement, puis enfonçai ma langue, à la recherche de l'autre langue. Qui répondait à l'appel.

Nous nous embrassions maintenant avec gourmandise, avidité même. Avec passion. Nous nous laissions emporter, soupirions de concert, ses gémissements couvrant les miens. J'aurais presque pu jouir de la situation tant mon excitation était à son comble. J'étais prête à exploser.

Je poursuivis mon exploration dans son cou, et elle chavira encore un peu plus son visage en arrière, le dossier du fauteuil accompagnant son mouvement. Ce dernier émit un petit couinement, qui nous fit toutes les deux au même moment relever la tête. Nous nous regardâmes à nouveau, nous défiant presque. Puis elle me sourit. D'un sourire carnassier, signe qu'elle était parfaitement en accord avec son désir. Et avec le mien.

— Continuez, ordonna-t-elle. Continuez. C'est ce que je veux.

Je poursuivais donc mon exploration, découvrant progressivement son corps. Je lui déboutonnai lentement son cardigan sans manche, pour ensuite dézipper sa robe dont la fermeture éclair, comme par miracle, était positionnée sur le devant.

Le son nous excita toutes les deux davantage, et son soutien-gorge noir se laissa découvrir.

Je ne savais plus où je me trouvais, j'étais comme prise de vertige ; sa peau et son odeur et son goût me transportèrent hors de la réalité. Pendant que je lui donnais du plaisir avec ma bouche, j'entendais ses petits cris. Il n'y avait plus qu'elle et moi, ses cuisses et ma tête entre.

— Voulez-vous que je continue ? Vous en voulez encore? Vous voulez ma langue?
Je n'attendis même pas la réponse. Mais en lui ôtant sa culotte, je vis ses escarpins. Des chaussures rouges, avec des talons de 10 cm, des lanières qui prenaient le pied. Des chaussures de pute.
— Je savais que vous veniez, j'ai choisi ces chaussures pour vous. Est- ce que vous les aimez ? Moi, je les adore. Je suis heureuse qu'elles vous plaisent.

Son visage, d'un coup, était plus doux après cette confidence. Et pourtant, le moment n'était pas à la tendresse. Je la contemplai, pensai subrepticement aux mauvais romans qui parlaient de femmes offertes. Et je me dis que celle-ci était un sacré cadeau que le sort m'envoyait. Je saisis alors ses jambes, d'abord la droite. Je la lui léchais depuis le mollet, remontant doucement vers l'intérieur du genou, puis la cuisse, jusqu'à l'aine, que je parcourus de ma langue. Prodiguant des petits coups sur le côté du sexe, avant de lécher avec avidité ce même endroit. Puis je recommençai l'exercice sur la jambe gauche, constatant que ma partenaire dégageait une forte odeur de sexe. Son excitation était puissante. Je lui pris alors les deux mains, les serrant si fort qu'elle poussa un cri. Puis je lui écartai le sexe rasé, et osai enfin la lécher. Exactement là où elle me réclamait. Elle était prête. J'avais su la préparer. Sa réaction ne se fit pas attendre. Elle se courbait, ondulait, secouait son bas ventre, l'avançait, se saisissait de mes cheveux et les tirait de bas en haut, de gauche à droite. Elle me guidait. Ses ongles dans mon cuir chevelu provoquaient en moi des spasmes de plaisir douloureux. J'adorais qu'on me malaxe le crâne et elle ne le savait pas. Elle jouit rapidement de ma bouche, et laissa reposer son cul sur son fauteuil trempé.

Je lui pris à nouveau les deux mains. Puis elle me dit:
— A mon tour, maintenant. Enfin, à votre tour plutôt.
Elle avança son fauteuil vers moi, sa robe entrouverte. Elle se leva, perchée sur ses hauts talons, me prit par les hanches et me tourna face au bureau.
— Écartez les jambes, m'ordonna mon amante. Penchez-vous en avant ! Et laissez-moi vous faire du bien.
Elle commença par caresser mes fesses par-dessus ma culotte couleur chair, avant de passer ses mains dessous. Je n'en pouvais déjà plus, et j'espérais qu'elle allait vite me lécher. Me caresser. Ou faire ce qu'elle voulait de moi. Il fallait que j'explose. Vite. Il fallait en finir. Après m'avoir baissé la culotte sur mes chevilles, elle s'accroupit sous moi. J'écartai si grand les jambes que la culotte céda sous la pression. Elle me griffait le bas du dos de ses mains, puis la

17

fesse droite, puis la fesse gauche, de ses ongles. Enfin, je sentis sa langue sur mon sexe et elle me soulagea. La brûlure que je ressentais sur mon sexe depuis plusieurs minutes se calmait, et je sentais le plaisir envahir mon ventre et mes cuisses. Elle alla directement avec sa langue là où elle savait le besoin. Elle me léchait jusqu'au clitoris qu'elle suçait avant de tourner autour. Elle trouva le point qui me faisait décoller, juste en- dessous, à droite, à quelques millimètres très précisément du petit bouton gonflé. L'orgasme ne se fit pas attendre. Les mains sur le bureau, je me cabrai, libérant la jouissance. M'interdisant de crier.

Nous nous rhabillâmes rapidement, sans un mot. Lentement. Je finis par rompre le silence.

— Je vais sortir avant vous. Retrouvons-nous au bar le KGB, sur la place. Je vous y attends. Venez !
Et je partis.

Mon amante arriva un quart d'heure après. Je la vis de loin, reconnaissable à sa belle allure, longiligne, haute toujours sur ses talons rouges. J'aimais porter moi aussi des talons hauts, mais aussi hauts, c'était un risque que je refusais de courir par crainte de glissade sur les pavés des places florentines. Elle, avançait, les genoux très légèrement pliés pour mieux trouver son équilibre. C'était assez incroyable à observer, la voir marcher ainsi.

Des hommes, bien sûr, mais aussi des femmes se retour-
naient sur elle, admirant cette chevelure sombre, cette dé-
marche, avec la conviction que cette femme-là cachait des
secrets sans doute inavouables.

Elle s'assit, essoufflée autant par sa marche rapide que par
l'émotion qui ne la lâchait plus depuis que nous avions fait
l'amour. Je la fixai, lui pris le genou sous la table tendrement, pour la calmer et la rassurer. Rien n'y faisait. Sa nervosité était palpable.

— Que va-t-on faire, maintenant ? Qu'allons-nous dire chez
nous ? Je n'ai jamais fait ça avant, je vous le jure. Je ne suis
pas attirée par les femmes. Pas du tout.

Puis elle baissa les yeux comme une petite fille prise en
faute après une bêtise.

Je la rassurai immédiatement, sûre de moi, de mon effet sur
elle, et de notre avenir.

— Ça va être simple, très simple. Nous allons continuer de
nous voir quand nous aurons envie, comme ça ou pas. Moi,
je vais en parler à mon mari. Vous, je ne sais pas. Et le jour
où l'une de nous deux se lassera, ou peut-être les deux en
même temps, eh bien nous deviendrons de simples amies.

Ce que nous sommes finalement déjà un peu. Et si nous ne nous lassons pas, nous serons à la fois amies et amantes.

Elle me fixa, sembla interloquée par cette certitude. Non, en fait, elle l'était vraiment. Littéralement estomaquée.

Je me réveillai sur l'image de son visage interrogatif.

C'était la première fois que je rêvais que je faisais l'amour avec une femme. Pour être exacte, j'avais déjà rêvé que j'étais un homme et que je baisais avec une femme. Mais jamais auparavant mon inconscient ne m'avait entraîné dans un rêve saphique.

Cela me troubla toute la journée. Mais ne me gêna pas véritablement. Au contraire.

Je demeurai excitée jusqu'au soir, y pensai continuellement, me troublai à l'évocation de cette femme que je connaissais à peine dans la vie et qui était vraiment la pédiatre de ma fille.
Il me fallait en parler à Davide.

2

Nous n'étions que tous les deux à la maison. Il faisait particulièrement doux, la pluie d'été avait enfin cessé. L'humidité s'était invitée et les averses rendaient presque les nuits supportables après un été particulièrement chaud. Enfin, ce soir-là, l'air semblait plus léger. Moins asphyxiant.

Nous nous installâmes sur notre terrasse, assis autour de cette jolie table ronde que j'avais dénichée dans un café qui avait vendu tous ses meubles avant de fermer définitivement. Un bazar prendrait la suite. Un nouveau bazar qui abîmait peu à peu le charme de Florence.

Davide avait servi du jambon ibérique, celui que j'aimais, un pata negra un peu gras, très fort en bouche. Il avait également découpé des copeaux un peu épais de parmesan et servit un vin rouge français, un bordeaux, un haut-médoc plus exactement. Nous avions passé une quinzaine de jours en Gironde, une région française que nous aimions, l'été précédent, dénichant quelques producteurs locaux, moins connus que les grands crus mais plus abordables pour nous et tout aussi délicieux.

Il avait allumé les guirlandes, également achetées en France ; elles rappelaient sa fête nationale, ses bals populaires. Ces petites ampoules de toutes les couleurs donnaient un air de joie à chaque endroit qu'elles décoraient. Et même si quelques-unes avaient claqué, la lumière reflétait notre état d'esprit.

Nous étions détendus, Davide impatient, moi le faisant languir.
Enfin, je me décidai à faire cesser sa frustration pour lui raconter. Davide était un homme ouvert à ce genre d'évocations et de fantasmes. Il se délectait même de mes récits.

— Attends. J'ai une meilleure idée. Ce rouge, on le boira plus tard. Viens, je t'emmène dans un endroit sympa que j'ai découvert. C'est dans Florence. Tu verras, c'est très original !

Nous roulâmes donc tous les deux vers le bar, posé à 5 mètres du sol, sur une terrasse en bois dans un arbre. Un jardin public occupé par des originaux.
Davide me caressait tendrement le genou, essayant de remonter sa main sous la robe. Je le repoussai gentiment mais fermement.

— Plus tard. Après. Quand je t'aurai raconté. Pour l'instant, je n'ai que ça en tête. Je n'ai qu'elle en tête.

Il sourit.

— Elle ? Mais qui, elle ?

Je ne répondis pas pour le moment, faisant durer l'attente.
Habile, il changea de sujet.

— A quelle heure vas-tu chercher Deva demain à
l'aéroport ? Je suis content qu'elle rentre. Ça a été un peu
long, ces dix jours sans elle, non ?

Je murmurai un :

— Quinze heures je crois. A moi aussi, elle a manqué.

Je ne vis même pas que nous étions arrivés dans le parc où
se situait le bar. Nous marchâmes main dans la main, montâmes les marches dans l'arbre. Quelle drôle de sensation
que cette ascension au flanc d'un énorme tronc. Il fallait y
reconnaître l'esprit inventif d'un jeune chef d'entreprise florentin, qui développait son business à l'égard des bobos et
des hipsters, montant ici ou là des concepts qui faisaient la
une des magazines branchés de la ville et même nationaux.
Ce qui marchait à Florence attirait toute l'Italie, voire l'Europe.

Nous choisîmes deux fauteuils bas, dans un coin un peu
isolé de la terrasse. Nous commandâmes nos cocktails, Davide une nouveauté de la carte à base d'absinthe, moi un
whisky écossais, 18 ans d'âge. J'aimais le whisky et
l'ivresse qu'il me procurait. Je savais aussi qu'au-delà de

deux whiskys la journée suivante était longue et lourde et douloureuse pour mon cuir chevelu.

Davide, me ramenant à la réalité de la soirée, me lança sans préambule.

— Raconte-moi. J'ai hâte de savoir. De qui s'agit-il ? Qui est cette elle ?

— J'ai en fait rêvé d'une femme, mais pas n'importe quelle femme. Elle. Francesca Libertini. La pédiatre de Deva. Voilà ce qui se passait entre nous.

Et je lui décrivis avec moult détails cette rencontre onirique qu'aujourd'hui j'aurais voulue réelle. A force d'y penser, j'avoue que je ne savais plus très bien si cette scène n'était pas vraiment arrivée entre nous. Je n'omis rien, et m'attardai sur la fin du rêve.

Davide soupira, non d'ennui, mais d'un plaisir rentré. Il avait aimé ce fantasme que je m'étais, enfin, autorisé. Il me provoqua.

— Tu sais ce qu'il te reste à faire, maintenant !
Il m'interrogea :

As-tu envie de la voir ? As-tu envie d'elle ?
D'abord je ne répondis pas. Il poursuivit ses questions, interrompu par la serveuse qui apportait les cocktails. Moi, je

restai un peu distante avec lui, mais l'alcool, comme à l'habitude, m'aida à me détendre. Non que je me sentais coupable de quoi que soit. Sans doute avais-je envie de conserver encore un peu les bienfaits de ce rêve imprévu.

Mais pas seulement. Il s'agissait de tout autre chose. M'autoriserais-je à plus ? A l'inviter ? A la séduire et à me laisser séduire ? Peut-être même à l'aimer. Car après tout, elle ne m'avait jamais laissé entendre quoi que soit. Certes, elle était chaleureuse avec moi, et riait volontiers à mes blagues. Me rappelait quand je laissais un message, discutait et me posait des questions. Balançait même, parfois et de manière inattendue, une confidence sur sa vie de femme. Mais qui était-elle vraiment, qu'aimait-elle, que voulait-elle ? Je n'en savais strictement rien. Pour l'heure, le seul souvenir de ce rêve saphique dont elle était une actrice involontaire, me suffisait et comblait même mon plaisir. Comme une première délivrance.

Je cessai ma réflexion pour répondre enfin à Davide, qui me fixait :
— Je ne sais pas trop quoi en penser. Ce rêve me trouble terriblement. Il me fait du bien. Laisse-moi un peu de temps avant de te répondre vraiment.
— Tu sais, dans ton rêve, tu es les deux femmes à la fois. Tu es toi, et elle. Tu es celle qui ferme les portes, qui exige,

et celle qui mène la danse. Tu es aussi celle sûre d'elle, et celle qui s'interroge. Mais c'est vraiment intéressant que ce soit elle qui ait pris le visage de ce désir- là.

— Pourquoi ?

— Tu crois que je te dis ça parce qu'elle est belle ? Elle te ressemble, elle a ce double côté, sévère et lubrique à la fois. Cet aspect « Je ne mange pas de ce pain-là » et « pre-nez-moi ! ». Ou plutôt « Je prends! »D'ailleurs, c'est ton rêve !

— Tu veux dire que c'est un peu un double de moi ?

— Je l'ignore. Va voir de plus près. Elle, pour l'instant, ne t'a fait aucun signe, ne t'a lancé aucun appel, si ce n'est être sympa et amicale avec toi ces dernières semaines au télé-phone. Rapproche-toi, je te dis. Tu pourrais être surprise. Et elle aussi d'ailleurs.

— Et toi ravi !

Il rit. J'avais raison. Il mourait d'envie que cette histoire entre nous, entre deux femmes, naisse.

La soirée se poursuivit agréablement, la fraîcheur de la nuit commençait à tomber. Nous étions tous deux légèrement excités. Les mots échangés, les confidences avaient éveillé notre désir.

Nous n'avions pas trop bu, peu mangé. L'alcool m'était cependant un peu monté à la tête, juste ce qu'il faut, cette limite qui rendait toute situation possible, qui ouvrait des perspectives, toutes les possibilités. Nous reprîmes la voiture. A peine Davide avait-il démarré et quitté le quartier que je commençai à le caresser par-dessus le pantalon.

J'avais envie de faire l'amour, mais je ne savais pas si c'était parce que le moment l'était, excitant, parce que je pensais à elle, excitante, parce qu'un peu des deux. Sans doute parce qu'un peu des deux.
Je sentais battre tout mon cœur entre mes cuisses. Je l'avais déjà remarqué, j'avais tout le temps envie de Davide, même quand j'étais avec un autre, même quand je pensais à un autre, même quand j'étais avec une autre, même quand je pensais à une autre.

Davide se gara sur le bord de la route, un peu à l'écart des rares véhicules qui passaient par cette zone pavillonnaire. A peine le moteur stoppé, je déboutonnai son pantalon.
— Ne retiens rien, laisse-toi faire.

Mes allers retours s'accéléraient et il jouit très vite. Puis, je lui intimai cet ordre.
— Je veux que tu reprennes la route et que tu me caresses

en même temps, à travers mon pantalon à moi. Fais-moi crier avant que nous arrivions chez nous !

Il adorait quand je lui donnais des ordres sexuels. Il adorait cela. Il s'exécuta, obligé de passer les vitesses de la voiture de la main gauche. Ce fut suite à ce soir-là que nous décidâmes de changer de voiture et d'en acheter une automatique.

Je me cambrais, repensais à mon rêve de la nuit précédente, et les images se mélangeaient dans ma tête. Je voyais cette femme dans son fauteuil, je la voyais excitée, cuisses écartées. Puis Davide apparaissait et je m'imaginais jouer avec lui.

Le plaisir était immense, presque violent.

C'est précisément à ce moment-là que je sus.

Je sus que quelque chose avait profondément changé. Je compris à cet instant précis, là, dans cette artère dans la journée très fréquentée de Florence, la nuit quasi-déserte, je sus que ma vie avait basculé dans une autre possibilité. Je savais depuis toujours que je n'étais pas faite pour la norme, celle qui rassure les vieilles tantes et même les mamans, celle que les copines racontent, un homme un seul, un mari, quelques amants cachés, presque honteux mais hygiéniques, des enfants, un travail régulier mais souvent emmerdant, rasant, barbant, des week-ends et des vacances entre copains pour ne pas rester seule avec sa famille et pire encore avec soi-même, un chien, un chat, un aquarium, un jardin ou une terrasse à fleurir pour s'occuper en début de printemps, l'esthéticienne toutes les six semaines, les déjeuners répétitifs entre copines à fantasmer sur un acteur, à disserter sur sa vie qui fout le camp, son ennui anesthésié par un ou deux verres d'alcool, des rires de gamines qui se mentent à 40 ans.

A ce moment précis de mon existence, une nuit d'août, dans ma ville envahie par les touristes qui défilaient, et comme on les comprenait, de défiler dans cette cité extraordinaire, je sus que je devais n'écouter que moi, un peu Davide, mais surtout moi, ma petite voix, mes rêves, mon cœur qui parfois me faisait mal sous l'émotion trop forte, mon sexe.

J'allais avoir 40 ans.

3

Quelques années plus tôt, la crise entre Davide et moi avait
éclatée. Notre fille Deva était petite. Adorable, drôle, gentille.

Sa naissance avait cependant été compliquée, ou plus exactement ma grossesse. J'avais failli la perdre alors que j'étais
enceinte de 6 mois. Des saignements m'avaient alertée. Je
travaillais beaucoup, beaucoup trop. J'aimais cela, travailler. J'avais toujours été indépendante. J'avais créé avec
une copine, que j'avais rencontrée à l'École de commerce et
de management de Milan, une boîte de conseil. Nous nous
étions spécialisées très rapidement dans la gestion des
crises. Et comptions parmi nos clients des élus, des chefs
d'entreprises, mais aussi quelques sportifs qui devaient surveiller leur image. Nous étions en 2000, Internet se développait à la vitesse de l'éclair partout dans le monde. Enfin,
dans le monde libre. Nous avions toutes les deux du flair, et
avions compris que cette libéralisation de l'information, et
plus encore de la désinformation susciteraient des situations
dramatiques pour ceux qui en seraient les premières victimes. Déjà, en Italie, en Espagne aussi et dans quelques
autres pays, et même en France malgré une grande tolé-

rance sur les histoires privées des puissants, l'intox et la rumeur se répandaient sans que les victimes ne sachent vraiment comment l'arrêter. Ou du moins réparer. Cicatriser. Faire oublier. Faire passer la masse à autre chose.

Cet hiver-là, nous étions sur la brèche avec mon associée Patricia. Un élu de la Chambre des députés était soupçonné, à raison d'ailleurs, mais cela nous le l'apprendrions qu'après et puis la morale n'avait que faire dans notre business, cet élu était donc soupçonné d'avoir organisé un système de fraude électorale. Des fausses cartes.
Cela nous occupait jours et soirées, et même les week-ends. Ma copine Patricia avait beau me mettre en garde, je travaillais, rencontrais des journalistes, tentais de les convaincre, rédigeais des communiqués de presse, organisais dans un café du centre une conférence de presse. Mais quelques rares journalistes d'investigation fouillaient et ils étaient ma foi fort efficaces. Puisqu'ils avaient fini par sortir l'affaire Leandri, du nom de cet élu qui, effectivement, avait un peu gonflé les listes de son parti. Il risquait de tout perdre si nous ne trouvions pas une porte de sortie honorable, et ce rapidement.

Nous finîmes avec Patricia par le convaincre de mettre son erreur de parcours sur le compte d'un système qui l'avait entraîné presque malgré lui dans ce délire. Jamais de sa vie il n'avait été malhonnête. Au cours de l'affaire, sa femme l'avait même quitté. Nous l'avions persuadé, et nous savions que ce n'était pas très moral, mais après tout, ils n'avaient pas d'enfant ensemble et aucune victime collatérale sensible ne serait à compter à la fin de la bataille, nous l'avions persuadé de se justifier par un écueil amoureux.

— Dites que votre femme demandait la grande vie, que vous l'aimiez, que vous l'aimez toujours d'ailleurs car vous êtes un homme fidèle, et ça attendrira toutes les mammas d'Italie qui verront en vous un fils à protéger et à nourrir... Dites que votre femme réclamait les soirées mondaines, l'opéra, les voyages en first class, les grands hôtels, les robes. Tout. Vous passerez quelque temps pour un pleutre, un lâche, mais vous verrez, l'opinion publique finira par vous trouver sympathique et attachant.
Ce qu'il fit, nous faisant une confiance aveugle.

Après tout, nous étions deux femmes et qui connaissait mieux et comprenait les femmes que d'autres femmes ?

Notre stratégie fonctionna. Son ex-femme fut furieuse, puis tenta de retourner avec lui. Sans succès. Lui continua un temps la vie politique, avant de tout quitter pour monter sa boîte, une start-up dans les Nouvelles Technologies. Sa popularité et sa cote de sympathie lui ouvrirent des portes. Et nous le conservâmes même comme client.

Cette affaire-là m'avait tellement occupé l'esprit, tant fait bouger que mon corps m'avait envoyé l'alerte suprême. Ou tu t'arrêtes, ou c'est moi qui stoppe tout...
Mon gynécologue n'y était pas allé par quatre chemins et m'avait intimé l'ordre de rester allongée jusqu'à la fin de ma grossesse.

J'avais cependant accouché une nuit, très en avance sur le terme puisque Deva était née à un peu moins de 7 mois de grossesse. Prématurée, elle était restée un temps en couveuse et j'avais très mal vécu son début d'existence. J'aurais voulu l'avoir avec moi, la tenir contre moi. Mais les premières semaines de séparation avaient installé en moi un goût de frustration et surtout d'injustice. Inconsciemment, je m'en voulais d'avoir forcé mon corps pour mon boulot. Davide ne m'avait fait aucun reproche, mais je sentais qu'il avait eu lui aussi très peur de perdre notre enfant.

Et je dois bien avouer qu'une fois revenue à la maison, mon désir n'avait été porté que vers Deva. C'était un bébé joyeux, calme. Curieuse, fixant tout de ses grands yeux noisette. Elle me comblait. Je sortais avec elle marcher dans Florence, elle en poussette, les pieds sur la barre, extatique, moi en baskets. Je faisais mon sport ainsi, me baladant des heures et des heures chaque jour, découvrant ici de nouvelles boutiques, là des bars ou des restaurants, ailleurs des plafonds sublimes de la Renaissance qui se laissaient apercevoir grâce aux hautes fenêtres des immeubles florentins.

Le soir, du moins les premiers mois, j'étais exténuée. J'avais repris mon activité, et le travail, et Deva, et la vie de famille prenaient toute mon énergie. Une fuite aussi, sans doute.
J'avais bien conscience que quelque chose clochait entre Davide et moi.

C'était arrivé alors que Deva venait de fêter ses 5 ans. Elle était devenue une petite fille très agréable, facile, drôle. Elle prenait de la place, mais de façon harmonieuse. C'était peut-être ça, le piège dans lequel j'étais tombée. Pas de problème, une vie de maman comblée, tout mon être semblait rempli. Occupé.

Mon désir pour Davide et les choses de l'amour et du sexe étaient présents, mais comme étouffés sous un voile d'amour maternel. Je ne cessais de me faire payer ma faute originelle, celle qui m'avait fait travailler autant et risquer de perdre Deva. Or, elle ne me demandait rien, me réclamait certes un peu quand je rentrais tard le soir, mais ne me faisait pas trop de scènes, dormait bien, aimait jouer. Cette enfant facile n'était pas responsable de l'éloignement de mon désir.

J'en étais la seule responsable.

Cela faisait des mois que nous faisions mal l'amour, Davide et moi. Moi, je ne pensais pas au sexe. Lui, tout le temps, ce qui augmentait son désir inassouvi, préparant l'explosion de sa frustration. Il l'ignorait, évidemment. Il était cependant de plus en plus nerveux, parfois même agressif, lui habituellement calme.

Ce soir-là, rien ne préparait ce qui allait se jouer quelques heures plus tard. Nous avions invité quelques copains à dîner. Les fenêtres étaient entrouvertes. La table mise, Davide aux fourneaux comme souvent. Il était bon en cuisine. Il aimait ça. Moi, aussi, mais j'étais douée pour créer une ambiance, amuser nos copains, les régaler de mes histoires de politiques, de chefs d'entreprise. Ils sentaient aussi mon ouverture d'esprit côté sexe. Ça les titillait de savoir. Mais depuis quelque temps, je n'avais pas grand-chose à leur raconter. Ou plutôt à leur cacher.

Malgré des parents engoncés dans leurs certitudes et leur train train sans doute rassurant, j'avais pour ma part toujours aspiré à une existence plus folle, plus trouble, certes fatigante mais pleine d'adrénaline. Ma sœur aînée, Valeria, était l'incarnation pour ma mère de la fille parfaite. Elle n'aimait pas sortir, ne courait pas après les garçons, travaillait et obtenait des résultats moyens mais toujours avec les encouragements, aimait tenir sa maison, d'ailleurs elle était douée pour ça. Elle n'avait pas trop d'humour mais rien ne dépassait. Idéal pour ma mère, que mes humeurs et mes envies angoissaient. Non pas qu'elle souhaitât m'empêcher de vivre ma vie d'ado et de jeune adulte, mais elle était tétanisée à l'idée qu'il puisse m'arriver quelque chose.

Je lui mentais, parfois avec la complicité de mon père qui s'écrasait un peu pour avoir la paix. Il ne l'avait pas forcément, la paix.

Très jeune, je compris que tout m'attirait dans la vie. Tout et son contraire. Lire et danser. Faire l'amour et dormir. Embrasser les garçons et les filles. Travailler et buller. Être chez moi et avoir envie de bout du monde et de partance. Mon jardin, ma terrasse, et les aéroports et les bars de grands hôtels. La politique et l'esprit anarchiste. La règle et la transgression. Aimer et être aimée. Le sport et les chips. La viande rouge et les légumes. Les apéros et le fromage blanc. Les pastas et le riz complet.

J'étais absolument incapable de choisir entre deux plaisirs. Ou plus exactement de hiérarchiser ce que j'aimais. Ce qui me tentait. M'attirait. M'excitait. En boîte, j'aimais autant le funk que la salsa. La vodka que la tequila. Flirter avec un garçon autant qu'avec une fille. Et inversement. Partir avec un garçon autant que partir avec une fille.

Et je ne voyais pas où était le problème. Enfin si, je le voyais. Ma mère n'était pas un problème pour moi mais j'en étais un pour elle. Fort heureusement, j'avais été une très bonne élève et mes études supérieures avaient coulé presque toutes seules. Je ne recevais quasiment jamais les félicitations puisque les profs considéraient que je ne faisais pas vraiment d'efforts. Je trouvai cela parfaitement injuste. C'était une de mes coquetteries que de faire croire que c'était facile pour moi. Contrairement à Valeria, qui était une laborieuse. Moins intelligente, moins rapide, moins vive que moi. Mais plus tranquille. Elle semblait heureuse, à la bonne place dans sa vie. On ne se voyait guère, simplement quelques fêtes de famille. Mais on s'aimait bien et il y avait une certaine tendresse entre nous. Ni elle ni moi n'étions responsables de nos différences. Nous avions évoqué une fois, une seule fois, nos vies si dissemblables. Elle ne m'avait pas jugée, elle avait eu ce bon sens de me dire à peu près ceci :

— Écoute, tu fais ce que tu veux, tu vis comme tu veux. Je ne veux pas que tu m'en parles. Ce n'est pas mon truc, tes histoires !

Jamais, malgré quelques rencontres et tentations, je n'étais vraiment tombée amoureuse d'une fille au point de vouloir la présenter à mes parents. Les garçons emportaient mon cœur. Toujours. L'un de mes premiers émois sexuels, peut-être même le premier conscient était d'avoir entre-aperçu, alors que je passais le week-end chez une amie, son frère âgé de trois ans de plus que nous et sortant de la douche quasi-nu, l'essentiel juste caché par sa serviette. Son aine m'avait absolument bouleversée. Ce creux qui partait de son ventre, jamais je ne m'en étais remise. Les hommes me plaisaient, j'aimais leurs corps, leur sexe. C'est sans doute un cliché, mais j'aimais leur brutalité. J'aime toujours d'ailleurs.

Je m'étais beaucoup amusée, et j'avais continué avec Davide. Lui s'était épris de moi, de cette liberté qu'il avait sentie dès le premier instant. Plus timide, il m'avait laissé l'entraîner dans quelques soirées dissolues. Il avait aimé cela. Lui, ça l'excitait, et moi, j'aimais séduire, faire des rencontres sans trop m'attacher. Je ne m'étais d'ailleurs jamais attachée vraiment à quelqu'un d'autre. Sans doute me l'étais- je interdit ?

Une seule fois, j'avais un peu craqué pour un homme. Ça avait été purement physique les premiers temps. Du moins c'est ainsi que je l'avais analysé. Mais j'avais cru tomber amoureuse de lui. J'en avais parlé à Davide. Qui m'avait demandé de mettre un terme à cette histoire.

Ce que j'avais d'ailleurs fait, non sous la contrainte de mon compagnon, mais délibérément. Je savais intimement que ce n'était qu'une passade, que ce type n'était pas fait pour moi et qu'il me fallait m'en désintoxiquer. Je cessai de le voir, décidai de m'en débarrasser. Il me fallut un peu de temps pour ne plus être attirée par lui. Mais il suffit d'une rencontre dans un café un matin. Qui déclencha en moi une espèce de dégoût à son encontre. L'observer, alors qu'il était accompagné de sa femme. De l'entendre lui parler. Mal. Il lui parlait comme à un chien. Et elle s'écrasait. Le couple me fit pitié. Je n'allai même pas le saluer. Cette histoire s'arrêta à cause d'un ton employé qui ne me concernait même pas. Mais je compris ce jour-là que certains hommes ne jouaient pas. Contrairement à Davide.

Les premières années de notre vie commune avaient donc été pour Davide un grand espace de jeux et de liberté. Il supportait d'autant moins mon hibernation érotique qu'il avait connu à mes côtés quelques excès, beaucoup d'audace.

Ce soir-là, auprès de ces copains copines, rien ne laissait présager ce moment obscur de notre histoire amoureuse.

J'avais fait une heure de sport avec les filles. Nous donnions l'apparence d'une sacrée bande. Le sport. Le sport pour remplacer le sexe. Ça pouvait marcher. Un temps.
Le dîner était sur le point de s'achever, quand j'entendis Natania m'appeler.

— Viens vite, ton mari est en train de s'étouffer !
Je me levai d'un bond, et vit Davide rouge, toussant et crachant.
Il venait de faire une fausse route avec un morceau de viande. Il se calma, la soirée reprit son cours, tout le monde allant de son anecdote sur des cas d'étouffement !
Moi, je pensais subrepticement :
— Une fausse route, c'est drôle ça.
Après avoir débarrassé, rangé, nettoyé, enfin nous montâmes nous coucher. Deva dormait depuis longtemps. C'était une enfant qui aimait dormir autant qu'elle aimait s'activer. Elle était on et off. Douze heures on, douze heures off. Jamais de sieste !
Nous nous déshabillâmes, nous couchâmes côte à côte sans échanger un seul mot.
Je pris un livre, Davide attendit un peu avant de me toucher la cuisse, à la jointure du genou. D'abord, je décidai de ne

pas réagir mais j'étais profondément excédée.

J'essayais de cacher cet agacement. J'étais fatiguée. La journée de travail. Le sport. La soirée. L'alcool.

Lui insista. Il savait pourtant, il sentait que je ne jouais pas. Que je n'avais pas envie de faire l'amour. Une fois de plus.

Il était comme amputé de langage corporel et sensuel. Mais dévoré par son désir. Et terrorisé à l'idée que je parte. Cette ambivalence lui faisait violence, nourrissait ses nuits blanches et animait son esprit.

C'était drôle, pour un psychanalyste, de ne pas utiliser les mots. C'était ce qui m'avait induite en erreur. J'avais cru très naïvement qu'un homme qui passait ses journées à libérer la parole chez les autres ne pouvait pas s'enfermer dans le silence avec sa femme.

Je m'étais complètement trompée, sans doute aveuglée par ma fatigue, mon égoïsme, mon anxiété passagère.

Il avait toujours sa main sur ma cuisse et ça m'énerva. Je savais parfaitement comment l'exaspérer. Dix années de vie commune étaient passées par là.

— Prends-moi, qu'on en finisse.

Je rejetai la couette, j'écartai les cuisses. J'avais vu il y a longtemps déjà Romy Schneider faire ainsi dans un film. Impossible de me souvenir du titre. Mais c'était une scène d'une grande violence. Le titre n'avait strictement aucune espèce d'importance. Cependant, ma réplique, « vas-y prends-moi, qu'on en finisse », donnait à la nôtre de scène, qui virait à l'absurde et au pathétique un aspect théâtral qui ne me déplut pas sur le moment mais que je jugerai par la suite d'une brutalité inexcusable de ma part. Davide n'avait pas mérité cela. Et pourtant, cela m'excitait presque, de le maltraiter. Je me gardai bien de le lui dire. Une nouvelle erreur de ma part.

Davide se braqua, se sentit rejeté au seul état de membre sexuel. Il grogna hein « C'est bon, j'ai compris». Et partit dormir dans la chambre d'ami. Me laissant seule, avec ma colère grandissante. Et mon désir. J'attendis quelques minutes. Cela ne se calma pas. Je me levai, traversai le couloir et poussai la porte de la chambre d'ami. Énervée, je me jetai sur lui et lui recommençai à lui ordonner :
— Allez, puisque toi tu as envie, vas-y, prends-moi. Vas-y, vas-y, qu'on en finisse.

Je ne pouvais bêtement faire autrement que de répéter ce laïus qui devint vite insupportable pour lui. Je le provoquais, je le savais. Mais j'étais parvenue à le toucher. Il explosa.

— Arrête, arrête de me parler comme ça ! Arrête de me dire ça !

Il se leva, me prit les deux bras, me serra de ses mains, et me balança contre l'angle du mur. Je n'eus pas mal, pas vraiment. Mais je tombai, interloquée. Choquée. Un peu assommée même. Lui continuait de me serrer fort, à m'en faire mal et semblait se retenir de hurler. Il murmurait toujours la même phrase. Nous n'avions décidément pas beaucoup de vocabulaire ce soir-là, lui et moi.

— Arrête, je n'en peux plus, je n'en peux plus.

Les mots sortaient difficilement, il soufflait plus qu'il ne parlait, alors qu'il aurait voulu cracher sa colère. Ça sortait de tout son corps. Il avait envie de me faire mal. Il ne se reconnaissait pas. Il me le confia plus tard.

Je parvins à le calmer immédiatement, sûre du pouvoir que j'avais sur lui. C'est comme si j'avais retrouvé mes esprits. Pourtant, jamais je n'avais vraiment connu de situation violente. Enfin si, une fois.

— Tu vas te calmer maintenant, lâche tranquillement mes bras, ne me sers pas comme ça, tu me fais très mal. Calme-toi mon amour, ça va aller.

Il stoppa son étreinte douloureuse, et s'assit sur le lit, prostré. Je me relevai et retournai dans notre chambre, comme sonnée, figée par ce qui venait de se passer. Un grand vide se fit dans ma tête. Je ne savais plus ce qu'il fallait faire. J'essayais de me calmer, de me concentrer sur ma respiration.

J'entendis une porte s'ouvrir, la lumière du couloir s'alluma. C'était lui. Je choisis de patienter quelques minutes, tout en poursuivant cette respiration qui finalement parvenait à faire retomber ma tension. Puis je me levai.

Il était assis sur le canapé du salon. Dans le noir. Je m'approchai de lui, sans dire un mot. Seule la lumière de la lune apportait un peu de clarté au moment.
Je tentais de lui faire passer toute la tendresse amoureuse dont je me sentais capable à l'instant présent. Il fut d'abord réticent. Puis il se laissa glisser progressivement vers moi, en s'abandonnant totalement. Presque en moi, tant il semblait disparaître dans mes bras.

— J'ai honte. J'ai si honte de ce que je viens de faire. Laisse-moi.

— Chut. Viens, détends-toi contre moi. Ecoute-moi bien.

Il se laissa faire, complètement.
— D'abord, tu vas te calmer. Demain, je te parlerai de ce que tu viens de faire. Et tu m'écouteras. Maintenant aussi, tu vas m'écouter. C'est terminé, de se laisser envahir par

tout le monde tout le temps. Il n'y a plus aucun espace pour nous. Jamais. Ton téléphone sonne sans arrêt pour régler les problèmes de tout le monde. Ta mère, ton frère, ton père. Ça suffit. Qu'ils se débrouillent. Je n'en peux plus. Tu n'en peux plus. Nous sommes en permanence parasités. Tu choisis. Et puis, écoute-moi encore. On va réinventer notre histoire. Je te le promets.

— Tu as raison. Tu as raison sur tout. Mais il faut que je te parle. Je te parlerai. Tu voudras écouter ce que j'ai à te dire ?
— Oui. Maintenant, tu vas aller dormir, et moi aussi.

Nous dormîmes quelques heures, et le café matinal ensemble fut agréable. J'avais accompagné Deva à l'école ; nous avions décidé de prendre un peu de temps ensemble. Lui ne commençait qu'à 11 heures ses consultations, moi j'avais ma matinée de libre. Enfin, une partie seulement. Je m'étais promise dans la nuit de lui dire ce que je croyais être la règle. Depuis mon adolescence, je m'étais convaincue que je devais faire de ma vie un roman. Alors que la cafetière italienne bruissait de ce petit bruit roucoulant reconnaissable, je lui lançai, comme dans un film français, bavard, donc français, mélodramatique, donc français, très français :

— Regarde mon bras. Regarde le bleu sur mon bras. Plus jamais tu ne me fais ça. Tu entends bien ? Sinon, tu ne me revois plus, ni moi ni ta fille.

Je m'étais sentie obligée de lui lancer cette réplique de cinéma, et je me sentais finalement soulagée quand je vis qu'il me croyait vraiment sérieuse.

— Cela n'arrivera plus jamais. Je ne suis pas un violent. Mais il faudra que je te parle. J'ai tellement réfléchi. Il faudra que je te parle, ne cessait-il de répéter.

— Plus tard. Plus tard. Je te dirai quand.

Le soir venu, nous fîmes l'amour. Presque simplement. Presque normalement. Je me laissais enfin aller. Ce qui ne m'était plus arrivé depuis des mois. Même seule.

4

Quelques jours de vacances au calme, en famille, nous rendirent un peu de bien-être. Et le désir était là, revenu des enfers, revenu de l'indifférence qui avait envahi peu à peu notre existence.

Davide avait eu la délicatesse de couper son téléphone. Disons que je l'autorisai cependant à vérifier matin et soir s'il avait des messages. Et à ne rappeler qu'en cas d'extrême urgence. Ce qu'il fit, comme soulagé que cet ordre venant de moi ne lui lassât pas d'autre choix. Nous ne parlions guère de nous, axant cette semaine de vacances dans la campagne toscane à visiter, marcher, faire du vélo, prendre de bons repas, et boire du vin rouge. Nous connaissions par cœur les paysages et pourtant nous avions la sensation de les découvrir pour la première fois. Il y avait dans certains coins de cette région à la fois connue, là, bien présente, et en même temps sauvage, un quelque chose d'abrupt, de dur, de rugueux, à l'image de cette nuit qui aurait pu nous emporter loin l'un de l'autre. Une forme de beauté harmonieuse mais chaotique, jamais loin de la tempête cependant.

Au contraire, la pierre, les vignes, les collines, les petits villages désertés en cette période de l'année, nous donnaient envie d'exulter. L'amour, nous le faisions plusieurs fois par jour, parfois vite. D'autres fois, Davide prenait son temps.

Une dizaine de jours passa; le travail, l'école, les rituels agréables d'une vie de famille reprirent.

Nous nous donnâmes rendez-vous un mercredi soir, dans un bar d'hôtel qui venait d'ouvrir et que nous avions tous deux espéré être à la hauteur de ce que nous avions connu à Rome, à Paris ou même à Londres. Le bar était désert, une musique d'ascenseur se faisait entendre, les fauteuils étaient certes confortables mais classiques. Bref, l'endroit était décevant. Peu importe, nous étions là pour tout autre chose. Lui pour parler, moi pour l'écouter. De nouveaux rôles pour une nouvelle tournure dans notre histoire.

Il nous fallut d'abord boire un verre, pour parvenir à nous détendre. Puis Davide se lança, comme un trapéziste dans le vide. Sans filet. Jamais il n'avait tenté cela auparavant mais il savait que moment était essentiel pour la suite.

— D'abord, je regrette infiniment le mal que je t'ai fait. Et cette fameuse nuit, et depuis que l'on se connaît. Je t'en ai tellement demandé, je ne me suis pas toujours rendu compte que tu n'en pouvais plus.

Il reprit un verre, sans lequel il croyait ne pas pouvoir arriver au terme de sa confession. Je l'écoutais avec attention, tentant de ne pas l'interrompre pour ne pas nuire au débit et surtout à sa détermination.

— Mais il y a une chose que je dois te dire. Une seule chose.

Moi aussi, je buvais. Sans rien manger. La tête me tournait. Peu importe. Je n'étais pas angoissée. Je m'interrogeais simplement sur la confidence qui allait sortir. Sur l'avenir de notre couple qui se jouait en partie ce soir. Davide me dévorait des yeux ; je remarquais qu'il déglutissait souvent. La peur. Il reprit, et osa enfin lâcher ce qu'il avait sur le cœur depuis des mois. Bien plus même. A quitte ou double, comme jamais cela ne lui était arrivé dans sa vie, il me dit :

— Voilà, ce que je vais te dire va peut-être te choquer. Ou te surprendre. J'ai tout le temps envie de toi, je t'aime. Je t'ai observée, je me suis beaucoup interrogé. Voilà. Voilà ce que je voudrais. Je sais que tu aimes les rencontres. Tu m'en parles. Je veux plus.

Il s'interrompit encore. Puis,

— Je voudrais que tu acceptes devant moi de faire l'amour avec un homme. Si possible un black, parce que je sais que tu les aimes. Qu'ils t'attirent. Je voudrais être là, et j'aimerais te voir jouir dans les bras d'un autre, du sexe d'un autre, de la langue et des doigts d'un autre. Tu es différente de la plupart des femmes, Ilaria. Ni moi ni personne , tu m'entends, personne ne peut t'enfermer. Te retenir. Il ne faut surtout pas essayer d'ailleurs !

Il termina sa demande complètement essoufflé. Il avait parlé d'une traite, comme on se jette à l'eau sans être certain de bien savoir nager.

Plus tard, quand nous reparlâmes de cette drôle de scène, nous fûmes étonnés longtemps de son audace. Et du naturel avec lequel je lui avais alors répondu. Je n'y avais pas songé avant. Ou plus exactement, je n'y avais pas songé avec lui. Car je l'avais déjà fait, l'amour à trois, mais c'était bien avant Davide et il n'était alors pas question d'amour. Juste de fantasme, de défi.

— D'accord. Je suis d'accord. Ce n'est pas commun, mais l'idée m'excite. Pourquoi, je n'en sais rien, et j'y penserai, bien sûr, un peu. Mais c'est d'accord.

Il fut d'abord étonné. Me fixa longuement, alors que je sirotai un troisième verre en suçotant ma paille.

— Tu es une vilaine petite fille de m'avoir laissé m'enfoncer comme ça depuis si longtemps. Arrête de jouer avec ma frustration, s'il te plaît. Ça me rend fou. Tu me rends fou.

Je restai d'un calme imperturbable, et n'y comprenais

d'ailleurs rien. Pour une fois, pas d'analyse, pas de gam-
berge inutile. Voilà à peu près ce que je me dis.

— Ton idée me séduit, me rassure, m'excite. Je n'y comprends rien moi non plus, ou pas grand-chose pour l'instant.
Mais faisons-le. Et vite.

5

Quelques semaines avaient passé. Ni longues ni courtes. Elles s'étaient écoulées sans que l'on n'y pense, sereines. Lui était en permanence excité, moi j'avais retrouvé le plaisir, et surtout le désir.

Nous organisâmes notre voyage à Monaco. Nous voulions sortir d'Italie et nous avions choisi la Principauté pour son luxe, la distance avec Florence, et aussi pour ses choix, disons, élitistes.

Monaco. J'étais toujours d'accord sur la proposition de Davide, mais j'avais posé mes conditions. Il m'avait écoutée avec attention, et un certain amusement.

— Hors de question de faire ça à Florence. Je suis trop connue. Ma deuxième condition, c'est le scénario. Je décide de tout, je choisis tout. Hors de question de faire du trash. Enfin, ma troisième condition, c'est rencontrer un professionnel. Un escort-boy si tu préfères. Je ne veux pas d'histoires, ou d'illusion d'histoires avec qui que soit. Et tu verras, ce sentiment de faire son marché, c'est ambivalent.

Davide adorait quand je prenais les choses en main. Qui contrôlait l'autre ? La réponse n'avait guère d'importance en fait, l'essentiel étant d'aller au bout de notre désir réciproque.

La préparation dura plusieurs semaines. Je voulais un professionnel, un type beau, musclé, élégant, sobre, fait pour le job. Je ne voulais pas prendre le risque de gérer des ratés.

Je peux comprendre que ça choque. Mais un fantasme reste un fantasme, et n'autorise pas de morale.

Lui passait beaucoup de temps sur Internet et matait des mecs superbes. Il cherchait pour moi avant tout des blacks, un peu musclés, autour de la trentaine, avec un beau visage. Pas de moustache. Surtout pas de moustache.

Il me fallait une peau douce, un regard intelligent et malicieux, un corps finement musclé.

Lui sélectionnait, barrait, créait des fichiers, cliquait sans relâche dès qu'il avait un moment de libre à la maison. Il finit par en choisir 5, qu'il me montra. Tous étaient indiscutablement superbes, mais sans hésiter, je pointai mon doigt sur la photo de celui qui se faisait prénommer Stefano.

Commença alors la première prise de contact. Un échange de mail d'abord, puis une demande de la part de l'escort-boy de photos de moi.

Les photos furent envoyées, acceptées, et le rendez-vous pris assez rapidement. Trois semaines plus tard, un vendredi soir à 19h dans un hôtel monégasque.

Il nous fallut donc, pendant ces 21 jours qui nous séparaient de notre première fois, donner le change aux amis, au travail, à la famille.

6

L'excitation avait commencé au début de la semaine. J'y pensais constamment, mon cœur s'emballait, mon sexe battait, à n'importe quel moment de la journée ou de la nuit ; j'étais excitée en permanence, et je ne parvenais pas à me calmer. D'ailleurs, je n'essayais même pas. Je me masturbais beaucoup pour calmer mon état. Mais rien n'y faisait. Je regardais les heures passées. Lentes. La veille de la rencontre, dans ma voiture, j'avais même dû m'arrêter et me toucher tant j'étais excitée. Ça faisait presque mal.

Enfin, le jour J arriva.

Après un court voyage en voiture, nous arrivâmes à l'hôtel une heure avant notre rendez-vous. Davide installa la musique, un peu lounge comme je l'avais demandé. J'adorais ce type de clichés.
La chambre était particulièrement design, mais un design un peu kitsch. Un lit très large et suspendu, des lumières tamisées qui jouaient avec les corps, une douche ultra-moderne.

Le même rire s'échappa de nous. Si nous avions dû alors ne serait-ce qu'une minute prendre tout ça au sérieux, le ridicule de la situation l'aurait emporté sans conteste !

— Dans 20 ans, on dira de ce style de chambres qu'elles sont ringardes ! Mais là, c'est parfait !

Une douche, séparément.

Je m'installai dans le lit, habillée d'un ample chemisier blanc acheté à Milan. Une grande marque italienne dont j'ai aujourd'hui oublié le nom. Pourquoi avais-je choisi cette tenue élégante et simple plutôt qu'un déshabillé sexy, j'étais bien incapable de l'expliquer. Celui -ci semblait me donner un côté maîtresse-femme, patronne même. Et cela me convenait, dans l'image que je voulais d'abord renvoyer aux autres, mais surtout à moi-même.

Enfin, on tapa doucement à la porte de la chambre. Davide était vêtu d'un pantalon et d'un tee-shirt au col en V, blancs tous les deux. Il était nu-pieds. Il accueillit l'escort-boy d'une poignée de main, le fit entrer. Je les entendis discuter pendant quelques instants. Et compris le problème. Aucun des deux n'avait de préservatifs. Chacun avait pensé que l'autre les fournirait. Je vis alors mon mari prendre son portefeuille et, désolé, quitter la chambre.

J'allais donc rester seule, un peu, avec Stefano.

Il me regarda discrètement, et commença à se dévêtir. Puis il passa sous la douche qui jouait avec les couleurs. C'est ce que j'avais exigé. Il se frottait, me regardait intensément maintenant, laissait couler l'eau sur son visage, pénétrer dans sa bouche, se caressait délicatement le torse, le ventre, les cuisses.

Moi, je le fixais les yeux écarquillés. Enfin, il coupa l'eau, s'essuya la peau, posa la serviette sur le dossier d'une chaise et s'approcha.

Il était absolument superbe. Pas si grand que je l'avais imaginé, mais un corps d'athlète, des muscles assez fins, notamment ceux des jambes qui lui donnaient une allure de dieu grec, mais noir. Cuivré. Son sexe était dressé.

Les traits de son visage étaient fins, juvéniles s'il n'y avait pas déjà quelques subtiles rides au bord des yeux. Quel âge pouvait-il avoir ? Je l'ignorais, mais j'imaginais qu'il devait avoir autour d'une jeune trentaine.

Il se glissa sur le lit à côté de moi, m'embrassa d'abord sur la joue avec une grande délicatesse et me dit simplement d'une voix chaude « bonjour ». J'étais émue de cette rencontre pourtant programmée. Il le vit, et me rassura.

— Tu as un corps magnifique, musclé. Tu es superbe.

Et il commença à m'embrasser sur les lèvres, me prit le

lobe de l'oreille qu'il me lécha avec attention.

J'adorais, même si j'étais chatouilleuse. Je me laissais faire, totalement, acquise et conquise. Je rejetais ma tête en arrière, je fermais les yeux, je soupirais.

Nous étions restés seuls quelques minutes, Davide n'étant pas encore revenu. La situation avait un petit quelque chose de cocasse.

Je me laissais embrasser plus profondément. Il faisait ça divinement. Sa langue à lui cherchait la mienne, pénétrait dans ma bouche. J'étais brûlante. C'était bon. Cet inconnu que je ne reverrais sans doute jamais m'embrassait comme s'il connaissait exactement ce que j'aimais.

Moi, je lui caressais les épaules, ses bras, puis son ventre et ses abdominaux. Sa peau était douce, c'était un véritable délice que de parcourir son corps du bout de ses doigts.

Enfin, Davide revint avec les préservatifs. Nous, nous continuions notre manège, à peine interrompu par le bruit de la porte de la chambre. Le garçon était non seulement doué, mais sa peau et la mienne s'accordaient.

Mon mari s'installa près du lit en fixant la scène. Je lui jetai un coup d'œil complice. Mais je détournai le regard pour capter celui de mon amant de passage. Qui comprit le rôle que j'attendais de lui, jouer un amant amoureux et fou de désir pour moi. Un rôle qui rendait Davide dans un état qu'il n'avait jamais connu auparavant et dont il se délectait. Il savait d'ores et déjà qu'il avait eu raison de me proposer ces jeux.

Il me fit l'amour avec ce qu'il aurait été convenable d'appeler du romantisme, si le contexte n'avait pas été tout autre.

A ma demande cependant, il mit plus d'entrain, de rythme dans la relation.

Ma tête bourdonnait presque.

Un peu comme un sprint qui ne s'arrête pas après un long footing. Le sang battait dans mes tempes, et le bruit des deux corps me faisait entrer dans une dimension rarement atteinte. Il fallait être capable de tout lâcher, de laisser son esprit s'abandonner, de n'être plus à rien si ce n'est le seul plaisir, la brutalité du sexe.

Enfin, il jouit et s'écroula sur moi, en sueur. Je lui touchai le bout de l'épaule, l'embrassai dans le cou, sur sa bouche. Moi, je me retournai vers Davide, qui ne tint pas longtemps. Il explosa littéralement.

J'étais épuisée, comme vidée alors que deux hommes m'avaient rempli de sexe et de plaisir. L'amant reprit une douche, tandis que Davide s'allongea à côté de moi. Peu de mots avaient été échangés durant l'acte.

— C'était vraiment très agréable, et vous verrez que cela vous aidera beaucoup dans la progression de votre couple, nous confia l'escort.

Et Stefano partit comme il était venu. Une heure pile s'était écoulée. La porte se referma sur lui, un léger parfum masculin se mélangeait à l'odeur de sexe qui régnait dans la pièce. Il avait réalisé notre première fois. Nous nous endormîmes très vite.

7

Les rues de Monaco étaient agréables en cette fin de soirée. Il faisait plutôt doux, les terrasses étaient bondées et on ne savait pas où donner de la tête tant il y avait dans cette ville de bars chics, luxueux, où se croisaient des bourgeoises et des putes de luxe, qui parfois étaient les mêmes d'ailleurs.

Je n'aimais pas particulièrement cette ville, mais ce soir-là je la trouvais reposante. Tout était propre, assez chiant finalement, les codes archi-connus et plutôt vulgaires. Convenus. Impossible de compter les Porsche, les Maserati, les Rolls. Tape-à-l'oeil, parvenu, Monaco était un endroit hors du monde. Peu de bistros, peu de librairies. Peu importe après tout, nous n'étions pas venus pour nous cultiver. Nous choisîmes finalement un bar. Des blondes, grandes, effilées, maigres en fait, la peau blanche, le regard triste. Encore des putes, sans doute Russes. Ou des pays de l'Est. Il y en avait partout. Sur le port, dans les bars d'hôtels. Là où il y avait de l'argent, et pas seulement propres, il y avait ces longues blondes ! Nous commandâmes deux whiskys sans glace. Il fallait au moins cet alcool fort pour revenir sur notre première fois.

Nous nous regardâmes, sans savoir qui devait commencer. Ni par quoi. Moi, je sirotais mon whisky, comme à mon habitude. Lui, plus gourmand, buvait plus vite.

— Eh, attends-moi ou je ne vais pas pouvoir te suivre !

Davide rit, et me lança :

— Et pourtant, tout à l'heure, je ne sais pas qui menait le bal, mais ce n'était pas moi en tous les cas !

Pourquoi en faire toute une histoire puisque j'avais joui de cette rencontre, aussi bien cérébralement que physiquement. Mieux, je me sentais puissante, comme invincible. Dans ces moments-là, je ressentais dans mon corps ce qu'était le bonheur. Cela m'était déjà arrivé. Je me souvenais de cet instant fugace, cet instant où j'avais ressenti cette sensation si forte que je l'associais à ce que j'imaginais être un shoot.

C'était dix ans auparavant et je venais de rencontrer Davide.

Dès le premier soir, j'avais su qu'il était l'homme de ma vie. Je le sus d'instinct.

Nous nous étions simplement croisés lors d'un spectacle, dans un café- théâtre pas loin de l'Arno. Une copine m'y avait traînée. Je m'en souviens parfaitement. C'était un de ces soirs où j'avais envie de rester chez moi, sous la couette, sur la couette, peu importe. Mais avec ma couette. Elle m'avait tannée, allez, viens, j'ai deux places, ça a l'air marrant et puis ça m'évitera de ressasser l'histoire avec l'autre bras cassé. Allez viens.

Elle avait tellement insisté, m'avait eue par les sentiments. Elle venait de se séparer de son copain, moi j'étais seule alors, ou plutôt très accompagnée mais rien de régulier et quotidien. Je m'en foutais, j'avais 25 ans. Le temps.

La rencontre avec Davide avait eu lieu devant la billetterie. Assez simplement. Nous nous étions regardés. Il avait souri. Moi aussi. M'avait dit bonsoir. J'avais répondu bonsoir. Nous nous étions encore souri.

Banal.

Après le spectacle, il m'avait attendue, m'avait re-souri, me demandant si j'avais aimé le spectacle, si j'aimais le café-théâtre, et le théâtre en général. Et m'invitant à venir avec lui à une pièce de Shakespeare qui jouait la semaine d'après.

Ce que je refusai, n'étant pas à Florence alors. Mais je l'invitai à me retrouver pour boire un verre dans l'un des bars de la ville que je préférais, une dizaine de jours plus tard.

— On verra si vous y serez. On verra bien.

Et je tournai les talons, partant avec ma copine.

Elle, se retourna pour me dire :

— Il ne te lâche pas des yeux. T'as pêché gros !

Très calmement, je lui assénai ceci :

— Écoute, je viens de rencontrer l'homme de ma vie.

Elle éclata de rire.

— Bien sûr, en rêve ma belle ! Si tu crois que ça se passe comme ça, dans la vraie vie. Tu vas trop au cinéma !

Je la laissai parler.

Avec Davide, nous nous revîmes le jour j, à l'heure H et dans le bar que je lui avais indiqué. Notre premier moment fut agréable, naturel. C'était lui. J'étais certaine de cela. Une évidence. Une impression de le connaître depuis toujours. Il était à la fois émouvant, subtil, séduisant, drôle. Il me semblait libre, différent des autres hommes. J'avais aimé quand il m'avait saisi la main. C'était serein, convaincu, et sa peau m'électrisait. Me remplissait.

Nous décidâmes d'un premier déjeuner en terrasse, puis d'une vraie première rencontre. C'était le jour de mariage d'un vague copain à moi. Il faisait doux, les visages étaient bronzés, les filles en robe et les garçons engoncés dans leurs costumes. Je l'emmenai à la messe de mariage de ce couple qui devait se séparer après 6 ans sans intérêt dont il ne resterait rien à part un chien et quelques meubles.

Notre premier baiser eut lieu en même temps que le couple échangeait le baiser d'union. Davide ne quitta plus mes lèvres de l'après-midi. Déjà, il était si gourmand. J'adorais ce garçon. Déjà.

Mes copains à moi tournaient un peu autour de notre nouveau couple, et l'alcool et la fête aidant, lâchaient des bombes :

— Oh, gars tu sais que tu es tombée sur une chaude ! Méfie-toi, petit, ne dors pas !, braillait Stephan à la belle gueule mais au cerveau lessivé par un excès d'émotion, de soleil et de gin.

Je le pris à part et lui dis, en rigolant :

— Dis-moi, tu peux pas la fermer, on se connaît depuis une dizaine de jours !

On se voyait régulièrement, on faisait plusieurs fois l'amour à chaque rencontre. Nous avions beaucoup de choses à nous dire.

Mais moi, je continuais de rencontrer quelques anciens amants, ou des nouveaux. Quelques femmes, plus rarement alors.

Je me sentais jeune, je l'étais d'ailleurs ; j'avais, pour paraphraser Nietzsche, un élan vital inépuisable. Et ça, les autres, les hommes, quelques femmes aussi, moins nombreuses certes, le ressentaient à mon passage et en ma compagnie. Davide alors n'en savait rien. Mais semblait déjà deviner.

Ce vendredi soir de septembre, je revenais d'un 5 à 7, comme l'on écrivait dans les scenarii des films petit bourgeois des années 70. Un 5 à 7 avec un ex dont j'avais été follement amoureuse 4 années durant.

Une bêtise, je le savais dès notre première rencontre, mais une bêtise nécessaire à mon évolution intime. J'avais été attirée par lui dès le premier regard, le premier échange, les premières paroles.
C'est d'ailleurs assez troublant de deviner à l'avance le devenir d'une rencontre et d'une relation. Ou bien était-ce l'inverse ? Peut-être je faisais coïncider une relation avec ma première intuition ? Mais de toutes mes histoires, il était advenu ce que j'avais pressenti à la première seconde. Une simple histoire de cul, ou bien de la seule affection, ou encore c'est l'homme de ma vie. Ou plus tard, cette femme-là, je vais l'aimer jusqu'à sa dernière seconde et je vais lui donner bien plus qu'elle ne me donnera.

Avec ce vieil amant, l'histoire touchait à sa fin, le désir avait été épuisé mais pas suffisamment alimenté. Je m'ennuyais, il ne me faisait plus rire à force de raconter toujours les mêmes blagues, sur les vieilles notables qui s'emmerdaient et qu'ils se tapaient sans jamais les respecter ni les aimer vraiment, sur les étudiantes dont il raffolait mais qui lui filait entre les doigts. Il avait été un bon amant, au début. Mais là encore, il radotait. Manquait d'imagination. C'est pour ça qu'il multipliait les aventures. Il répétait à l'infini les mêmes gestes. Comme ces chanteurs qui n'avaient que deux ou trois succès, lui jouait toujours la même scène. Qui n'était d'ailleurs pas désagréable.

Il ne savait pas encore que j'avais rencontré quelqu'un d'autre. Que j'étais déjà loin de lui. Que j'étais amoureuse ailleurs et que je ne tarderais pas à le quitter. Définitivement. En douceur, raisonnablement, je l'éloignerai de moi.

Ce soir-là, nous nous quittâmes sur le trottoir en nous embrassant vite sur les joues, comme de simples amis. Je repris ma voiture, une décapotable ; allumai la radio, dont je montai le son. Mis mes lunettes de soleil car je savais quand déboulant sur la Piazza Santa Croce, par la via Di San Guiseppe, le soleil couchant m'aveuglerait. Je pensais qu'il ne me manquait qu'un foulard pour avoir un air d'une actrice des années 50 !

— Quelle caricature je fais.

Je riais toute seule !

La voiture, le soleil couchant, une certaine chaleur décli-
nante, la musique, et ces souvenirs mêlés d'avant et d'avenir. C'est à cet instant précis que j'ai ressenti un bonheur
jamais éprouvé jusqu'alors. J'étais heureuse, une joie immense, démesurée. Je compris ce jour-là que l'amour et le
sexe étaient la clé de mon état de bien-être. Je le compris
année après année aussi. Mais ce jour-là, cet instant-là, qui
marquaient comme une rupture, un avant-Davide et un
maintenant- Davide, signait un point de départ.

C'est à tout cela que je pensais quand je vis que j'avais bu
tout mon verre sans parler. Davide patientait. Il commanda
deux autres whisky.

— Tu étais bien loin de moi. Bien loin de Monaco, n'est-ce
pas ? Mais où étais-tu donc ?

Je n'avais pas envie de lui répondre, non pas que je voulais
lui cacher des choses. Simplement, je n'avais pas envie. Je
bus une nouvelle gorgée de mon whisky. Mais je souris, de
ce sourire qu'il aimait tant.

— Et si on allait danser ?

Ce que nous fîmes, avant de rentrer proches de l'épuisement. Nous trouvâmes encore la force de faire une nouvelle

fois l'amour, cette fois- ci sous la douche, ainsi que je l'avais décidé.

8

Il y eut Genève. Pour moi seule. Un passage initiatique.

J'y passai trois jours, trois journées de formation aux nouveaux réseaux sociaux et à la stratégie politique. Facebook démarrait, tout le monde disait il faut y être, on ne peut pas travailler sans ; il y avait pas mal de sceptiques, ceux qui ne voulaient pas étaler leur vie privée, ceux qui voulaient l'étaler et la partager, ceux qui ne comprenaient pas l'intérêt. Et les autres, presque marginaux au début mais qui deviendraient vite majoritaires, vieux, politiques, journalistes, experts en tout, comédiens, artistes, mères de familles, restaurants, boîtes de nuit, plages, écrivains, éditorialistes. Tout le monde ou presque y laisseraient sa trace au fil des années.

Une amie, venue s'installer à Genève après avoir beaucoup voyagé, m'avait invitée à dîner dans son appartement au sommet d'une tour. Elle était plus âgée que moi, d'une quinzaine d'années. Nous nous aimions bien. Je l'avais toujours trouvée belle, attirante, une forme de liberté qu'elle dégageait. Elle avait un physique très particulier, des pommettes fortes, hautes, des yeux très bleus, souvent intenses, scrutateurs même, une mâchoire assez carrée, des cheveux très courts, très blonds. Elle était coiffée à la Jane Seyberg. S'habillait de vives couleurs qui n'allaient qu'à elle.

Elle était belle parce qu'elle était elle. Elle ne trichait pas. Se forçait rarement. Sa voix pouvait être douce, puis tranchante. Bref, cette amie, Annet, était singulière. Et c'est pour ça que je l'aimais bien.
Elle avait une jolie famille. Un garçon une fille, grands. Plutôt gentils.

Equilibrés. Son mari était d'une gentillesse rare. Fou amoureux de sa femme, il passait tout à Annet. Elle me confia ce soir-là qu'elle était lasse. Elle avait un peu bu, mais c'est sans agressivité aucune qu'elle se raconta.

— Tu vois Ilaria, on se connaît depuis pas mal de temps, je te vois grandir. Moi, je vieillis. Chaque année, après chaque rentrée universitaire, je me dis c'est la dernière. Cette fois-ci, c'est la dernière. Et chaque année, je me laisse embarquer avec les étudiants, j'accepte de suivre une thèse, je m'emballe. Et très vite, je fatigue. Je compte les années derrière moi, celles devant moi. Et je déprime.

— Mais tu voudrais quoi ? Changer de voie ? Ne plus travailler ? Partir à nouveau ? Tu sais Annet, on a tous des moments de doute. Il y a la fatigue, la routine qui use aussi. On a moins envie. Et puis ça revient, tu ne sais pas trop pourquoi. Une étudiante qui va t'intriguer, un autre qui va te faire rire ou te divertir, un nouveau prof séduisant, ou intelligent, ou loufoque que tu auras envie de croiser le jour de vos cours communs. Enfin, tu vois ce que je veux dire, la surprise de la vie, quoi !

Annet était restée sceptique à mon développement.

— Tu n'as pas tort, mais à mon âge, c'est moins simple qu'au tien. J'ai passé 50 ans ! Largement...

— Ben fais un lifting alors ! Franchement, tes rides te vont bien, elles te ressemblent à un point, elles disent tant de toi et même ce que tu essaies de nous cacher ! Moi, je t'ai toujours trouvée très belle. Aujourd'hui comme l'année où l'on s'est connu. Tu t'en souviens ? Peut-être pas aussi précisément que moi...

Annet sourit, et laissa s'installer un silence.

— Si, je m'en souviens parfaitement, de ce moment où tu es entrée dans mon amphi. Tu étais un peu en retard, Ilaria. Tu t'es excusée, tu souriais, tes yeux surtout souriaient. J'ai vu entrer la vie dans mon univers ! Tu portais un jean, des bottines très fines, une grande chemise blanche, des lunettes sur tes cheveux. Tu étais pas mal bronzée, assez menue. Je me souviens avoir d'abord été agacée par ton retard. Puis attirée par ton énergie. Tu t'es assise au premier rang et tu m'as à nouveau souri avec un naturel incroyable. Tu ne ressemblais pas aux autres étudiants, en fait. Tu ne faisais pas étudiante du tout d'ailleurs !

— Quelle mémoire Annet ! Et toi, tu ne ressemblais pas du tout à une prof ! Tu étais, comment dire, lumineuse. Oui, c'est ça, tu irradiais. Tu m'as plu tout de suite !
— Ça s'est vu !

— J'aimais bien ton cours. Mais je venais pour toi, Annet. Tu le savais, n'est-ce pas ? Je crois que j'avais un peu le béguin pour toi. Un gros béguin. Un énorme béguin! Tu étais comme mon idole.
— Oui, c'était clair comme de l'eau de roche ! Moi aussi je t'aimais vraiment bien. Pour être honnête, les histoires avec les étudiants c'est compliqué, alors avec une étudiante !

— Ouais. En même temps, tu sais quoi, on se pose toujours trop de questions. Moi, j'adorais ton cours de littérature. Ça me sert encore aujourd'hui. Tu m'as appris à remettre en question ce qu'on croit être acquis. Il y avait un truc en toi très particulier, comme une forme de liberté que je sentais, que je devinais. On ne se connaît finalement pas assez.

Annet resservit nos verres. Nous buvions toutes les deux le même whisky. Je savais que j'aurais probablement un peu mal à la tête le lendemain.

— Tu as raison, Ilaria. J'ignore beaucoup de toi.

— Et réciproquement. Par exemple, ta vie de femme, c'est quoi ? C'est comment ? Calme ? Plat ? Intense ? Quel genre de femme es-tu ?

Annet rougit un peu, laissait son regard errer, avant de me fixer durablement.

— Je vais te raconter un peu, mais je ne veux pas qu'on en reparle. Ok ?

— Oui, on n'en reparlera pas. Sauf si tu veux qu'on en reparle !

Elle rit.

— J'avais oublié à quel point tu es tenace, Ilaria ! Je vais te parler de Mario et de moi. Je crois que je n'ai jamais été vraiment amoureuse de lui. Je l'aime, beaucoup, je suis bien avec lui, c'est un père admirable, un compagnon de route formidable. Je l'aime, vraiment. Mais quelque chose m'a toujours manqué avec lui. Ou peut-être n'est-ce pas possible de trouver dans une seule personne tout ce qu'on cherche. Lui m'aime. A la folie. Il a donc accepté, pour ne pas me perdre, plutôt pour ne pas que je me lasse de lui, de me laisser sortir un soir de la semaine, seule, sans lui. Il ne me pose aucune question.

— Jamais ? Mais il n'est pas inquiet ? Pas jaloux?

— Si, il est tout ça mais il sait qu'il n'a pas le choix. Et quand je rentre, il est comme soulagé, jusqu'à la prochaine fois.

— Mais dans votre accord, il n'y a pas le fait que tu doives absolument revenir, peu importe ce que tu aies fait, peu importe d'où, peu importe l'heure ?

— Non, il y a juste le fait que je sorte. Sans lui.

— Et sans indiscrétion, tu fais quoi ?

— Je vais au gré des rencontres, des envies, je marche, je rentre dans un bar, je m'y assois, on m'y aborde, parfois je flirte, parfois plus. D'autres fois, je repars, marcher, j'adore marcher. Seule. Ça a pu m'arriver de passer quelques heures avec une rencontre.

— Et ces rencontres, Annet ?

— Quoi, ce rencontres ? Hommes comme femmes, oui. Ça fait partie du charme du moment. Je ne sais pas qui je vais rencontrer, j'ignore tout des heures qui s'avancent. Si tu savais les gens incroyables que j'ai pu croiser. Comme ça, en passant. Parfois un quart d'heure de discussion, un verre partagé, offert. Des jeunes, des vieux, des travelos, des putes, des divorcées, des hommes ou des femmes d'affaires, des dépressifs, des artistes, des écrivains, des paumés. C'est incroyable, le monde de la nuit, tu sais !

Je l'avoue, je n'en revenais pas de cette forme de pacte dans ce couple qui semblait tellement. Tellement quoi ? Tellement normal, en fait.

— Et tu n'as jamais fait de rencontres vraiment importantes ? Une rencontre qui aurait plus compté que d'autres ? Un coup de foudre ? Je ne sais pas, une envie de partir, de ne pas revenir, un truc un peu fou ?

— Si, ça m'est arrivé. Évidemment. Pas très souvent. Est-ce que j'aurais pu tout quitter, les enfants, mon mari, mon travail, ma vie ? Il y a eu deux rencontres, très fortes, sexuellement très fortes. Intellectuellement aussi. Deux hommes. J'ai quand même choisi de rentrer chez moi. Je peux te dire que j'en ai bavé pendant des semaines. Un peu plus, même.

— Et tu as des regrets ? Ou tu en as eus ?

— Je n'en sais rien, s'il s'agit de regrets. Ou d'autre chose. C'est comme ça que s'écrivent les romans, non ? Parce qu'on fait, ou qu'on ne fait pas. Parce que c'est possible, ou que ça ne l'est pas. Pour mille raisons.

— Je me souviens de tes cours autour de cette grande question. On écrit pour raconter nos vies, on les embellit, on les dramatise. Mais si on ne vit pas grand-chose, on n'a rien à raconter, non ? J'ai toujours pensé qu'il fallait être ouverte, au maximum de gens, de sensations. Mais je n'ai jamais su où était la vérité.

— La vérité de quoi, me demanda Annet.

— La vérité de savoir si on vit des événements que l'on

romance pour pouvoir en écrire quelque chose, ou l'inverse. Ce que je veux dire, c'est j'ignore pour l'instant le processus de création pure, mais que je m'en approche.

La liberté d'Annet, j'y penserais souvent pour nourrir ma propre histoire avec Davide. Je savais intuitivement qu'il ne fallait pas copier mais trouver sa route.

Le mari d'Annet acceptait. En souffrait probablement, mais acceptait. C'était sa condition à elle pour rester avec lui. Elle l'aimait moins qu'il ne l'aimait, et les deux le savaient. Il n'y avait pas à juger. Et encore, rien n'était jamais quantifiable dans les sentiments. Qui aime le plus, qui aime le mieux. On ne savait jamais.

Chaque couple avait son pacte. Enfin, chaque couple qui fonctionnait en conscience, en honnêteté. Eux avaient eu la chance de trouver le leur. Mystérieux pour les autres.
J'avais envie de poser mille questions, de nouvelles me traversaient l'esprit. Je n'en fis rien. Pourtant, ça me titillait d'interroger Annet plus en détail sur ses rencontres. Je sentais bien qu'elle avait envie de parler mais sa méfiance maladive la sommait de stopper les confidences. Et moi, j'aimais laisser les mystères planer, offrant à mon imagination toute latitude pour divaguer.

Sans m'en rendre compte, après l'avoir embrassé, après qu'elle m'ait serré plus fort qu'à l'habitude dans ses bras, j'avais pris l'ascenseur, marché un peu dans un Genève endormi, emprunté le tramway me ramenant à mon hôtel.

Il n'y avait pas grand-monde. L'heure était certes tardive, mais cette grande ville d'affaires me laissait froide.

Je jetai un coup d'œil rapide dans la fenêtre qui, du fait de l'obscurité, faisait office de miroir, et je me trouvais fatiguée. Les traits un peu tirés par la journée qui s'était terminée agréablement mais de façon étonnante. En me regardant un peu mieux, je vis, dans un reflet dans la vitre, face à moi, un jeune homme qui ne me quittait pas du regard. Naturellement, je me tournais vers lui et lui sourit. Qui n'aurait pas souri à un tel visage ?

Jeune, le teint hâlé malgré la lumière blafarde du tramway qui n'avantageait personne. Des cheveux aussi bruns que noirs étaient ses yeux. Une sorte d'apparition à cette heure tardive.
Il était beau. Jeune et beau. Et moi, je me sentais fatiguée et pas vraiment jeune.

Il répondit à mon sourire. Et nous commençâmes à parler. Lui, surtout. Il était brésilien par sa mère, suédois par son père. Ce léger accent me réchauffait les sens. Il me raconta ce qu'il faisait en Suisse, mais je ne l'écoutais que d'une oreille. Je ne voyais plus que ses lèvres assez charnues. Sa peau qui devait être douce, la courbe parfaite de son visage, comme s'il avait été dessiné par un peintre.

Notre voyage dura une quinzaine de minutes, quand je m'aperçus que j'étais arrivée à mon arrêt. Je le lui dis, en prenant un air désolé. Sincèrement désolée.

Il me sourit à nouveau, me regarda avec une intensité qui n'était pas forcée, et m'interrogea avec une simplicité et un naturel rares. J'entendis alors :

— Oui ?

Il prononça ce oui avec une telle douceur que je me sentis alors incapable de renoncer.

— Oui, je répondis.

Nous nous levâmes ensemble, sans un mot.

Je lui pris le bout des doigts, il me saisit la main et m'attira à lui. J'avais l'impression d'être dans une télénueva, tant cette scène faisait cliché. Mais elle était pourtant bien réelle et m'excitait terriblement. Je ne sais pas ce qui m'excitait le plus. La beauté du jeune homme dont j'ai oublié le prénom, si je l'ai su ? L'incongruité de la scène, la sensation de prendre le chemin d'Annet et d'être moi aussi libre ?

Il commença à m'embrasser, à me parler en portugais et je n'y comprenais rien. Je savais bien que c'était une simple

84

technique de drague mais l'essentiel était de vivre ce moment-là. C'était ainsi que naissaient les jolies rencontres et que se tricotaient les souvenirs les plus marquants.

Nous allâmes à mon hôtel, et nous fîmes l'amour avec délice. Il était un bon amant, sans grande imagination, peut-être un peu jeune.

Qu'importe. J'avais eu envie de cette peau bronzée, douce, jeune, de ce corps musclé, un peu sec. J'avais eu envie de caresser ses belles épaules rondes, son torse, ses abdos, ses fesses rebondies. J'en profitais, presque égoïstement. Certains aimaient les belles pâtisseries, d'autres les belles carrosseries. Moi, j'aimais les beaux corps. Ou les belles de corps.

Cette nuit-là, sans doute sous l'effet de l'alcool, je traitais ce jeune amant finalement sans délicatesse. J'en garde après toutes ces années un souvenir de corps contre corps, de transpiration, de muscles tendus, de rythme aussi.

Très rapidement, il sortit un préservatif, signe pour les amants du 21e siècle que l'un des deux au moins avait envie de plus. Je le lui posai.

— Non. Pas par derrière !

Il me saisit par les hanches et je lui offris la vue de mon cul.

Je l'entendis jouir assez rapidement, il prononça des paroles en portugais que je ne compris évidemment pas. Il s'écroula sur moi. Quelques secondes, il ne bougea plus et je sentais sa transpiration coller mon dos. Il embrassa tendrement mes deux omoplates, puis se retira, et enleva son préservatif. Je le contemplai, il m'attira à lui. Je le repoussai.

Il me regarda un peu étonné, peu habitué à recevoir ce genre d'ordres. Il se rhabilla en silence, et quitta la chambre la tête basse.
Juste, il me lança ceci :

—Tu es bien une femme mariée, toi ! Et il claqua la porte.

Enfin, je me calmai et relevai la tête. J'avais soif, moi aussi.

J'éclatais de rire. Seule

Nous n'avions donc même pas échangé nos prénoms ! Lui deviendrait dans mon récit à venir « Le Brésilien ». Car je comptais bien, une fois rentrée à Florence, raconter cette aventure à Davide. C'était notre pacte. Je me sentais incroyablement bien, et j'avais même envie de l'appeler à l'instant. Mais il était presque 2 heures du matin et il devait dormir. Je décidai alors de lui envoyer un sms, qu'il trouverait dans la nuit ou à son réveil :

— G fait l'amour avec un Brésilien. Plutôt jeune. Beau gosse. Très beau en fait. Rencontré dans le tramway. C'était super. Te raconterai en détails, évidemment. Je t'm.

9

Avec Davide, beaucoup d'étapes avaient été franchies. Je ne croyais ni à la fameuse crise d'adolescence, ni à celle du milieu de vie. Je pensais, et je le pense toujours, qu'il est plutôt question de prises de conscience successives où l'on passe des caps à se détacher de ses parents, le plus souvent du poids de sa mère, qu'elle soit aimante ou pas, douce ou distante, encourageante ou au contraire handicapante. La mienne avait été une empêcheuse non pas de tourner en rond mais d'avancer. J'avais passé une partie de mon existence à la contourner, à lui mentir, à arrondir les angles, à lui cacher qui j'étais vraiment. Elle ne m'avait pas laissé d'autres choix que celui-ci. C'était de mon point de vue la seule attitude à adopter sous peine soit de me frustrer soit de la faire souffrir. Au chaos de la relation mère-fille, j'avais lâchement mais stratégiquement préféré une relation espacée dont nous nous accommodions finalement assez bien au fil du temps.

Le goût que j'avais développé pour l'amour, la passion des corps, des rencontres, venait peut-être de son incapacité à elle à explorer les mille possibilités qu'offrait une existence. Et de son incapacité à me voir telle que j'étais, qui j'étais.

Dans son esprit, les choses étaient simples, alors que dans le mien, la complexité m'animait pour me faire vibrer. Moi, je voulais ressentir quand elle, s'y refusait.

Davide avait libéré en partie mes émotions. Quand j'étais avec lui, je ne pensais plus à ma mère qui détestait tout ce qui m'attirait. Elle, ne le savait pas, que j'étais attirée par les peaux, qu'une odeur de peau pouvait me faire perdre raison, qu'une main de femme me transportait, que la nuque d'un homme ou ses épaules me bouleversait. Que je regardais aussi les femmes, certaines. Et quand je croisais un regard profond, qui me scrutait, le bout d'une langue qui passait sur une lèvre, ça me rendait folle de désir.

Moi, j'étais ainsi, et de plus en plus ainsi. Pas toujours. La peur, mais de quelle peur parlait-on, était là, insidieuse. Je croyais qu'elle avait disparu, et puis elle revenait. Dans ma tête d'abord, elle insinuait le doute, étouffait l'envie de jouer. Puis elle glissait dans mon ventre, et me provoquait une forme de crampe. J'avais appris à la reconnaître, cette chienne de peur.

Davide savait tout cela et m'accompagnait quand il me fallait traverser ces épreuves que ma mère ranimait. Elle ne pouvait pas, à intervalles réguliers, faire autrement que de freiner ma course. Non pour me voir souffrir moi, mais

pour empêcher le miroir que je lui tendais. J'étais fine, féminine et en même temps un peu androgyne, j'étais libre,
ou du moins je tentais de l'être. J'aimais sortir, boire, baiser,
m'amuser. Tout ce qu'elle n'était pas, je l'étais. Non pas
qu'elle ait voulu être une femme comme ça. Elle ne supportait pas les femmes, en fait. Je me souviens, j'étais assez
petite et une émission de la Rai avait vu Claudia Cardinale
interviewée par un je ne sais quel animateur qui bavait littéralement devant cette beauté âgée d'une quarantaine d'années alors. Ma mère l'avait presque traitée de pute si cela
avait été son langage. Elle l'avait trouvée dégoûtante avec
sa robe fendue, ses longues jambes offertes. Là où moi je
n'avais vu que de la beauté sublime, du désir, de la liberté,
de la sensualité, ma mère y avait vu de la débauche. Elle
avait raison, c'était une incitation à la débauche. Et c'est ce
qui moi m'attirait, quand cela l'écœurait. Elle ne comprenait rien au désir. Quand moi j'avais envie de découvrir
pourquoi mon sexe battait fort quand un bel homme ou une
jolie femme était face à moi, sur un écran, petit ou grand.
Et surtout dans le réel.

10

J'y avais réfléchi tout le week-end. Ça avait tourné et tourné dans ma tête, m'empêchant de dormir, ou plutôt de m'endormir. La vodka aidant, j'avais fini par trouver un peu de répit. Et je m'étais décidée le lundi matin, après un réveil aux aurores. Le sommeil m'avait fuie une fois de plus pour laisser place au désir. J'étais en état d'excitation émotionnelle.

J'allais lui envoyer un email. Comme une stratégie de guerre, de conquête plutôt. Éviter le moindre faux pas. Et pourtant, qu'est-ce que j'avais à risquer, si ce n'est un refus poli ou indifférent de cette femme que je devinais.

Quoiqu'il arrive en cette semaine de rentrée, il fallait que j'ose. Pour passer à autre chose dans ma vie. Sortir du fantasme qui avait certes nourri mon été, notre été. Il fallait évoluer. Avancer. Le maître-mot.

Je l'avais eu au téléphone quelques jours auparavant. J'avais une simple question d'ordre médical au sujet de Deva. Rien de sérieux. Elle avait cependant pris le temps de me répondre, entre deux rendez- vous. Nous avions même parlé. Parlé vraiment. Je sentais dans sa voix une lassitude, dont j'ignorais évidemment la source. Elle m'avait dit être fatiguée de tout gérer, de prendre les gens en charge. Qu'elle avait envie de se changer les idées. Qu'elle avait besoin de fantaisie. Non, elle n'avait pas employé ce terme. C'est moi qui avais traduit ainsi sa parole. M'avait-elle dit qu'elle s'ennuyait ? Je ne crois pas que l'ennui perçait derrière ses paroles.

Je me souviens l'avoir un peu secouée, en douceur, certes. Déjà, je l'avais secouée. Je me souviens de ses silences approbateurs. De son envie de parler plus longuement mais elle ne pouvait pas faire attendre les prochains patients, vous comprenez bien sûr, m'avait-elle presque supplié.

Bien sûr que je comprenais. Qu'aurais-je pu faire d'autre que comprendre ? Je ne ferais d'ailleurs que ça, les années qui suivraient, de la comprendre. De patienter. De profiter de quelques moments volés.

Ce lundi matin, j'ouvris donc mon ordinateur vers 9h30, et commençai à écrire, sans mettre d'adresse mail, de peur d'un envoi intempestif. Je savais ce que je voulais lui dire, et comment. La surprendre d'abord, la prendre de court. L'entourer délicatement mais par des mots savamment choisis. La faire prisonnière de mes phrases, la tenter. L'attirer dans ma toile.

Le caractère romanesque de cette femme m'avait touchée, bien qu'elle n'en laissait voir que des bribes.

Il me fallait l'étonner, l'ébranler. Puis lui trouver une phrase sibylline, un peu mystérieuse. Avant de lancer une invitation. Et attendre une réponse. Peut-être. Espérer.
Je me décidai enfin et lui écrivis ceci, envoyant ce court texte à 9 heures 57, le cœur battant fort dans mes tempes.

— Bonjour Francesca

Je me suis réveillée tôt ce matin. Pour une raison qui m'est inconnue, ou que je ne parviens pas à attraper, un sentiment ne me quitte plus depuis notre dernière conversation.
Vous m'avez posé une question, à laquelle j'ai rapidement tenté de répondre : comment trouver du temps pour soi ? Il n'y a évidemment pas de réponse toute faite. Mais m'est revenue une phrase que j'aie lue dans un livre cet été, qui disait à peu près ceci :

« Quand je regarde ma vie en arrière,
Je souris de ce que j'ai entrepris sans réussir, Et je trouve plus difficile encore
Ce que je n'ai pas osé. »

Je crois que ce serait une très bonne idée de trouver un moment pour déjeuner. J'apprécie beaucoup nos débuts de conversations.

Alors, à bientôt.

Moins d'une demi-heure plus tard, la réponse arriva.

— Chère Ilaria

Merci pour votre mail du matin. Je réponds un peu vite, entre deux rendez-vous. Cet extrait m'interpelle.

Je serai ravie de déjeuner avec vous, la semaine prochaine si vous le voulez bien. Accordez-moi un peu de temps pour me libérer. Que diriez-vous de mardi en 8 à 12h30 ?

J'espère votre patience.

Bien à vous

Nous échangeâmes ainsi de courts mails toute la matinée. Les siens arrivaient en moyenne toutes les 20 minutes, entre chaque consultation. Était-ce aussi évident pour elle que ça l'était pour moi ? J'eus alors l'impression que Francesca attendait mon invitation. Mais que jamais elle ne l'aurait proposé. Elle n'était pas le genre de femmes à prendre les devants. Belle, séduisante, souvent distante, je le découvrirai par la suite, sans doute habituée à être courtisée. Mon caractère m'enjoignait à ne pas laisser passer l'occasion, et à prendre le risque somme toute mesuré.

Le rendez-vous fut pris pour le mardi suivant.

Huit journées entières à patienter, à imaginer, à me préparer. Mais une phrase résonnait en moi. Une phrase dont je ne me remettrais jamais tout à fait d'ailleurs. J'avais hésité à en parler à Davide. Alors que je travaillais à la maison, il vint se poster derrière moi. M'embrassa derrière l'oreille. Je me retournai vers lui. Il comprit immédiatement.

— J'ai écrit à Francesca Libertini ce matin.

Ça suscita chez lui une curiosité non retenue.

— Pour l'inviter à déjeuner. Elle a accepté. Mais quand je lui ai demandé si elle avait une préférence pour le lieu, elle m'a écrit une réponse que je trouve incroyable.

Je faisais durer le moment ; j'avais un vrai talent pour ça. Ma spécialité. Faire monter l'envie, la frustration, pour ensuite libérer le plaisir.

Il attendait, mais me pressait :

— Allez, dis-moi vite !!!

Mon sourire que Davide qualifierait plus tard de carnassier revint sur mon visage.

— Elle m'a écrit ceci :

« Je me laisserai volontiers conduire au gré de vos envies ».

Il n'en revenait pas.

— Elle t'a vraiment écrit ça ! Je n'arrive pas à le croire. Elle sait quand même le sens des mots qu'elle emploie. Même pour le simple choix d'un restaurant !

Moi aussi, j'avais été interloquée. Écrivait-on une phrase pareille quand il s'agissait d'un simple déjeuner entre vagues connaissances ? Mon mari était certes psychanalyste, et lui comme moi nous étions habitués à tordre parfois les mots pour en découvrir le sens caché. Cette phrase était une invitation, volontaire ou pas, au désir. Au rapprochement. A l'aventure.

La semaine passa, lentement. Remplie de tâches domestiques, de travail, de sorties, de routine. Je me rendis compte très vite que je me nourrissais de mon désir pour elle. Je n'avais qu'une hâte, être avec elle. Aller la chercher, et profiter de ce moment.

Enfin, le mardi arriva. J'étais tellement nerveuse, ou plutôt impatiente, et objectivement débordante d'adrénaline, que je décidai d'aller courir le matin, en priant le ciel pour que la belle doc n'annule pas au dernier moment. Enfin, il fut l'heure d'aller la chercher à son cabinet.

J'avais comme une boule dans la gorge. Je sonnai, et finis par me calmer. Elle, ne se doutait probablement pas de ce que je vivais depuis des semaines quand je pensais à elle. Évidemment que non, elle ne pouvait pas s'en douter.

Je montai les marches, comme dans mon rêve initial. La

standardiste m'accueillit, prévint Francesca, docteur Libertini, que j'étais là.

Je l'attendis cinq bonnes minutes, et jetai un coup d'œil au bureau situé à l'entrée du cabinet. Ce n'était pas le bureau du rêve en fait, même s'il y faisait un peu pensé. Sombre certes, il y avait effectivement une cheminée et la croix du Christ juste au-dessus. Mais nous étions en Italie, et le catholicisme était présent partout, comme dans de nombreux pays latins. Le simple fait de jeter un œil et de me souvenir de mon rêve fit accélérer déraisonnablement mon cœur. Je me souvins aussi de l'orgasme que j'avais ressenti pendant ce même rêve, de celui que je lui avais donné. Et cela parvint paradoxalement à me détendre. Quand j'entendis des talons derrière moi. Je la vis alors.

11

Grande, assez fine, très souriante, décidée. En pantalon, sur de hauts talons. Un joli collier sur un chemisier blanc. Que ce chemisier lui allait bien. Lui donnait un air de sévérité, d'autorité, de sagesse aussi. Le col relevé sous ses longs cheveux finit de me faire chavirer.

Je lui tendis la main, comme à l'habitude. Mais Francesca me saisit de sa main gauche et m'attira très naturellement à elle pour m'embrasser. Un geste de vraie timide qui ose. Ça peut paraître idiot, à dire ça, mais quand sa peau entra en contact avec la mienne, je ressentis vraiment un choc électrique.

J'ignore à propos de ce premier moment si Francesca ressentit la même chose. J'avoue n'avoir jamais pensé à le lui demander.

Le déjeuner fut joyeux, débordant de confidences, d'histoires, d'anecdotes. Nous commandâmes, en nous rendant compte que nous aimions les mêmes choses. Nous prîmes un peu de vin. Francesca commença à parler. De ses problèmes de couple, dont elle ne semblait pas savoir comment se sortir. En avait-elle envie ? Pas sûr.

D'abord, j'avais eu du mal à placer un mot, trop nerveuse. Et puis, j'avais envie de l'écouter. Mon expérience des hommes me faisait tenir une attitude presque passive. La règle du jeu, avec eux, c'était de les faire parler, leur poser des questions, montrer un véritable intérêt pour leurs histoires.

Je m'apercevais avec Francesca que les femmes n'étaient pas vraiment différentes des hommes. En tous les cas, celle-là.

Quelques gorgées de vin m'aidèrent, et je profitais de les sentir couler dans ma gorge pour me détendre. Je ne voulais pas que Francesca s'aperçoive de ma nervosité. Ça aurait été ridicule.

Mais elle aussi était nerveuse. Sa main trembla une première fois quand elle nous versa de l'eau.

— Pardon, je ne sais pas ce que j'ai aujourd'hui, finit-elle par m'avouer en me regardant fixement. Ce n'est pas mon genre d'avoir la main qui tremble, je vous assure !

Je ris. Elle rit. Elle avait reconnu à demi-mot que ce rendez-vous prenait une tournure étonnante. Je ne le savais pas encore, mais Francesca était le genre de personne à reconnaître à demi-mots. Non pas par hypocrisie, ou par souci d'épargner les autres. C'était pour elle une forme de protection. Ne pas trop se laisser envahir par ses émotions et

celles des autres. Ne pas se laisser envahir du tout. Contrôler. Pour éviter le danger.

La discussion s'engagea. J'étais curieuse d'elle, elle l'était de
moi. Même si je devais bien reconnaître qu'elle était très
centrée sur elle- même. Était-ce de ma faute, à force de lui
poser des questions, de la relancer, de vouloir savoir beaucoup très vite ?

Et de me livrer assez peu ?

Ce premier déjeuner répondait pour elle à un besoin qu'elle
analysa sérieusement par la suite. C'est ainsi que se passent
les rencontres. Les coups de foudre. Bien sûr, ces moments
rares traduisent une attirance sexuelle pas toujours
consciente. Ils répondent à un besoin. Ils remplissent un
vide. Ils alimentent un fantasme. Mais l'accroche se fait sur
cette énigme.

Francesca tournait en boucle dans sa vie, tant personnelle
que professionnelle. Tout était connu, codé, limité. Je
l'avais senti dès notre première conversation téléphonique.
Elle ne savait pas ce qu'elle voulait faire, et remplissait
d'heures et d'heures de travail son temps. Entourée de
tonnes de gens qui eux aussi faisaient semblant d'aller bien,
d'autres qui ne cachaient pas leur mal-être, Francesca ne
savait pas que l'on pouvait consacrer toute une existence à

travailler le désir, à le questionner, le façonner, à se laisser envahir par de fortes émotions. Chez elle, hormis des rencontres parfois brutales avec des hommes, tout le reste était sous contrôle. Mais elle sentait, car elle était finalement très intelligente et intuitive, que quelque chose clochait dans son chemin. Que quelque chose manquait. Fataliste, parfois même déterministe, elle pensait un peu paresseusement que ça n'était pas si grave. Le vernis avait certes déjà craqué, mais elle pensait que son rafistolage était bien suffisant pour tenir le choc sur la durée.

Elle me le raconta des mois plus tard, mais sa rencontre avec moi avait provoqué une forme de basculement. Tout en douceur vu de l'extérieur, mais une véritable révolution intime. Je lui parlais de ma façon de vivre, de voir les choses, les gens, de choisir.

Alors, nous parlâmes. Pourquoi elle était devenue médecin et moi conseil en communication ; puis pourquoi je voulais évoluer vers autre chose. Notre jeunesse ; notre enfance ; nos amours, mais pas toutes me concernant, pas question de choquer, déjà et si vite, cette bourgeoise. ; notre appréhension du couple et de la vie à deux ; l'enfant, la mienne, et l'absence de lignée chez elle, un sujet vite évacué ; nos voyages, nos goûts musicaux, culinaires. Nos caractères, ce qui nous faisait rire, ce qui nous attristait. Nos années de fac, nos vieux gringues, nos bringues, les miennes actuelles, les siennes anciennes ; ce que nous avions fumé étant jeunes. Bu aussi. Notre été passé, quelques blessures, quelques souffrances physiques qui en disaient tant sur notre psychologie respective. Nos opinions politiques, notre premier vote, notre dernier vote, le vote prochain. Le sport, que moi j'avais pratiqué avec assiduité et pratiquais toujours mais moins régulièrement tandis qu'elle, se contentait d'un coach sportif à la maison, pratique dont elle avait un peu honte...

Nous avions beaucoup ri, c'était tendre, pour laisser à bonne distance la tension charnelle qui était née entre nous. Nous nous étions regardées abondamment, presque contemplées. Sans essayer d'impressionner l'autre, nous avions instinctivement confié déjà des éléments intimes de notre personnalité. Nous avions laissé peu de place aux silences. Pressées, très pressées. Comme si une avidité nous avait prises par surprise.

Nous étions incroyablement différentes, sur notre passé, nos aspirations, notre façon de voir la vie et de la vivre. Et pourtant, nous nous accordions comme par miracle.

Il nous avait fallu parler et parler encore. Nous n'arrivions pas à mettre fin à ce premier déjeuner. A ce déjeuner initiatique. Je l'écoutais, vraiment : elle aimait visiblement beaucoup me parler. Ce fut immédiat. Je compris qu'elle craignait les moments de silence, même fugaces. Avec le temps, les années même, je lui apprendrais à moins les redouter. Et je les provoquerai, pour installer des regards, des effleurements de nos peaux, entendre sa respiration et moi la sienne et elle la mienne et installer parfois même des sourires gênés. Déjà, Francesca se noyait dans mon regard et dans ce désir que je n'identifiais pas bien. Elle était en terrain cependant inconnu. Car je ne la draguais pas ouvertement, mais j'installais du sentiment, de l'autorité, du mystère, de l'humour. Oui, elle avait beaucoup ri au cours de ce repas et son visage, si beau mais si dur parfois s'était ouvert.

Le déjeuner terminé, nous prîmes un café, puis deux en terrasse. Francesca fumait beaucoup, moi pas. Ça me plaisait, qu'elle fume. Ça lui donnait un côté années 50. J'ignore pourquoi, mais elle me donnait l'impression d'être à peine libérée des interdits qui avaient bloqué et freiné les femmes depuis toujours. Elle me faisait vraiment penser à une Américaine, à une New-yorkaise des fifties qui s'affranchissait. Cette image m'avait traversé comme un éclair.

Les heures avaient passé sans que nous nous en apercevions. Plus de 3. Était-ce cela, un coup de foudre ? Être emporté dans un espace- temps inconnu, différent, sans sensations reconnaissables ? J'étais troublée, excessivement troublée, extrêmement troublée par cette femme qui, malgré tout, m'agaçait déjà.

Nous étions en train de tomber amoureuses l'une de l'autre. Moi, je le savais, l'acceptais. Francesca, moins.

Comme deux aimants, nous étions attirées l'une vers l'autre. Bien sûr que mon rêve influençait cette rencontre. Mais mon rêve parlait de mon désir inconscient de vibrer et c'est cette femme-là qui était apparue. Ce jour-là, ma vie changea. Celle de Davide changea. Et celle de Francesca évidemment. Ce fut d'ailleurs peut-être l'existence de cette dernière qui fut le plus chamboulée. Francesca résista pendant tant et tant d'années à ce désir pour lequel elle avait identifié l'interdit que lorsqu'elle osa enfin, elle bascula. Mais après des années. Des renoncements. Des refus. Des fuites. Du déni. Cette femme m'épuiserait parfois, mais jamais je ne m'en lasserais.

Je savais, en la regardant sur la terrasse de ce restaurant connu de Florence, que ma vie serait envahie à la fois par sa présence, mais plus encore par son absence. J'apprendrais à vivre avec. A me souvenir de tout. Un geste. Un regard. Une odeur. Une couleur. Tout.

Francesca serait tout au long de ma vie ma seule vraie expérience de drogue dure.

Je finis par regarder mon portable, vis de nombreux appels en absence, rien de grave, des SMS et des emails en attente, et surtout l'heure me fit faire les gros yeux.

— Vous n'allez pas en revenir. Devinez l'heure.
— Je ne sais pas, 14h30 ? 15h???
— Non, il est 16h30 passés et j'ai une réunion très importante dans un peu plus d'une heure !
Nous payâmes, enfin Francesca m'invita. Ce qui fit dire à Davide, le soir au moment du compte-rendu :
— Elle va te le faire payer, ce repas !
Je la raccompagnai à son cabinet. Nous marchâmes un peu. Lentement. Très lentement. Nous n'avions pas, malgré l'heure tardive, envie de nous quitter. Comment faire pour une prochaine rencontre ?

Je n'en avais pour l'heure aucune idée. Je savais que ce moment demeurerait unique en cela qu'il était le premier, le déclencheur. Et qu'il installerait la suite.
Nous nous embrassâmes, Francesca m'étreignant le bras avant de me lancer, sur le pas de la porte :

— La prochaine fois, nous prendrons vraiment le temps!
— Pourquoi, vous trouvez que 16h30, ce n'est pas assez

tard ?

— Non ! Essayons de nous libérer vraiment ! A bientôt !

Et je la regardai monter les mêmes marches que j'avais montées 4 heures auparavant, et quelques semaines avant dans mon rêve et lors de rendez-vous précédents avec ma fille.

Il fallait maintenant aller travailler. Je planais, sans aucune autre substance que Francesca. Je décidai le soir même de lui écrire un mail, commençant là une correspondance qui marquerait les premiers mois de notre relation.

Quelque chose avait changé, sur mon visage. Quelque chose que les autres voyaient. Devinaient. Je n'avais pas vraiment réfléchi à la question du poly-amour avant. Avec Davide, les choses étaient claires finalement. Nous nous aimions, nous avions des aventures, enfin j'avais des aventures qu'il supervisait. Mais je n'avais jamais aimé deux personnes en même temps. Il m'arrivait un événement aussi inattendu qu'énergisant. J'avais envie de Davide, et je vibrais pour Francesca.

Les copines, mon associée, m'interpellèrent dans les jours qui suivirent.

Je leur dis que j'avais eu un déjeuner privé qui s'était passé, très bien passé. Ce qui suscita chez bon nombre d'entre elles des supputations et des fantasmes, que je dissipai :

— Non non, je n'ai pas d'amant, et si vous ne me croyez pas, demandez à Davide.

Francesca dirait qu'elle avait sympathisé avec une cliente. Rien de plus. Les questions de son côté apparaîtraient quelques mois plus tard, quand, à force de me citer dans ses conversations, dans ses dîners, son entourage finirait par exiger d'elle des éclaircissements.

Notre histoire commencerait alors presque dans la clandestinité. Un secret partagé avec Davide.

12

Ma vie serait à la fois plus légère quand cette nouvelle amie si particulière serait présente, même à distance, quand je la sentirais dans ma vie mais surtout, surtout, quand je me saurais dans sa vie à elle. Ma vie serait lourde, pénible, hachée, quand Francesca, par peur souvent, par conformisme exacerbé, ne donnerait pas de signe de vie. Ou si peu. Ou si mal. Je l'apprendrai, cela, au fil des premiers mois, et jamais je ne parviendrai à me satisfaire de ce rythme presque capricieux. Mais jamais je n'en viendrai à rompre. Délibérément, je choisirai de coller à son rythme, de parfois, souvent même la remuer, la déranger dans sa routine. Pour amener la vie dans sa vie. Ou de garder une bonne distance pour me préserver de sa capacité, parfois, à me rendre dingue. J'ai longtemps douté sur sa structure mentale. Des années auront été nécessaires pour que je le comprenne totalement.

Cette histoire-là ne serait jamais reposante pour moi. Elle me rendrait dépendante d'elle, je la rendrais dépendante de moi, elle lutterait souvent contre notre relation si singulière.

J'étais tombée amoureuse de Francesca. Follement amoureuse de cette femme. Et ça ne s'arrêterait jamais.

J'avais mal dans le ventre quand elle m'appelait, quand je l'attendais. Un mal qui me clouait sur place avant de provoquer en moi comme une décharge proche de l'adrénaline. Francesca serait pour moi de l'adrénaline.

Elle allait occuper mes pensées, me procurant la plupart du temps une énergie phénoménale. D'autres fois, elle me plomberait. Mais avec le temps, j'appris à ne pas me laisser anéantir par un silence, le ton de sa voix ou une attitude froide. J'apprendrai à tout décrypter, et à tout dépasser. A faire avec ce qu'était Francesca.

Avec Davide, nous avions signé un pacte, scellant notre fonctionnement. Faisant de nous des partenaires. Ecrivant notre liberté commune. Que je voulais honorer. Il n'était pas question de devoir, d'obligation entre nous. Il avait vu que j'étais tombée en amour avec Francesca. Il l'avait vu avant même que cela arrive.

En revanche, il me mettait clairement sous pression, car lui était moins souvent que moi acteur.

— Francesca passera toujours après nous, Ilaria. C'est notre pacte. Nous sommes bien d'accord là-dessus ?

Nous l'étions.

Il restait la peur. D'où cela venait, cette peur ?

Je le savais évidemment mais j'avais lutté pendant des années pour ne pas y penser. Ne pas y penser, ne pas en parler, cela signifiait que ça n'était pas arrivé. Pas à moi. Puisque je refoulais, ça n'était pas. Point.

Évidemment, le corps et l'inconscient faisaient un peu comme ils voulaient avec ma volonté.

C'est à 17 ans que ça m'était arrivé. Le truc idiot, presque classique. J'avais été violée par deux types qui sortaient de boîte, éméchés, alcoolisés. C'était au petit matin, je m'étais levée de très bonne heure pour aller courir. A l'époque, j'adorais courir tôt le matin. Les rues de Florence étaient désertes, les commerces commençaient à ouvrir, il faisait frais, même l'été. J'aimais la sensation que procuraient en moi les premières foulées, dans la solitude des rues, des avenues, des traverses, les pavés encore mouillés par la rosée du matin ou l'eau des balayeuses. Voire la pluie fine de la nuit. J'aimais observer les fenêtres des Florentins qui se réveillaient. Quelques rares lumières. Et je courais, une petite heure.

Sauf que ce matin-là, un dimanche, je fis la rencontre qu'il ne fallait pas. Je n'étais ni maquillée, ni particulièrement affriolante dans ma tenue de course. Les deux types que je

dépassais alors me parlèrent d'abord assez sympathique-
ment.

— Où tu cours comme ça ? Eh, attends-nous ! Tu vas trop
vite ! T'as pas besoin d'un massage après ?
Je les écoutais à peine, continuant ma course sans trop les
calculer. J'aurais dû, bien sûr, écouter mon instinct. Faire
demi-tour et rentrer chez moi. Mais je ne le fis pas, et
continuai à courir. Inconsciente du danger.

Ils me coupèrent la route alors que je traversais une avenue,
klaxonnant. Ils riaient fort, ou plutôt dégueulaient de rires
gras. Je compris qu'ils avaient pas mal bu.

Cela arriva. M'arriva. Dans l'entrée d'un immeuble restée
ouverte. Les deux abusèrent de moi. Ils me firent assez mal,
mais la douleur s'évanouit rapidement. Ils m'avaient abandonnée ainsi, dans mes larmes, sur le sol.

J'étais rentrée chez moi, en marchant. Ne sachant pas la
suite que les événements devaient prendre. En parler ? Me
taire ? Porter plainte. Je me douchai d'abord, longuement.
Mais je ne pleurais plus. J'étais comme sèche. Je sortis de la
salle de bain, et décidais de n'en parler à personne. Discrètement, le lendemain, j'allai voir un médecin qui m'ausculta-
ta. Me donna ce qu'il fallait pour éviter une grossesse. Je ne
m'en sortais pas si mal, voilà ce que je pensais. Je me remis

au travail, à mes révisions. Mes parents me trouvèrent mauvaise mine. Mes copines pensaient que je cachais un chagrin d'amour. Très vite, je rangeai ce drame dans un coin de mon cerveau, pour ne plus y penser. Ce qui fonctionna pendant des années. Jusqu'à ce qu'une maladie me rattrape, quelques années plus tard. Un gros problème au rein. Le rein, c'était l'organe des eaux stagnantes, des eaux usées. Je finis par consulter une psy. A qui je confiai la réalité de mon drame intime. Plus jamais je ne courus seule, au petit matin. En fait, plus jamais je ne courus seule.

Davide était au courant. Je le lui avais raconté dès le début de notre histoire. Convaincue de ne jamais pouvoir vraiment me sortir de cette histoire. Puis, année après années, des heures et des heures de thérapie m'avaient peu à peu apaisée.

— Tu as tort de penser que cela t'a fait perdre du temps. Ça a sans doute révélé des choses en toi, qui sont passées par la souffrance, et c'est bien dommage. Mais tu as tellement travaillé sur ton passé qu'au contraire, tu as gagné du temps. Et surtout, tu as choisi Eros. Contre Thanatos.

Voilà ce que me répétait Davide.

Je l'écoutais toujours très attentivement lorsqu'il me parlait ainsi. Il ne disait jamais les choses pour rien.

13

Davide ne cessait patiemment de m'encourager, de me stimuler. C'est ainsi que dans des endroits ou à des moments incongrus il me proposait de plus en plus souvent des passages à l'acte. Comme cette fois-là où nous avions décidé, après une soirée chez des amis, de sortir. Il était tard, et la convention voulait que l'on aille tous sagement se coucher avec une tisane et un bouquin. Éventuellement après l'étreinte du samedi soir, sauf si l'on avait trop bu. Et encore, beaucoup de ces couples le faisaient quand même, mal parfois, mais le faisaient. Pour cocher une case supplémentaire et se rassurer un peu. Se donner l'impression d'être un couple, puisqu'on venait de le faire...

J'avais envie de retrouver mes sensations de jeunesse, comme je le lui dis alors. Lui de les découvrir à mes côtés.

Nous embrassâmes donc nos amis, ils nous souhaitèrent une bonne nuit, merci pour cette soirée le vin était excellent j'ai adoré le dessert on se rappelle et on se voit très vite c'était vraiment sympa qu'est-ce qu'on a ri on devrait se voir plus souvent bon courage pour tes travaux bon retour bonne nuit à bientôt.

Voilà, c'était le moment que je préférais alors dans nos escapades. Personne ne savait, ou ne devinait. J'avais enfilé un blouson de cuir que j'aimais porter près du corps. C'était sexy, je me trouvais alors sexy, il me trouvait sexy et incontestablement les autres me trouvaient sexy. Nous marchâmes un peu, l'air était doux, peu de vent. Une nuit d'hiver agréable.

Dehors, près de l'Arno, ça riait beaucoup. Ça riait jeune, surtout. Cela ne me dérangeait pas, au contraire. J'aimais de plus en plus les corps jeunes, que le temps et les excès n'avaient pas encore marqués. Qui s'emballent en un claquement de doigt, un regard appuyé, un sourire un peu coquin.

Nous entrâmes dans un établissement de nuit que je savais réputé pour asseoir des rencontres agréables mais sans lendemain. Sans petit matin même. Nous prîmes deux vodkas, nous avions veillé dans notre soirée avec nos amis à boire avec modération, se réservant pour cette deuxième partie de nuit.

J'étais en chasse. Aujourd'hui, avec beaucoup d'années de recul, quand je me remémore ces moments-là, c'est vraiment l'image qui s'impose à moi. Pas en besoin, mais incontestablement en envie. Envie de séduire, d'attraper, de prendre dans ma main, de posséder.

Je regardais, je fouillais dans la foule. Je la vis d'abord elle, je me laissais un long moment absorber par son regard insistant. Un regard sombre, que l'atmosphère du lieu et du moment rendaient envoûtant. Intriguant même. Elle portait les cheveux relevés en chignon, un peu fou le chignon. Quelques mèches tombaient sur ses épaules et ça la rendait ravissante. Elle était blonde, assez jeune. 26, 27 ans. Moins de 30 ans. Elle me souriait, moi aussi. Sans ambiguïté aucune. Davide était accoudé à côté de moi au bar, et n'avait rien vu du petit manège. Lui n'était pas attiré par les jeunes femmes.

La jeune femme s'approcha, on aurait dit qu'elle glissait sur le sol pourtant collant à force d'avoir reçu des éclats de bière ou d'alcool divers. Elle se faufila à côté de moi, me dit :
— Bonsoir, je peux vous offrir un verre ?
Elle n'était pas beaucoup plus grande que moi, elle avait un sourire et une voix agréables.
— J'en ai déjà un, regardez.
Elle tourna la tête, vit mon verre, celui de Davide, qui nous observait.

—— Désolée de vous avoir ennuyée. Désolée. Je croyais. La façon dont vous m'avez regardée...

Et elle repartit comme elle était venue. Elle cherchait une femme, pas un couple. Et surtout pas une femme mariée. Dommage, mais c'était le jeu qui voulait cela.

Je sirotais donc mon verre, discutant avec Davide et scrutant toujours autour de moi. Sur les marches qui menaient au premier étage, un jeune métisse, une cigarette pas allumée aux lèvres. Il se donnait un air de jeune acteur de cinéma. Ce qui me plut immédiatement. Moi, j'aimais me raconter des histoires, cela m'irait parfaitement bien de passer un court moment avec un jeune homme qui se la racontait. Qui avait besoin lui aussi de s'inventer une vie pour exister un peu plus. Moi, ce que je voulais de ces rencontres, c'est justement leur côté improbable, éphémère. La vie était d'une tristesse infinie quand il était question de suivre les rails. On a tous un jour ou l'autre marcher sur des rails, et jouer à l'équilibriste. Ce qui est drôle, alors, c'est justement de perdre l'équilibre, de se rattraper au dernier moment, de retomber sur ses pieds comme par miracle. La vie, pour moi, c'était ça, de l'équilibre, puis des pertes d'équilibre et enfin un petit miracle. Je ne le quittais pas du regard jusqu'à ce qu'il me remarque. Ce qui arriva immanquablement. Je n'étais pas la plus belle du bar, ni la plus attirante. Mais je savais bien ce que je dégageais alors. Lui aussi me sourit.

Je lui souris. Le même manège qu'avec la jeune femme. Il s'approcha rapidement et me frôla d'abord. Et s'en excusa. Jolie entrée en la matière.

Davide me laissait faire mais n'en perdait pas une miette. Le jeune homme n'avait pas encore compris que je n'étais pas seule, et je ne cherchais pas à lui faire comprendre. Il commença à me parler de tout et de rien, sûr de son charme mais peu habile dans sa conversation pour séduire une femme plus âgée que lui. Je le guidais alors, puisque je savais exactement où je comptais l'emmener.

Parler faisait partie du scénario. Alors, nous parlâmes. D'abord de la ville, puis de ce que nous faisions dans la vie. Drague classique, agréable, respectueuse. Il avait vu que je portais une alliance. Il se troubla.

— Tu es mariée ? Mince, je n'avais pas vu.
Je lui souris, un sourire rassurant, mais sans doute, s'il m'avait bien scrutée à cet instant-là aurait-il vu de la condescendance.
— Oui, je suis mariée, et alors. D'ailleurs mon mari est là. Laisse-moi te le présenter. Il sera ravi de faire ta connaissance.
Le jeune homme n'avait pas besoin qu'on lui fasse un dessin pour comprendre ce que notre couple attendait de lui.

— Où habites-tu ? Veux-tu que l'on aille chez toi ? Chez nous, c'est impossible, tu imagines bien pourquoi...

A nouveau je lui souris, sûre de moi. Je lui caressais avec une grande douceur le bout de ses doigts.

Il sortit de la poche de son jean une clé, qu'il nous montra.

— J'habite à 5 minutes. Vous me suivez ?

Nous partîmes donc tous les trois en remontant ensemble une ruelle étroite. Je m'approchai alors de lui, lui frôlai la main. Il me saisit plus fermement la mienne et regarda Davide, comme pour lui demander l'autorisation. D'un regard, il reçut son accord. Alors, il m'enlaça sous le porche. Je grimpai d'une marche, et il me fourra sa langue dans ma bouche. Il était jeune, fougueux, tout fou, rapide et ce n'était vraiment pas pour me déplaire. Je n'avais aucune envie de lenteur, de sensualité, de caresses délicates. Il farfouillait aussi sous mon pull, me caressait les seins, le ventre. J'avais envie que ça se passe là, dehors, en pleine nuit. Le risque d'être surpris était assez faible, mais réel. J'avais envie maintenant, comme ça, ici. Je voulais que Davide se branle pendant que le jeune homme me donnait du plaisir.

— On reste là, tu veux bien ?

La conversation entre nous était succincte. Mais suffisante pour le moment que nous avions à passer ensemble. Il ac-

122

cepta.

Nous ne fîmes pas l'amour, non. Il n'était vraiment pas question d'amour mais de corps qui se découvrent, de peaux qui se devinent et se mordent. Vite fait. Vite très vite. Presque sauvagement.

Nous étions épuisés. Il était tard. Nous n'avions quasiment pas parlé. Le fallait-il à présent ? Je l'embrassai délicatement dans le cou, et remerciai le jeune homme.

— Vous ne voulez pas venir chez moi finalement ?

— Non, mais merci pour ton invitation. Qui sait, au hasard des rencontres et des bars, peut-être nous croiserons-nous à nouveau ? Allez, on file, on te laisse tranquille, c'était un moment délicieux.

Merci à toi, bonne nuit et sois prudent dans la vie... Enfin, pas trop ! Nous filâmes presque comme des voleurs.

14

Notre premier déjeuner à toutes les deux était dans mon esprit en permanence. Les rêves avaient repris de plus belle, et ça me procurait le sentiment que tout était possible.

Pourtant, bien que je devinais la nature profonde de ma nouvelle amie, bien que je n'en avais guère douté, la route allait être longue avant que nous n'osâmes un rapprochement physique, sensuel. J'avais senti que Francesca n'aimait pas les femmes, qu'elle n'était pas attirée par les femmes, comme moi je pouvais l'être quelques fois, au hasard d'une rencontre, d'un flash ; mais qu'avec moi quelque chose s'était déclenché en elle. Un quelque chose qu'elle s'évertuera à nier, à repousser, à bloquer, à fuir pendant des années. Mais un quelque chose présent en permanence, à la fois dérangeant et stimulant, honteux et érotique.

Est-ce que j'aurais pu écrire l'histoire avant que nous ne la vivions ? Sans doute.
Es-ce que l'histoire aurait existé avec tant d'intensité si je ne m'étais pas acharnée ? Sans doute pas.

Dans nos mails échangés régulièrement, nos premiers coups de fil sous un prétexte d'abord professionnel, mais qui nous permettait d'entendre la voix de l'autre, puis dans nos tentatives de rendre plus réguliers nos échanges par des sms, tout semblait se situer dans une zone de flottement.

Oui, nous nous draguions, ou plus exactement nous flirtions. L'air de ne pas y toucher. Francesca ne voulait pas trop toucher, s'approchait avant de reculer. Elle voulait bien, au début, que je la touche un peu. Pas trop. Jamais trop. Nous nous observions. Beaucoup. Nous souriions. En permanence. Nous tournions autour, tournions autour du pot-potin comme plaisantait Davide. Apprenions à l'autre à devenir une envie, puis progressivement un besoin. Nous nous initiions au manque de l'autre. Mais notre vie respective allait nous rappeler que l'autre était à conquérir sans cesse.

Le besoin s'installa ainsi. Le besoin rituel de faire un signe à l'autre, comme pour ne pas la laisser s'éloigner trop loin et trop longtemps. Comme une petite musique qui résonne. Au loin. J'attendais ses réponses, elle attendait mes signaux. Parfois, elle n'y répondait pas, mais intuitivement je savais qu'elle avait lu. Ce que j'installai alors, avec sa complicité, était presque involontaire. Ce que je veux dire, c'est que je ne l'ai pas manipulée volontairement. Je n'ai pas décidé froidement des étapes à suivre pour la prendre dans mes filets. Tout ce que je fis avec elle, ce fut de l'instinct. De l'instinct pur. Je jouais à un jeu qui se serait avéré dangereux si je n'avais pas en mémoire le pacte qui m'unissait à Davide.

Nous continuions de nous vouvoyer. Cela conférait à notre histoire encore balbutiante un aspect à la fois interdit et mystérieux. Et une distance encore nécessaire pour poursuivre les tentatives d'approche.

Après notre premier déjeuner, que Francesca qualifierait bien plus tard et de façon elliptique « de coup de foudre, disons, amical », nous nous vîmes une fois pour un motif professionnel. Deva avait attrapé un virus, la visite chez la pédiatre était naturelle. Rien de grave, estima-t-elle. Mais elle fit durer la séance. Et nous allâmes une fois de plus au-delà de ce rendez-vous pour passer un peu de temps ensemble. Francesca avait mis ses fameux escarpins rouges, et le rêve initiatique réalisé quelques semaines plus tôt me revint alors à l'esprit. Serait-ce possible que Francesca ait choisi ces talons hauts, emblématiques du charme discret de la bourgeoisie mais surtout de sa nature profonde. Les escarpins ressemblaient étrangement aux chaussures du rêve, bien qu'ils fassent moins call-girl.

Nous échangeâmes sur nos week-ends respectifs, et Francesca parla encore une fois de son mari dont elle critiquait sans relâche le comportement quotidien. Et puis elle se mettait à rire, plongeait son regard dans le mien, et balayait ses problèmes par un vœu, se revoir très vite.

Ce jour-là, j'aurais dû comprendre qui était Francesca. Une femme qui passait du noir à la clarté en un éclair, pour mieux y retourner comme une nécessité qui la faisait exister. Pire qui la faisait tenir debout. Sa colonne vertébrale, et je ne le compris que plus tard, trop tard, c'était ses ennuis. Je ne voulus rien voir, rien savoir de tout cela, pourquoi une femme aussi belle qu'elle, aussi intelligente qu'elle se laissait-elle prendre ainsi dans un mariage qui ne semblait aucunement la satisfaire ? Avec un mari aussi insignifiant, fat, prévisible ? Et pourquoi me racontait-elle ses problèmes conjugaux à moi, qui n'en avais que faire, honnêtement ?

Toutes les deux ensemble, il nous faudrait pourtant patienter. Trop de travail, du moins pour elle qui enchaînait les rendez-vous dans son cabinet et à l'hôpital. Mais nous nous l'étions promis, le calme revenu, nous nous consacrerions l'une à l'autre.

Nous nous revîmes quelques semaines plus tard. Quand je fus un peu plus libre. J'avais travaillé pour un chef d'entreprise qui avait vécu une crise importante. Un suicide dans son entreprise, avec une lettre retrouvée sur le lieu de travail. Lettre qui accusait le patron de harcèlement. Moi qui aimais les gestions de crise, j'étais gâtée. L'histoire était complexe mais ce chef d'entreprise, quand il avait fait appel, ne m'avait pas paru être un salaud. Plutôt un type débordé, et qui n'avait pas vu venir un certain nombre de problèmes. Sans entrer dans les détails, le suicidé avait en effet détourné de l'argent et était sur le point d'être découvert. Il avait perdu les pédales. Et s'était jeté d'un pont. Après avoir laissé une lettre donc. Une histoire triste, pathétique, avec de l'humain. Trop d'humain.

J'en étais sortie épuisée, mais heureuse du travail accompli. J'avais réussi à réhabiliter ce patron, mais aussi à ne pas abîmer l'honneur de ce pauvre gars qui, pour mener ce qu'il croyait être la grande vie, jouer au poker en fait, s'était servi avec allégresse dans la caisse.

J'avais désormais un peu plus de temps et comptais bien l'utiliser pour conquérir Francesca. J'avais compris dès notre premier déjeuner les stéréotypes qui freinaient, enfermaient ma nouvelle amie. Moi, je n'étais pas du genre à lâcher ma proie.

Nous rendions nos échanges par sms plus intenses. A toute heure du jour ou de la nuit. Il m'arrivait, quand je me réveillais la nuit, de vérifier si Francesca ne m'avait rien envoyé. Souvent, elle avait envoyé un mot. Un sentiment.

Une anecdote. Une dispute avec son mari. Tout y passait. Qu'elle avait regardé un Opéra jusqu'à deux heures du matin. Qu'elle aurait aimé partager ce moment avec moi. M'apprendre l'Opéra. Me faire sentir l'Opéra.

Qu'elle ne trouvait pas le sommeil, qu'elle aurait aimé parler alors, malgré l'heure nocturne, qu'elle lisait tel livre que je lui avais conseillé, ou prêté, que malgré sa promesse elle ne m'avait pas appelée parce que son mari lui avait fait une énième crise après qu'elle eut passé deux jours loin de Florence avec une de ses copines. Elle me racontait sa vie par texto et j'y sentais à la fois de la tristesse et de l'espoir.

Trop de problèmes conjugaux, trop de pression professionnelle, trop de freins familiaux.
Tant de verrous à faire sauter.
Je me donnais donc pour mission de patiemment défaire un à un ses liens qui empêchaient cette femme, dont j'étais résolument éprise, d'exister pleinement.

Davide ne comprenait pas toujours cette patience, lui qui aurait aimé, pressé, trop pressé qu'il était, qu'une histoire physique naisse et grandisse. Il aimait me voir avec d'autres et revenir, toujours, vers lui. A lui.

Il me disait mais parle-le lui, parle-le lui de tes sentiments, de ton envie. Tu as envie d'elle, dis-le lui !

130

Ce fut un mardi soir, je crois, que je lui proposai un rendez-vous. J'étais à bout, de ses sms, de l'attente. Déjà, alors que Francesca venait à peine d'entrer dans ma vie, j'étais terriblement en manque d'elle. Je le lui écrivis. J'ai envie de boire un verre avec vous. Demain soir. Vous voulez ?
La réponse fut limpide. Pas demain soir, mais jeudi soir , oui mille fois oui !

C'est moi qui décidai du lieu. Elle me laissa faire, elle se laissa conduire. Ce fut un bar d'un grand hôtel, un bar feutré, à l'ancienne. Le Terrazza. Le bar de l'hôtel Continental. Un des plus beaux sites de Florence. Un bar aux lumières tamisées, aux fauteuils bas et rembourrés, aux serveurs discrets, aux cocktails élaborés. Et avec une vue époustouflante.

J'arrivai un peu en avance, le cœur battant. Je m'assis d'abord sur un tabouret haut, et son arrivée sonna comme un moment magique. Francesca était incontestablement belle, elle savait pertinemment l'effet qu'elle me faisait. Mais n'en parlait jamais. A 43 ans, elle avait confiance en elle.

Nous nous embrassâmes et elle, comme à son habitude, fut tactile, me prenant le bras et le serrant fort. Il semblait que ce geste délivrait inconsciemment ce message :

— Tu ne m'échapperas pas, je te tiens.

Notre rendez-vous dura plus de deux heures ; tout y passa, et Francesca monopolisait les échanges. Je compris seulement plus tard que c'était sa façon de contrôler son stress. Il me fallut des mois pour comprendre que je ne devais pas laisser Francesca dériver ainsi ; il me fallait savoir stopper net mon amie pour la ramener vers le réel.

Cependant, ce dont je me souvins plus tard ne fut pas le goût des cocktails, ni l'objet de conversation, mais deux choses. Un aveu et nos adieux sur le trottoir. D'abord une phrase de Francesca, en réponse à une provocation de ma part. Depuis peu, nous étions passées au tutoiement.

— Mais si ton mari te suit ou te fait suivre et apprend que tu donnes des rendez-vous dans un hôtel, que va-t-il penser ?
— Il a fouillé dans mon portable et il a vu tes messages. Et notamment RV à 18h au bar de l'Hôtel Continental. Il m'a fait une scène. Moi, je n'ai rien à me reprocher.

Mais Francesca rougissait en affirmant cela !
— Ok, il n'empêche. Ce rendez-vous a un caractère clandestin qui me plaît bien. A toi aussi, n'est-ce pas ?
— C'est vrai, je dois le reconnaître... Et c'est très agréable d'être avec toi.

Nos adieux ce soir-là, sur le trottoir face à la porte tambour de cet hôtel du centre-ville, scella notre histoire singulière et ajouta du trouble à la situation. Francesca avait envie que je la raccompagne, mais elle se faisait prier. Vêtue d'un jean serré qui mettait mes formes en valeur, et d'un cuir rouge qui me donnait confiance, je me balançais d'un pied à l'autre avec un sourire aux lèvres qui rendait folle Francesca. Je balançais d'une envie à l'autre. Rentrer retrouver Davide parce que je sentais le danger de m'approcher trop près de Francesca. Et l'envie de rester plus longtemps avec elle, de basculer avec elle.

— Bon, eh bien, je vais aller récupérer ma voiture. Seule apparemment.

— Voilà. Ce n'est pas du tout mon chemin.

— C'était vraiment très agréable, ce moment. Peut-on recommencer ? C'est bien le jeudi, non ? Peut-être pas tous les jeudis, mais j'aimerais beaucoup.

— Moi aussi, j'aimerais beaucoup que l'on se revoie très vite. Et puis, le jeudi, c'est le soir des adultes consentants !

Je parvins une nouvelle fois à faire rougir mon amie. Qui, pour se débarrasser de son trouble, éclata de rire, illuminant son beau visage.

— Adultes consentants ? Tu vas souvent me surprendre avec tes expressions ? Alors, c'est d'accord, on se revoit vite.

Le baiser, les baisers furent tendres, chastes, doux. Sur les joues. En se tenant le bras. Sous le regard sinon moqueur du moins amusé de jeunes assis sur les marches d'un immeuble de l'autre côté de la ruelle. Francesca s'éloigna en allumant une cigarette. Je me retournai pour la regarder partir.

15

Je cherchais à comprendre mais je n'y comprenais pas grand-chose. C'était là mon erreur. Vouloir comprendre. Expliquer. Comme un chirurgien, j'aurais voulu ouvrir le cœur, les tripes, et observer ce qu'il s'y passait. Pourquoi j'avais parfois mal à en crever pendant une seconde. Pourquoi la simple pensée de Francesca pouvait me procurer un faisceau de bonheur, comme un produit qui se répand dans votre corps, que vous sentez passer dans vos veines, partout, vous savez qu'il irrigue chacun de vos membres, jusqu'à vous faire hurler de douleur tant la force de ce produit vous submerge. Impossible de lutter. Cela ressemblait à quelque chose que j'avais évité toute ma vie. La passion. La drogue. Les effets dévastateurs des deux. J'étais déterminée à ne pas me laisser entraîner dans ce puits sans fond, malgré ces shoots que je ressentais et qui ne cesseraient de monter en intensité au fil des années.

Bien sûr, je travaillais avec ce même sérieux, ce professionnalisme qui me caractérisaient, je continuais de dîner avec nos copains, je feignais de m'intéresser aux conversations sur l'immobilier, la politique, les vacances, les études des enfants, le jardin à aménager, la voiture à changer. Je poursuivais mon sport, j'échangeais sur des sujets graves dont les autres me croyaient expertes.

Mais seul Davide savait la nature et la profondeur de mon trouble. Il me regardait et constatait à quel point j'étais transformée. Différente. Interloquée. Parfois inquiète. Souvent heureuse.

— Je fais confiance à ton intelligence, me répétait-il sans relâche quand je l'interrogeais.

— Mais tu n'as pas peur de cette histoire ? Je veux dire, tu n'as pas peur que cette histoire prenne trop de place. Dans sa vie à elle, et dans la mienne. De fait dans la nôtre ?

Lui aussi avait senti le danger, tant tout était de l'ordre de l'inconscient. Ou de l'irrationnel. Donc de la passion. Je n'étais pas femme à tout quitter sur un coup de tête. Francesca, je ne sais pas. Moi, non. Mais j'étais femme à vouloir vibrer, à rechercher des sensations fortes. A sentir le risque et à y renoncer. Et à tenter de contrôler, de me contrôler, d'être à la limite, regarder la falaise d'en haut, imaginer plonger. J'aimais trop la vie, je n'étais pas suicidaire. Pas du tout. Je voulais mourir vieille et en bonne santé, disais-je souvent !

Il me scrutait en souriant, sûr de lui. Je poursuivais, employant un tic de langage dont j'apprendrais progressivement à me débarrasser.

— Enfin, je parle peut-être dans le vide et il ne se passera probablement rien entre nous.

Je savais parfaitement qu'il était en train de se passer un chamboulement dans nos vies à tous, auquel aucun d'entre nous n'était vraiment préparé.

Je reçus un sms, laconique, mais direct. Clair.

— Tu peux prendre un apéro jeudi ? Dans notre endroit pour un de ces moments si particuliers qui n'appartient qu'à nous ?

Sans attendre, je répondis :

— Bien sûr, j'y serai. Ton heure sera la mienne. J'ai hâte.

La réponse arriva quelques heures après :

— Pardon, j'étais en rendez-vous. 18h15 ? Moi aussi, j'ai hâte. D'ici là, passe une bonne semaine. A jeudi. A très vite.

Notre deuxième rendez-vous dans ce qui était désormais « notre » bar d'hôtel fut encore plus intense que le premier. Peut-être parce qu'elle comme moi reconnaissions cette émotion qui nous avait saisies la première fois.

Comme à mon habitude, j'arrivai la première, et travaillai un peu en attendant mon amie. Calme, mais en état d'alerte à chaque fois que des pas se faisaient entendre dans le grand escalier qui menait à l'étage du bar, je n'avais plus connu cette impatience depuis longtemps. Si je l'avais connu un jour. L'ignorance de la suite de cette histoire renforçait l'excitation.

Enfin, elle arriva, perchée sur des talons de 8 cm. Francesca donnait presque l'impression de courir vers moi. Chacune, dans notre existence, nous savourions ces parenthèses.

Nous commandâmes deux cocktails, bien décidées à nous laisser griser. Et à lâcher prise.
Francesca entama la conversation. Toujours cette peur des silences, cette crainte de se livrer trop vite. Encore un verrou.

Je l'écoutais, sans plus, attendant mon tour. Le premier round dura une vingtaine de minutes. Toujours la même rengaine. Le mari, le travail, la famille, le poids du passé. Tout était passé en revue, une façon pour Francesca de ne pas dire les choses en fait. Parler pour meubler, parler pour ne rien dire, ou pour ne pas trop en dire.

Je soufflai un peu, discrètement, puis relevai la tête vers elle en la scrutant avec une intensité que j'aurais voulu contrôler. Je n'y parvins pas. Je lui saisis même le bras fermement, et dis :
— Arrête maintenant. Laisse un peu le silence s'installer. Tu

vas voir, ça ne fait même pas mal. Tu parles trop. Laisse faire. Regarde moi, et laisse faire.

Francesca, d'abord interloquée par cet ordre, éclata de rire. Et se tut. Je lui tenais toujours le bras, puis ma main descendit vers la sienne. Que j'effleurai d'abord, le bout de nos doigts s'entremêlant subtilement.

Ce silence s'éternisa. J'avais fini par l'emmener là où je voulais. Nous nous regardions, sans un mot. Autour de nous, les conversations des autres tables n'avaient pas cessé mais je ne les entendais plus.

Francesca rougissait, je lui souriais, et lui caressais maintenant le genou du bout de mes doigts.

— Tu vois, c'est agréable aussi, le silence. Il faudra que je t'apprenne un peu mieux à vivre nos silences, Francesca.

— Je ne comprends rien à ce que tu dis mais j'aime comme tu le dis. Je ferai tout ce que tu veux, Ilaria.

— Fais attention à ce genre de promesses, ça peut être très dangereux avec moi.

Elle éclata de rire à nouveau, reprit une constance. But quelques gorgées de son cocktail, avant de le terminer d'une traite.

— On en commande un autre ?

Je compris ce soir-là, l'alcool aidant, que notre relation serait souvent sur un mode de qui contrôle qui, qui a le pouvoir sur l'autre.

16

Francesca était une femme à la fois complexe pour qui voulait bien creuser, mais remplie, encombrée même de stéréotypes. Ceux qu'elle croyait devoir afficher pour avoir la paix et répondre aux conventions dans lesquelles elle avait baigné depuis toujours.

Et pourtant, elle en crevait, de ces conventions.
L'erreur de Francesca résidait là : ne pas parvenir à se débarrasser de ses vieilles peaux et croire qu'elle saurait bien vivre avec.

Que voyait-on en premier chez Francesca ? Incontestablement sa beauté, Grande, élancée, des cheveux longs, de l'allure, de la classe même. Elle se savait belle, mais n'en usait pas particulièrement. Elle était belle, un point c'est tout.

— Que veux-tu que j'y fasse ? Je le sais que je suis belle, et alors ? Ça fait pas tout !
Timide aussi, elle aurait désiré vivre à une autre époque. Je la comparais à George Sand, ou à Colette. Ces femmes françaises qui avaient osé, tout osé à des époques où peu pour les femmes était possible.

— Tu es une héroïne, lui dirais-je plus tard.

— Et toi une romancière, me répondrait Francesca.

— Nous sommes donc faites pour nous entendre !

Je riais.

Francesca avait passé les 40 premières années de sa vie à se cacher. A subir beaucoup, tout en donnant l'illusion d'être une femme libre et indépendante. Bien sûr, indépendante, elle l'était d'un point de vue financier. Hétérosexuelle assumée, elle revendiquait beaucoup d'amants et une vie choisie.

Le burn-out, qui l'avait frappée quelques années plus tôt, lui rappela que faire semblant avait un coût. Burn-out, terme moderne pour dire dépression, plantage de sa vie, ras-le-bol général.

Ce qu'elle fit le jour où tout explosa, une héroïne de roman aurait pu le faire. Comme certains, elle aurait pu disparaître, se perdre quelque part sur la planète ou au bout de la province, et ne jamais revenir. Elle n'osa pas aller jusqu'à cette extrémité, et ce qui l'en empêcha reste trouble encore aujourd'hui.

Un jour donc, où un souci vint s'ajouter à tant d'autres, elle n'en put plus. Je ne la connaissais pas encore. Elle me raconta cet épisode de sa vie comme elle m'aurait raconté un livre. Mais je me souviens de ce moment, du ton qu'elle employait, une forme de fierté pour me montrer de quoi elle était capable en réalité. Me montrer qu'elle n'était pas seulement cette héritière, cette bourgeoise empruntée, aux ordres de sa classe sociale et professionnelle. Qu'elle était une femme courageuse, un peu dingue même, capable de passion, capable de tout lâcher , de tout laisser derrière elle, quasi-suicidaire, donc romantique à l'extrême.

Voilà donc comment cela se passa. Enfin, ce fut ainsi qu'elle me le racontât.

Elle rentra chez elle, prit sa valise cabine, y jeta quelques sous- vêtements, des tee-shirts, des jeans, deux pulls, sa trousse de toilette hâtivement remplie. Et son passeport.

Elle passa un coup de fil expéditif à sa mère, quelques mots jetés « Je pars, je suis épuisée, ne m'appelle pas sauf cas d'extrême urgence, je ne sais pas quand je rentrerai, c'est comme ça. J'ai prévenu le cabinet. Tout est réglé. Dis-le à papa.»

Elle prit le premier train, pour Milan. Là, dans la banlieue de la ville de la mode, elle y avait un couple d'amis qu'elle ne voyait pas souvent mais qu'elle appréciait pour sa discrétion.
Était-ce d'ailleurs des amis, cela n'avait guère d'importance.

Ce qui comptait, c'était trouver un endroit paisible où se poser. Où arrêter de réfléchir. Où fuir la pression familiale qui l'obsédait et l'étouffait. Surtout aucune question ne lui serait posée.

De la gare, elle téléphona à sa copine Sylviana qui, par chance, lui répondit aussitôt et l'invita à venir les rejoindre. La maison de campagne était grande, perdue au milieu des bois. Le nord de l'Italie avait ce quelque chose d'à la fois élégant et de sauvage. Elle y serait au calme, lui promit Sylviana.

Il fallut à Francesca trouver le bon train de banlieue, puis un taxi qui l'emmènerait à bon port. Enfin, elle posa sa valise et ne parla quasiment pas pendant dix jours.

Elle dormait beaucoup, marchait, passait des heures sur une chaise longue, une couverture sur elle, face aux arbres. Pensait-elle à sa vie ? Elle avait la sensation de ne pas réfléchir. Le soir, elle participait à la préparation du repas, écoutait la conversation de ses amis, qui évoquaient leur journée de travail, parlaient des devoirs des enfants, des futures vacances. L'atmosphère qui régnait alors était pour le moins étrange.

Francesca était physiquement là, son esprit flottait. Elle était comme un fantôme.

Et puis, un matin, elle décida qu'il était temps pour elle de partir. Ailleurs. Où, elle n'en avait aucune idée. Son sens des responsabilités l'avait rattrapée et elle craignait d'abuser. Ses journées seules, pendant que ses amis étaient au travail, lui avaient permis d'évacuer en partie ce poids qu'elle portait. Mais elle voulait se confronter à autre chose.

Elle partit pour l'aéroport, et se promit de prendre le premier avion en partance.

En arrivant à l'aéroport, elle commanda d'abord un café, fuma une cigarette. Elle décida d'ailleurs ce jour-là qu'elle fumerait désormais. Et beaucoup. Elle était médecin, et avait toujours fui cette forme de dépendance. Sauf qu'elle en avait toujours eu envie. Elle ne l'avait pas fait, pour ne pas déplaire. A partir de maintenant, elle déplairait, à son père, à sa mère, elle s'en fichait. Elle avait le temps, en fumait trois d'affilée, et bien qu'elle ne trouva pas le goût de la fumée particulièrement agréable, elle aima cela.

Elle n'était pas pressée, elle avait de l'argent sur son compte, suffisamment pour tenir un bon moment. Elle était assise au bord de la baie vitrée et elle regardait les avions décoller. Elle avait toujours aimé cela, me raconta-t-elle aussi. Elle se souvenait que sa grand-mère avait été une sorte d'aventurière pour l'époque. Médecin elle aussi, elle était partie vivre en Afrique une fois son fils élevé, avait tout quitté pour vivre aux portes du désert, en Mauritanie. Elle l'avait assez peu connue, mais les quelques photos en noir et blanc qu'elle avait retrouvées lui laissait deviner une femme décidée. Elle en ferait son modèle, sans forcément chercher à l'égaler.

Une fois payé son énième expresso, elle prit sa petite valise qu'elle faisait négligemment rouler à côté d'elle. Puis, elle se posta sous un tableau des départs, respira un grand coup, ferma quelques secondes les yeux. Avant de lever la tête.

— Berlin, départ à 17h30. Check-in gate 2.

Elle sourit. Berlin, pourquoi pas ! Elle n'avait jamais eu aucune appétence pour l'Allemagne, n'en parlait pas la langue, mais savait que Berlin était une ville intéressante. Après tout, pourquoi ne pas s'y perdre ?

Elle alla au guichet de la compagnie, acheta un billet, et prit son avion pour une ville inconnue. Elle se sentait bien, comme libre, malgré l'incertitude de sa situation. Elle n'était pas attendue, ne connaissait rien à l'Allemagne, si ce n'est ce qu'elle avait pu lire dans les journaux et les manuels d'histoire.

Ce serait parfait.

Elle trouva un hôtel, et partit à la découverte de la ville. Qui explosait de culture, de bars, de rencontres. Elle s'y perdit, osa même se frotter à la nuit underground, flirta un peu avec quelques hommes. Puis en eut assez, paya son hôtel, et repartit pour l'aéroport.

Elle avait envie de soleil, après la grisaille berlinoise. Ce fut Séville, puis Marrakech.

Le voyage dura quelques semaines, où elle eut la sensation de se découvrir enfin, de respirer.

Elle ne serait cependant pas au bout de ses fins, mais ce premier pas, un peu fou, incongru, laissa ses proches à bonne distance pendant un temps certain. C'était son seul vœu pour l'heure. Qu'on la laisse en paix. La fuite n'était certes pas la solution, mais c'est la solution qu'elle avait trouvée.

Francesca me raconta cette aventure lors de l'un de nos premiers rendez-vous. J'en fus estomaquée, mais aussi admirative du caractère romanesque de ma nouvelle amie. J'aimais définitivement son côté imprévisible, ce caractère qui laissait penser que tout pouvait basculer à tout moment. Qu'elle n'était jamais celle que l'on croyait, qu'elle pouvait être veuve noire ou ange à déchoir. Ce n'était certes pas reposant, mais elle était vivante. Parfois maladroite, souvent excessive, mais tellement vivante en fait. Non, c'était moi, mon désir, mon imagination, ma folle envie qu'elle le soit, vivante. Elle, était absente, lointaine.

Je lui dis un jour :

— Je vais te dire une chose à laquelle j'ai pas mal réfléchi. Je me suis interrogée, pourquoi nous deux, pourquoi si fort et si vite ?

— Et tu as trouvé le Graal?, me demanda-telle en se moquant gentiment.

— Je suis sérieuse, Francesca ! Pour une fois ! Je crois que malgré la somme improbable de tes problèmes, tu as choisi la vie. Ou du moins tu te bagarres pour elle. Tu traverses des crises, tu en achèves une pour en commencer une autre, et pourtant, tu es toujours dans le désir. Ça me paraît incroyable. Tu te bats, parfois mal, mais tu essaies de comprendre, de changer de voie si l'une te semble bouchée. Honnêtement, je ne sais ni quand ni comment, mais je pense que tu vas dépasser tous tes démons. Tu as cette force. Enfin je te le souhaite. Je l'espère. Je vais t'y aider. Si tu veux. Tu le veux, n'est-ce pas ?

Francesca me regardait avec une tendresse infinie, une certaine reconnaissance aussi. Je repris la parole.

— Je refuse de tomber dans le piège et te dire ce que tu

dois faire, comment tu dois le faire. Mais si tu prends ma main, je peux parfois la caresser, et ça te fera du bien, et parfois te montrer une route. Tu en feras ce que tu désires, mais je peux tenter parfois de t'éclairer. J'en sais plus que toi, c'est ainsi. Ne ris pas, c'est la vérité ! Et si tu me fais confiance, eh bien allons-y ma belle.

— D'accord, on ira. Je te fais confiance. Mais sois patiente avec moi, je ne peux pas suivre ton rythme. Toi aussi, fais-moi confiance.

Nous passâmes donc ce drôle de pacte. Je guiderai, du moins j'essaierai de guider sereinement Francesca sur un chemin inconnu pour cette dernière.

17

Qu'il n'était pas simple pour moi de ne pas trop presser mon amie. Francesca jouait beaucoup avec mon impatience, que je ne cachais pas. Ça m'irritait, elle m'irritait. Ça l'amusait. Je le voyais. Ça m'irritait encore davantage. Un cercle sans fin, sans point de départ, ni d'arrivée.

Si je n'étais pas le genre de femmes à dresser des plans sur la comète, j'aimais à préparer mes rencontres. C'était assez étrange, mais il y avait comme une forme d'instinct qui me dictait mes faits et gestes. Cette petite voix, je ne l'écoutais pas toujours. Mais quand je me souvenais, après, de ces messages envoyés par, par quoi d'ailleurs, l'inconscient, un sixième sens, eh bien je me disais tiens c'était presque écrit à l'avance.

J'aimais plus que tout me laisser surprendre par les événements, mais je conservais toujours à l'esprit un scénario. J'en déviais bien sûr, mais comme une actrice, je pensais devoir connaître mon texte sur le bout des doigts pour n'en être que meilleure si la scène se prêtait à inventer. J'avais un but à atteindre. Faire rire, émouvoir, intriguer, peu importe. Je voulais qu'il se passe quelque chose, qu'il se passe vraiment quelque chose. Pour rendre ces moments inoubliables, pour moi, et pour l'autre. Je voulais être unique, être l'unique. Pas être la plus belle, la plus intelligente, la plus drôle. Je voulais être tout ça à la fois et encore plus. Je voulais surtout être libre. Atypique. Il me semblait que pour que l'autre s'attache et se souvienne de moi, mais vraiment de moi, il fallait en passer par là.

Francesca, elle, ne savait pas toujours ce qu'elle cherchait en moi, mais elle y revenait toujours malgré ses interdits. Alors, nous poursuivions nos rendez-vous, et nous nous rapprochions l'une de l'autre. Parfois une parole, venant de moi, ou d'elle, un sens caché, un double sens, un geste doux, des regards intenses, un rire généreux ponctuaient les instants passés ensemble. Beaucoup de non- dits cependant, d'envies inavouables, davantage pour elle que pour moi mais pour moi aussi, de questions à tiroirs, de projets à venir mais lointains rythmaient nos soirées.

Puis, j'en eus assez. Une première fois. La première fois d'une assez longue série. Assez de ce jeu du chat et de la souris. Francesca me racontait sans cesse ses déboires amoureux, que je trouvais parfois presque pathétiques. Je ne cessais de lui répéter :

— Tu ne vois pas que tu perds ton temps. Tu tournes en rond. Tu répètes en permanence les mêmes schémas, même si tu as l'impression, toi, d'avoir fait un pas.

— Écoute, me répondait Francesca, moi, je n'ai pas cette impression. Au contraire, je trouve qu'il se passe des choses. Mon dieu que tu es pressée, Ilaria !

— Pressée ? Mais ça fait des années que ton histoire dure avec ce type. Pardon avec ton mari ! Pour quoi ? Mais fais ce que tu as à faire, à ton rythme... Je ne juge pas. Et je suis là. Pour toi.

C'est toujours par ce style de phrase que je faisais basculer le moment. « Je suis là pour toi » donnait à Francesca l'assurance d'être aimée totalement. Ce qu'elle cherchait chez certains hommes sans être jamais satisfaite. Ce qu'elle trouvait chez moi et qui l'effrayait.

Il arriva donc un jour où agacée par mon amie, je décidai de lui écrire à l'ancienne. Une lettre. Une vraie lettre. Assez longue, dans laquelle j'exprimais mes sentiments, ma foi en notre avenir, mes doutes également.

Je pris le parti de ne pas relire mon texte. Ce que je précisai à Francesca.

Six jours plus tard, nous avions toutes les deux rendez-vous pour notre apéro rituel.

J'avais un peu de retard. C'était rare. Je trouvai Francesca au téléphone, encore en train de ressasser une vieille histoire, celle de son couple je veux dire, avec une connaissance. Ou une copine. Cela m'énerva. Je n'avais jamais vraiment aimé les discussions de filles sur les hommes. Il m'a dit ça, alors je lui ai répondu ça, et là tu sais pas ce qu'il a fait blablabla. Ça n'avait guère d'intérêt pour moi, même si je savais bien que la plupart des gens ponctuaient une dispute avec un conjoint ou une compagne par un récit détaillé avec une précision chirurgicale, à un tiers.

Ça me poussa à me livrer. Et ne pas laisser Francesca nous entraîner ailleurs que là où nous devions aller toutes les deux. Car elle était ainsi. Elle savait que je lui parlerai d'une chose précise, mais faisait tout pour, gagner ou plutôt perdre du temps. C'était idiot de sa part puisque je parlerai quoiqu'il arrive. Elle n'aimait pas, en fait, le réel et se réfugiait inconsciemment dans un imaginaire qui l'aidait à vivre et à avancer. Ne pas sombrer.

— Voilà, tu as reçu ma lettre évidemment. Qu'en penses-tu ? Francesca triturait avec ses dents le bout de sa paille. Pour se donner une contenance, sans doute un peu de courage.

— Eh bien, elle part un peu dans tous les sens, mais ça, c'est toi. C'est tout toi.

Je l'interrompis :

— Attends, je ne te demande pas une étude approfondie de mon style. Je n'ai pas fait un devoir en trois parties. Je t'ai écrit, à toi, une lettre. Une vraie lettre. Francesca...

— Ne t'énerve pas. Tu vois que tu es toujours pressée. Je ne comprends pas tout ce que tu m'écris en fait. Mais c'est beau. C'est rare de recevoir encore des lettres. Après, que veux-tu que je te dise ? Oui, c'est beau. Ça me touche.

Qu'avais-je écrit dans cette lettre ? Notre rencontre, mes sentiments à son égard, ce que je croyais être ses sentiments à mon égard, que j'aimais l'attendre, la voir arriver vers moi, que mon cœur s'emballait alors à m'en faire mal, qu'il me faisait mal d'ailleurs, et que c'était divin. Qu'elle était la seule à me faire cet effet-là. Et pourtant, que j'en avais rencontré, des gens qui me faisaient de l'effet. Que je voulais passer du temps avec elle, l'emmener en voyage. La regarder. Qu'elle me regarde. La respirer. Rire avec elle. La faire progresser. Enfin, c'était une lettre d'amour qui ne disait pas son nom.

Elle était intelligente, elle le savait parfaitement. Moi, inlassablement, j'essayais de dénouer, d'ouvrir, de débloquer.

— Écoute Francesca, on va arrêter de se raconter des histoires ou de faire semblant toutes les deux. Je ne pense pas que nous ayons besoin, toi et moi, d'en parler pendant des heures. Mais laisse-moi te confier ce que je crois être notre relation.

Francesca aimait quand j'étais nerveuse, tendue, car elle savait que le meilleur en sortait toujours. Un condensé de nerfs, de tension, voire même de passion.

J'avais commandé un whisky, j'exigeai que les glaçons me soient portés dans un verre, puis je les versai entièrement dans ma boisson écossaise.

— Pourquoi tu fais ça ?

— Pourquoi je fais quoi ? Pourquoi je te parle ?

— Non ! Pourquoi tu demandes les glaçons à part pour les mettre ensuite dans ton verre. Le barman aurait pu le faire lui-même.

— J'aime bien voir ce qu'on me sert. Vraiment ! Je ne veux pas penser que je me fais avoir sur la quantité !

— C'est rigolo ! Je n'avais jamais remarqué que tu faisais ça...

J'attendis quelques instants que l'eau se dilue et en bus quelques gorgées pour que les mots coulent aisément. Et je me lançai.

— Je crois, ma douce amie, que ce que nous vivons est tout sauf banal. Je crois que nous sommes tombés dans un entre-deux. Je t'aime d'un amour sincère, et je suis certaine que tu m'aimes de cet amour-là. Ce n'est pas de l'amitié, c'est bien plus. Mais je n'ai pas de désir charnel pour toi.

Ce soir-là, je ne parvins pas à lui dire que si, je la désirais. On pouvait lire sur le visage de Francesca comme un double soulagement. Oui, elle m'aimait. Et non, elle se re-fusait à aborder, ne serait-ce qu'avec elle-même, l'idée d'une relation. Cela changerait par la suite et son inconscient la trahirait souvent. Pour l'heure, elle se contenta de me ré-pondre, puisque j'étais autant qu'elle dans l'incapacité de me confronter au désir qu'en fait je ressentais pour elle, mais dans le secret de la chambre. Francesca ne pouvait vivre les choses de l'amour que dans l'ombre, en cachette.

Pourtant, je la tannais ce jour-là. Je la tenais dans ma main, et j'étais décidée à ne pas la lâcher. L'occasion était trop belle, trop rare.

— Tu as raison, finit-elle par admettre. Au prix, je le vis, d'un réel effort. C'est aussi ce que je ressens. C'est ça, un amour sincère. C'est exactement ça. Je t'aime d'un amour sincère. Mais pas de désir !

Et elle fit un geste de la main, un non tellement démonstra-tif qu'il en paraissait faux. A vouloir nier avec trop de fer-veur, on dit avec son corps le contraire. Car après ce geste de droite à gauche comme si elle éloignait une mouche, elle posa sa main sur la table, et du majeur de son autre main, caressa comme lascivement le dos de sa main. Un geste qui signifiait dans la morphopsychologie j'ai envie de plaisir, de m'en donner ou qu'on m'en donne. Ce geste-là était sans équivoque possible. Mais je ne pouvais pas le lui dire ! Si, j'aurais pu, j'aurais dû lui dire ! Je la laissais donc poursuivre, sans l'interrompre. J'étais cependant troublée, sexuellement troublée. A ce moment-là, je ressentis une décharge électrique dans mon corps, jusque dans mon sexe. Je soupirai fort, je bus une nouvelle gorgée.

— Nous n'étions pas faites pour nous rencontrer. Pour mille raisons. Mais ce premier déjeuner, tu sais Ilaria, c'était. Comment dire ? Tu te souviens, on n'a pas vu le temps passer, on a parlé, parlé. C'était merveilleux.
— Bien sûr que je m'en souviens. C'est même l'un des plus beaux moments de ma vie. Tu le sais bien d'ailleurs.

— Moi aussi, Ilaria. Moi aussi. C'était fort. L'un des moments les plus forts de ma vie. Mais amical, je te jure...
— Oui, disons amical Francesca. Même si toi comme moi nous savons bien que c'est tout autre chose. Je ne peux pas faire autrement que t'aimer, et je sais que c'est pareil pour toi. N'est-ce pas ?

— Oui, c'est exactement ça. Mais je me refuse à en parler. Je ne peux pas.

Francesca n'en revenait pas de la tournure de cette discussion, elle qui voulait donner l'image d'une femme forte, aimant et désirant les hommes, puisque désirée par beaucoup d'entre eux. Un jour, alors qu'elle avait une nouvelle fois quitté son mari, elle m'avait balancé, fière de sa confidence et certaine de m'épater :

— Moi, je suis une chaudasse, tu sais ! Je me suis tapée la moitié des toubibs de la région ! Eh bien, je vais recommencer.

Je l'avais regardée, comme une prof regarde un de ses élèves, guère impressionnée par cette saillie.

-- Oui, je suis sûre que tu aimes le sexe, Francesca. Je l'ai su bien avant de te connaître vraiment. Je sais qui tu es. Tu ne peux pas me la faire, à moi. Une chaudasse, comme tu dis, je n'en suis pas certaine. Je crois que nous n'en avons pas, toi et moi, la même définition !

Francesca avait été un peu vexée. Elle avait voulu m'impressionner, et je l'avais rabaissée. Oui, je l'avais reléguée au rang d'élève.

Cette fois encore, je n'étais pas parvenue à aller aussi loin que j'aurais dû. Notre histoire s'écrivait ainsi, à tâtons, au ralenti. En points de suspension.

Nous parlâmes ensuite de choses et d'autres. Je ne sais plus. Je ne m'en souviens pas. J'étais absorbée par le regard de Francesca sur moi, j'ai envie de dire en moi. J'avais envie de la toucher, de la secouer. Je n'en fis rien, évidemment. En revanche, je la raccompagnai à sa voiture. Toutes les deux nous marchions lentement, comme pour retarder le moment de se quitter et de retourner dans notre vie respective. Mais une différence était néanmoins bien réelle : j'allais rejoindre Davide dans un bar d'hôtel, un autre, pour prolonger la soirée, alors que Francesca rentrerait chez elle, seule puisqu'elle ne partageait pas grand-chose avec son mari. Qui d'ailleurs avait loué un appartement où il restait quand Francesca ne voulait pas le voir. Elle, elle se contentait pour l'heure de soirées copain-copine mêlées d'un zeste de sexe avec quelques toubibs, de la région donc. Francesca préférait se masturber, ce qu'elle m'avait un soir confié. Toujours l'ombre, la cachette de l'imaginaire plutôt que la confrontation à la réalité et à l'autre.

— Tu sais, il y a d'autres manières de se faire du bien. On n'a pas toujours besoin d'un homme.

J'avais affiché un air sceptique. Même s'il m'arrivait

souvent de me caresser, cette envie-là arrivait dans des périodes où la sexualité avec Davide et nos parenthèses étaient justement paroxystiques. Le sexe allait avec le sexe, le désir avec le désir.

Francesca était arrivée à sa voiture. Elle se dandinait d'un talon sur l'autre, et je m'approchai d'elle sereinement. Sans doute étais-je légèrement ivre. Là non plus, je ne m'en souviens pas. Je regardai mon amie, plus grande que moi, perchée sur ses talons comme à son habitude quand elle travaillait. Je lui pris la main, avec une telle douceur qu'elle se laissa faire. Sa main à elle était presque molle, elle me l'abandonnait totalement.

— Ma Francesca. Ma douce amie, c'est si bon d'être avec toi. Francesca me sourit.
Nous nous tenions toujours la main, sous le regard de quelques passants. Ça m'était alors bien égal. J'avais envie de l'embrasser alors, mais j'avais peur. Une femme n'embrassait pas une autre femme dans le rue, en public, en Italie. Nulle part ailleurs une femme n'embrassait une femme en public.
— Tu es sûre de ce qu'on fait, Ilaria ? Moi, pas.
Je soupirai tellement fort que cela fit rire Francesca.
— Tu m'énerves parfois.
Francesca éclata une nouvelle fois de rire. C'est vrai qu'à

force d'être corsetée elle en devenait parfois exaspérante !

— Tu me fatigues parfois. On dirait une gamine ; Allez, file. Avant que je ne change d'avis. Et que j'arrête d'être sage avec toi !

Je la congédiais en fait. Nous nous embrassâmes, elle s'autorisa à me serrer dans ses bras. Et elle disparut au volant de sa voiture. Je la regardai s'éloigner. Fatiguée. Très fatiguée.

18

Je gambergeais.

J'intellectualisais.

Je réfléchissais.

J'analysais.

Je pesais le pour et le contre.

J'évaluais les risques.
Je relativisais.
Je dramatisais.

J'anticipais.
Je me comparais.
Je prévoyais.
Je pensais mes désirs.
Je mettais les formes.
Je rêvais.
Je luttais contre des insomnies.

Je minimisais.
Je me protégeais.
Je prenais des risques.

J'étudiais mes sentiments.
Je voulais comprendre.

Je voulais savoir.
Je refusais de blesser l'autre.

Je me protégeais.
Je protégeais l'autre du chaos.

Je fonçais.

Je patientais.

J'embrassais.

J'embrasais.

J'enlaçais.

Je déclarais.
Je déclamais.
Je décidais.

J'aimais surtout.

Et puis jour, j'éclatai.

19

Une fois de plus, nous étions attablées Francesca et moi dans un bar élégant, prenant un verre ensemble. Selon un rituel maintenant bien établi. Mais je réclamais depuis des mois autre chose :

— Faisons des choses ensemble ! Ça compte beaucoup pour moi de partager avec toi des moments. On ne peut pas à chaque fois refaire le monde. Parler pendant des heures. J'ai envie de partager des plaisirs avec toi.

Francesca essayait de m'interrompre mais je l'en empêchai.
— Non non, laisse-moi parler, Francesca. On va arrêter de jouer toutes les deux ! Je n'ai plus envie. Plus du tout. Je ne peux plus !

Je bouillonnais, j'avais envie à la fois de saisir presque brutalement ses bras, mais aussi de l'étreindre et de l'embrasser. En définitive, je désirais la faire basculer dans la vérité de nos émotions. Alors, cette fois-ci, je ne contournai pas l'obstacle avant de le franchir.

— Ecoute-moi bien, Francesca. Je suis tombée amoureuse de toi dès notre rencontre. Et je crois que ça a été pareil pour toi. Voilà, c'est ainsi, nous sommes tombées amoureuses l'une de l'autre. J'ai essayé de résister, je me suis menti, j'ai fait comme si ce n'était qu'une très belle amitié. Mais ça m'a emportée là où je ne croyais pas possible d'aller avec une femme. Et l'une et l'autre, nous nous sommes mises à fantasmer sur ce sentiment inédit. L'une et l'autre, nous nous en sommes nourries. Et nous avons dévoré l'autre.

Aujourd'hui, pour moi, ça n'est plus possible de continuer et de faire comme si de rien n'était. Je n'y arrive plus. J'y pense sans arrêt, tout le temps, partout. Je veux que tu entendes que je suis amoureuse de toi. Est-ce que tu l'entends ? Francesca, est-ce que tu m'entends ???

Je criais presque, et quelques voisins de table se retournèrent vers moi.

— Je devrais te laisser parler, mais je sais que tu vas encore m'embarquer dans des explications fumeuses. Alors, je vais te dire. Je ne sais pas ce que nous ferons de ce sentiment-là, mais je me refuse à continuer de faire comme si de rien n'était. Voilà, je t'aime, j'aime Davide, je vis avec lui et je vais continuer à vivre et à l'aimer. Mais toi aussi, je t'aime même si j'ai parfois la sensation que tu me manipules, tellement tu crains tes propres sentiments. Et les miens. Alors, on va arrêter de se raconter des histoires. Et on va arrêter de psychologiser. Je ne le supporte plus. Je veux faire des choses avec toi. Je veux partir en week-end seule avec toi, je veux t'emmener au cinéma, je veux qu'on s'amuse ensemble, qu'on aille voir des expos. Et même si ce n'est que 3 fois dans l'année, eh bien on aura partagé quelque chose. Une émotion. Des rires. Tu passes à côté de ta vie et tu ne t'en rends même pas compte, à force de la commenter et de te regarder vivre. Mais bon sang, Francesca, tu vas te réveiller quand ???

J'étais à bout de souffle et je m'écroulai au fond de mon fauteuil. Je baissai les yeux, bus cul sec mon verre d'alcool, le reposai un peu fortement sur la table et je fis se retourner une deuxième fois les autres voisins de table ! Puis je relevai les yeux, je regardai la tête que faisait Francesca et j'éclatai de rire.

— Excuse-moi de rire, mais ça fait du bien ! Et ne fais pas cette tête- là, Francesca !

Francesca hésitait sur la conduite à tenir. Se lever, partir en claquant des talons. S'offusquer. Rire aussi. Sourire parce que je lui disais que je l'aimais.

Ce temps d'hésitation me permit de reprendre la parole. Et de terminer le travail.
— Je vais te dire aussi, parce que tu commences à me gonfler avec tes allusions sur les lesbiennes.

« Et mon dieu, si je rêvais que je fais l'amour avec une femme, j'en serais traumatisée. »

« Et si on jouait une fois à être un couple de lesbienne et qu'on prenait une chambre dans un hôtel? »

« Et si et si et si ? »

Tu m'énerves, Francesca, avec ça. A ne rien vouloir savoir. Alors je vais te dire. Je te désire. Parfois, quand tu t'ouvres, quand tu ris de mes histoires. Et il m'arrive de désirer des femmes. Et il m'arrive de coucher avec des femmes. Parfois, pas souvent. Et je trouve ça agréable. Très agréable même. Voilà, cette fois-ci, j'en ai terminé. Fais-en ce que tu veux, ma belle ! Ça fait des mois que je t'observe, que je t'écoute, que je te laisse parler. J'aurais dû faire ce que je viens de faire dès le début. Dès la première opportunité. J'aurais dû. C'est peut-être tard.

Je me levai pour commander un autre verre, et Francesca me demanda d'en commander un pour elle aussi.

Nous nous fixâmes, et mon cœur baissait en palpitations. Francesca, de son côté, réagit à sa façon habituelle.

— Je ne vois absolument pas ce qui te fait penser que je puisse être amoureuse de toi. C'est dans ta tête, tout ça. Je t'aime énormément. C'est vrai, je le reconnais. Mais jamais je ne t'ai montré le moindre signe qui pouvait te laisser penser...

Ça explosa dans ma tête. Comme une boule de feu. De la colère.

— Non mais tu le fais exprès, c'est pas possible autrement! Tu parles à tes autres amies comme tu me parles ? Tu rêves de vivre avec elles aussi ? Tu leur tiens la main comme avec moi ? Tu les regardes comme tu me regardes ? Tu les laisses jouer avec toi comme tu me laisses faire ? Tu leur écris les messages que tu m'envoies ? Et elles, elles t'écrivent ce que je t'écris ? Tu me fais perdre mon temps Francesca. Nous avons mieux à faire ensemble que parler, parler, parler. Allez viens avec moi, on va marcher un peu.
Je me levai, bus à nouveau cul sec mon verre, payai en me retournant.

— Décide-toi. Je ne vais pas t'attendre éternellement. Je veux dire là, maintenant. Enfin, non, décide-toi tout court. Tu me gonfles. Ça me gonfle.
C'était flagrant, Francesca avait envie de me répliquer :
— A moi, on ne donne pas d'ordre. J'ai mon libre arbitre.
Mais elle se tut et me suivit. Moi, je continuais de bouillir.

Nous marchions en silence quelques minutes dans une rue étroite. Les pavés étaient glissants. Nous titubions presque l'une et l'autre. Un peu l'alcool, l'énervement aussi, l'émotion bien sûr. Nous nous évitions, puis nos bras se frôlèrent.

Je ne sais pas ce qui me passa alors par la tête, c'est venu comme un coup de fusil. Soudainement, je pris le bras de Francesca, je l'entraînai sous une porte cochère comme dans les vieux films, je la plaquai contre le bois. Francesca fut surprise. Je lui tins fermement le cou d'une main, lui caressai la joue de l'autre avant de l'embrasser sur la bouche.

Franchement, j'aurais rêvé d'un premier baiser plus doux. J'aurais aimé d'abord deviner ses lèvres, les lui ouvrir délicatement avec le bout de ma langue. Je l'aurais d'abord embrassé sur le coin de sa bouche, j'aurais glissé lentement vers son cou, avant de revenir poser ses lèvres. Et de glisser plus franchement ma langue, puis de lui dévorer sa bouche. Mais je n'en fis rien, me laissant emporter par ma colère et mon désir, si forts. Je savais intuitivement que prendre mon temps aurait été une erreur. J'embrassais Francesca comme l'aurait fait un homme. Avec autorité. Francesca se laissa faire d'abord, complètement abandonnée. Puis je la sentis se tendre, essayant de résister. Elle ne me repoussa pas, je devinais ses mains sur mes bras, prête à m'éloigner d'elle. Mais elle n'en fit rien et finit par se laisser emporter par ce baiser interdit. En pleine rue, qui plus est.

Je desserrai mon étreinte et je regardai mon amie tétanisée.

— Excuse-moi, mais je ne peux pas faire ça. Tu n'es pas un homme. Avec un homme, je pourrais. Je pourrais tout. Ça n'est pas possible. Je ne sais plus ce que je veux. Excuse-moi. Je ne peux pas. Tu es complètement dingue. Laisse-moi.

Et Francesca partit presque en courant. Sans se retourner. Je la laissai filer. J'avais fait ce que j'avais à faire. Et sereine-ment, ce soir-là, même si Francesca m'avait plantée là, je pouvais poursuivre ma route.

Je n'aurai pas de nouvelles d'elle pendant de longues se-maines. Je m'y attendais. Je m'y étais même préparée. Et alors ?

Francesca ne savait pas ce qu'elle voulait dans la vie, croyait aimer et rechercher le romanesque, mais n'en aimait finalement que l'illusion. C'était Francesca, une illusion parfaite.

20

Il y eut Alicia, une superbe escort blonde. Dominic, un congressiste de passage à Florence. Lukas, un photographe rencontré dans un restaurant. Puis à nouveau Alicia, gratuitement cette autre fois. Des hommes, quelques femmes, des moments éphémères. Précieux. Qui me faisaient oublier Francesca et ses hésitations. Qui me remplissaient de feu. Parfois, je ne demandais rien d'autre.

Je ne manquais pas de bonnes raisons pour aimer Davide.
Ses muscles. Sa voix. Son odeur. Son rire. Ses rires. Sa présence, toujours, même quand il était à des milliers de kilomètres. Ses mains, ses doigts. Sa connaissance de mon
corps, mes cinq zones érogènes et d'autres encore à découvrir. Je ne manquais pas de bonnes raisons pour aimer
l'amour. Avec lui. La solitude. Les rencontres. Le sexe. Les
lits king size. Les beaux hôtels. Le champagne. Les draps
blancs. Les oreillers moelleux sous mes reins. Les mains
qui m'agrippaient et auxquelles je m'agrippais.

Davide ne manquait pas de bonnes raisons pour m'aimer.
Pour aimer faire l'amour avec moi. Pour aimer que je fasse
l'amour sans lui. Pour désirer que j'ose encore et toujours.
Pour m'encourager. Pour aimer les suites. La vodka glacée.
Le whisky irlandais. Que je le suce. Que je le fesse au cours
de jeux de rôles. Qu'il me mange. Me dévore.

Francesca ne manquait pas de bonnes raisons pour m'aimer.
Penser à moi. Laisser un sourire discret sur ses lèvres en
m'imaginant. En lisant mes textes. Courts ou sans fin. Dé-
cousus ou cohérents. Amicaux ou enfiévrés. En m'écoutant.

175

En recevant mes cadeaux. En marchant à toute allure vers moi. En me faisant patienter.

Je ne manquais pas de bonnes raisons pour aimer Francesca. Pas seulement sa beauté. Ses grands yeux noisette. Son petit nez. Ses escarpins rouges. Les rêves qu'elle me procurait. Les battements de cœur qu'elle déclenchait. Ses cadeaux, rares mais précieux. J'aimais Francesca parce que Francesca m'aimait. Parce qu'elle m'aimait si mal et que j'étais convaincue d'être la seule à l'aimer si bien.

Si Francesca était corsetée, je souffrais alors d'une autre pathologie ; j'avais peur. Mais ne le savais pas. J'employais tous les synonymes et les évitements que mon esprit pouvait fabriquer pour ne pas reconnaître ma peur. J'évoquais le trac ; ou alors le moment, mal choisi ; et puis le respect.

Davide quant à lui était pressé. Peut-être parce qu'il s'était révélé à lui-même tardivement. Ou qu'il estimait avoir laissé assez de temps comme cela. Oui, c'était cela : il n'avait plus le temps. Il répétait souvent :

— Je n'ai plus la patience.

Je le trouvais, de fait, parfois impatient, injustement impatient envers moi. Mais je savais aussi que cette tension permanente me menait vers les aventures que je recherchais plus ou moins consciemment. Et dont j'avais besoin. Et qui me nourrissait. J'avais un jour confié à une femme qui n'était même pas mon amie mais en qui j'avais toute confiance :

— Avec Davide, je n'ai jamais peur.

Moi comme Francesca, nous avions donc peur. Des peurs différentes, nées d'histoires singulières. Mais des peurs qui handicapaient considérablement notre existence. Et désormais épisodiquement commune.

Davide ne comprenait pas le risque que nous n'osions pas prendre.

Même s'il répétait souvent :

— Toi, Ilaria, tu es mon centre d'intérêt. Francesca, un peu moins. Qui ose, gagne, Ilaria. Toi qui aimes tant la compétition, tu devrais le savoir !

J'avais peur d'être rejetée. Pourtant, enfant et adolescente, j'avais baigné dans une atmosphère de victoires et de défaites. Je participais à des épreuves de gymnastique. J'avais aimé cela. Entrer, fouler le tapis, être seule au milieu, et bondir. J'avais aimé la souffrance des entraînements, j'avais aimé sentir mon corps fourbu, certes, mais tendu, vivant. Beau. J'avais aimé concourir seule et en équipe. Mais une fois en piste, on était toujours seule. J'avais aimé tenter des figures difficiles. Pour qu'on m'admire. J'avais aimé lire dans le regard des gens mon panache.

— Je préfère presque perdre plutôt que gagner sans risquer, disais-je à mes partenaires d'équipe.

Que ça pouvait rendre dingue, parce qu'elles voulaient gagner tout court !

La défaite ne me faisait donc pas peur et je l'avais toujours intégrée. Dans le sport.

Dans la vie, c'était autre chose.

J'avais passé de nombreux concours, examens. Que j'avais tous réussis haut la main. En travaillant beaucoup, en me préparant presque laborieusement, non pas parce que je n'étais pas douée ou que les choses n'entraient pas dans ma tête, ou n'y restaient pas, mais bien parce que je ne voulais rien laisser au hasard.

J'étais féministe. Je pensais qu'une femme devait réussir par elle- même. Surtout ne rien devoir à personne. Surtout pas un homme. Ni à son homme, ni à son père. Rien n'était donc laissé au hasard dans mon existence. J'aimais à dire :

— C'est comme un acteur, il doit donner l'impression au public qu'il improvise alors qu'il a répété et répété et répété pendant des semaines son texte, son jeu de scène, ses déplacements, ses regards, ses silences. Le talent, c'est cela : laisser croire aux autres qu'on improvise alors qu'on connaît son texte par cœur.

Ce que j'avais oublié, à force de préparer mentalement tout ce qui était lié de près ou de loin à une notion de réussite, c'est que mes partenaires dans la vraie vie ne lisaient pas forcément le même manuscrit que moi. Parfois, les deux s'accordaient.

J'avais peur d'être repoussée. Et de ne pas être à la hauteur, même si personne ne me demandait d'être aussi haute !
Ce qui quelquefois me freinait dans mes élans. Et quand les valeurs s'en mêlaient, les nœuds se faisaient plus nombreux. Plus denses. En fait, j'avais peur de ne pas être aimée de ceux ou celles que moi j'aimais. Les autres me voyaient talentueuse, brillante, jolie, drôle, forte. Pas tous, évidemment, mais suffisamment pour que j'aie vraiment confiance en moi.

Moi, sans aller jusqu'à parler d'imposture, je pensais parfois usurper ma réputation. J'avais peur qu'on me mente. Je ne le montrais pas, bien sûr. Mais ça me minait, parfois.
Ou plutôt, cela m'avait minée longtemps. J'en prenais conscience, en vieillissant, que tout cet amour que je recevais n'était pas du vol, ni une imposture, ni un faux-semblant. Cet amour, ces amours, étaient bien réels, duraient, s'épanouissaient, s'intensifiaient, prenaient une tournure parfois surprenante. Ces amours-là étaient vivantes. Et c'était aujourd'hui tout ce qui comptait pour moi.

Francesca, de son côté, trimbalait une problématique autre. Elle était assez sûre d'elle, de son physique, de sa beauté, de l'effet qu'elle produisait sur les hommes. Et sur les femmes qui, affirmait-elle sérieusement, avait peur que leurs maris viennent seul à son cabinet. Il était vrai que le cabinet de Francesca était probablement celui à Florence où l'on voyait le plus de papa venir consulter avec leurs bambins !

Donc, pour Francesca, tout était à sa place, dans sa vie. Pour l'extérieur, du moins. Un bon métier, l'estime de la société. Séduisante. Pédiatre. Elle soignait des petites vies. Le regard bienveillant des parents. Oui, elle était utile. Belle. Gagnait suffisamment d'argent. Elle était indépendante. Pas féministe. Du tout.

Elle se fichait pas mal des autres femmes. Qu'elle se débrouille comme elle l'avait fait, elle, plus jeune. Voilà ce qu'elle pensait. Même si son père était un ponte florentin, respecté, envié, elle, Francesca, bien qu'elle ait suivi la même voie, ne voulait rien lui devoir. Mais attendait depuis longtemps, paradoxalement, la reconnaissance paternelle qui ne venait pas. Et ne viendrait pas. C'était ainsi. Il ne fallait jamais attendre que les pères donnent aux enfants, encore moins aux filles, l'autorisation de les dépasser. Ça n'existait pas. Nulle part. Dans aucune profession. Elle remplissait toutes les cases cochées par papa. Espérant inconsciemment, le moment venu, obtenir enfin cette distinction. Elle s'était donc mariée, avec un homme qui énervait son père mais lui conférait à tout jamais, du moins le croyait-il, son rôle de protecteur, puisqu'il avait dit un jour à sa fille, alors qu'elle lui annonçait qu'elle allait se marier :

— Si ça ne va, je serai là, ma fille. Pour toi. Comme toujours.

Sur le moment, elle m'avait raconté avoir été touchée. Puis, elle avait compris qu'il la ramenait toujours à sa condition de petite fille. Non, elle ne l'avait pas compris. C'était moi qui lui avait suggéré. Francesca était engoncée dans ce schéma, avec une mère résolument absente, du moins distante, seulement préoccupée par son bronzage et ses parties de bridge. Francesca souffrait, mais donnait le change. Elle considérait que c'était ça, la vie, et s'autorisait de rares moments de détente, de plaisir.

Même si elle ne pouvait se passer de moi, de ma fantaisie, de mon impatience, elle ne devait pas aller plus loin dans cette relation. Elle se sentait terrorisée à l'idée d'aimer une femme. Cela ne faisait pas partie du schéma. Cela n'entrait pas dans le cadre qu'elle avait mis 40 ans à construire.

Elle m'en voulait donc d'avoir cassé la magie de l'interdit en la pressant, en l'embrassant. Pourtant, dieu qu'elle avait aimé ce baiser. En pleine rue. Elle fantasmait dessus. Se donnait du plaisir en revivant mentalement ce baiser volé, arraché même. Elle me l'avait aussi dit un jour. Non, elle ne m'en voulait pas tant que ça en fait. C'était à elle, qu'elle en voulait. Mais elle pensait ne pas avoir l'énergie d'aborder cette question.

— Ça passera, se disait-elle, ça passera.

Quelques semaines après le baiser, alors que nous étions sans nouvelles l'une de l'autre, je lui envoyai un sms. Je savais, par une connaissance commune, qu'elle travaillait sans relâche.

— Ma Francesca, le temps ne change rien à l'affaire. Je pense à toi. J'ai envie que tu reviennes dans ma vie. J'ai envie de revenir dans la tienne. Le veux-tu ?

Francesca avait reçu ce texto alors qu'elle était en consultation. Elle avait été incapable de se concentrer le reste de l'après-midi, m'avait- elle confié.

Mais, et cela lui parut bizarre, elle se sentait heureuse, à nouveau. Avec son mari, les choses s'étaient calmées, elle donnait le change. Elle menait, enfin, une vie normale. Un homme, elle en épouse, le bel appartement, le grand canapé, la télévision, des plateaux-repas, des grasses matinées, l'amour régulièrement, sans passion, mais l'amour quand même, des soirées entre couples d'amis.

Mon sms interrompit cette forme de léthargie. Une forme de léthargie bourgeoise dans laquelle Francesca trouvait son compte.

Francesca réalisa qu'elle attendait plus de la vie, mais refusait toujours de se confronter à la vision si particulière que je lui promettais. Elle en mourrait d'envie, mais elle était terrifiée de ce qui l'attendait si elle acceptait de me revoir. Tout allait à peu près bien dans sa vie. Tout était à sa place. Elle voulait positiver sur tout ça, disait-elle. Je trouvais l'expression détestable. On ne positivait pas, pour moi on vivait !

22

J'étais cependant contente d'avoir repris contact avec mon amie. Soulagée aussi que Francesca ne tombe pas, tête baissée, dans le piège. Davide n'y comprenait plus rien et m'interrogeait fréquemment.

— Mais as-tu envie de la revoir, oui ou non ?

— Oui. Et non.

Davide faisait alors les gros yeux, et cela me faisait sourire.

— En réalité, je ne sais pas quoi faire d'elle. Pas quoi faire de cette histoire. J'ai envie d'être avec Francesca ; mais je n'ai plus envie de ses problèmes. J'ai envie de la voir, mais je crains notre histoire si je franchis le pas avec elle. As-tu vu sa réaction ? Pour un simple baiser ? Je sais bien qu'un baiser entre femmes, ce n'est pas anodin. Mais quand même !

— Ta copine, elle n'attend qu'une chose, c'est que tu lui ressautes dessus. J'en suis certain et c'est ce que je te dis depuis le début.

— Tu as raison, Davide. Mais il y a une chose qui me retient. Un soir, quand j'étais chez elle, et que nous avions beaucoup parlé, elle m'avait confié quelque chose, que j'avais oublié. Je me suis rendue compte de cette capacité à oublier les choses qui me provoquent trop d'émotion.

— Oui, je me souviens parfaitement que tu m'aies dit, le lendemain : « Francesca m'a dit un truc hyper important, et je ne me souviens plus. »
— Eh bien, ça m'est revenu.

— Et qu'a-t-elle dit de si important ?
— Elle m'avait alors expliqué que notre histoire, à elle et à moi, était envahissante, qu'elle y pensait tout le temps. Et que ça n'avait jamais été aussi fort avant. Avec aucun homme. Et que ça l'avait angoissée beaucoup. Que ça allait mieux. Mais que c'était trop pour elle.
— Ah... Effectivement. Et que lui as-tu répondu ?
— Pas grand-chose. Je lui ai expliqué que c'était très fort pour moi aussi, mais que ça ne me posait aucun souci, ni aucune angoisse. Que le problème venait du fait que nos deux positions conjugales étaient déséquilibrées. Que pour moi, tu étais tout et que tu serais toujours présent dans ma vie. Mais que je l'aimais elle aussi. Et qu'il serait préférable qu'elle ait un homme fixe dans sa vie. Qu'elle se construise une vie équilibrée pour arrêter de se prendre la tête en permanence avec ces histoires fatigantes. Mais que quoi qu'il se passe dans sa vie à l'avenir, nous nous aimerions tou-

jours. Que je l'aimerai toujours. Et qu'elle m'aimera toujours.

— Et ?

— Et nous sommes tombées d'accord là-dessus. Voilà
pourquoi, quand quelqu'un te dit que ça n'a jamais été aussi
fort, il faut faire attention. Je dois faire attention, Davide. Je
sens que cela pourrait nous entraîner là où je ne veux pas
aller. Je n'ai aucun goût pour le chaos. Contrairement à elle.
Même si elle ne le sait pas.

— C'est un peu plus clair. Fais ce que tu as à faire. Avec
elle. Sans elle. Avec moi. Sans moi. Non, toujours avec moi
!

Le pacte continuait donc d'être respecté, sinon à la lettre, du
moins aussi fidèlement que possible.

Francesca m'appelait au moins une fois par semaine, et
comme un fait du hasard, tombait sur mon répondeur avec
une régularité qui frisait un déconcertant évitement. Il suffisait que je quitte une pièce sans

mon portable pour que Francesca m'appelle. Comme si le
hasard, auquel je ne croyais pas, s'en mêlait et nous accor-
dait le temps nécessaire pour nous reparler.

J'envoyais des sms, gentils, doux, tendres, affectueux. J'avais appris la patience, j'avais apprivoisé l'impuissance face aux problèmes récurrents que Francesca me racontait par messages vocaux interposés. La vie de Francesca se résumait à des semaines coupées en deux : cinq jours de consultation éreintants, et des week-ends de repos. De sommeil, même. Elle me disait qu'elle préférait ne pas penser pour ne pas tomber dans la déprime. Qu'elle était épuisée en raison de l'absence d'un de ses confrères, malade. Et qu'elle remplaçait.

— Tu comprends, disait-elle comme pour se justifier, je ne peux pas ne pas recevoir ces enfants. Alors, je fais des doubles journées. Et je n'ai clairement le temps de voir personne en dehors. Je ne tiens plus debout le soir.

J'étais agacée mais laissais faire. Qu'y pouvais-je ? Ce n'était pas le moment de notre histoire, voilà tout. Moi, j'étais occupée par mon travail de création.
Je peignais beaucoup, je m'enfermais souvent dans mon atelier, une pièce que Davide m'avait aménagée. Il y avait installé deux bureaux également, un pour lui et un pour moi. Les bureaux se faisaient face. Je multipliais les toiles, je m'essayais à la sculpture. Et j'envisageais sérieusement d'exposer, voire d'ouvrir ma galerie. Je prenais mes distances avec la politique. Les années berlusconniennes, la

bêtise, la lâcheté, la duperie de mes concitoyens m'avaient peu à peu éloignée du pouvoir.

Et finiraient par m'en éloigner définitivement.

Cela passa donc par des heures dédiées à peindre, enfin. A marcher aussi, seule, dans les rues de Florence ou dans la campagne toscane. J'avais trouvé un chien, et décidé de le garder, malgré l'avis contraire de mon mari. Et je me baladais avec le bâtard, laissant alors voguer son imagination. Je l'avais baptisé « Diablotin », en hommage au petit diable Sagan ; que j'adorais et dont je m'inspirais.

Le sexe me taraudait un peu moins. Du moins la conquête. Sans doute était-ce dû aux dernières rencontres que j'avais faites, et qui m'avaient laissée, disons, un peu sur ma faim.

J'aimais plus que tout entrer dans le désir de Davide, et j'espérai à la fois ses encouragements et son assentiment. Un soir que nous sortions tous les deux dans un bar d'hôtel, chic comme je les appréciais, un grand miroir, un lustre imposant, des cocktails détonants, un barman séduisant, une barman brune et vraiment charmante, des clients calmes et chics, des tabourets hauts, ce soir-là, j'étais disponible. Davide le sentait. Nous avions déjà passé un peu de temps dans ce bel endroit, très couru à Florence. Tout ce qui était nouveau attirait personnalités des médias, de la politique, de la magistrature.

Je n'essayai que rarement de séduire quelqu'un chez qui je ne sentais pas une attirance pour moi. Attirance parfois cachée, par convention souvent. Mais charge érotique présente.

Mon regard ne fut pas attiré par la salle, où pourtant se côtoyaient des hommes et des femmes chics. Séduisants pour certains, attirantes pour d'autres. Mais si convenus selon mon exigence. Non, ce soir-là, mon regard et mon désir naissant furent attirés par le bar. Et plus exactement le barman et son assistante. Lui était brun, pas très grand, un nez assez marqué, ce que je prenais pour une marque de caractère. Il était argentin, mais je pensai d'abord qu'il était grec. Pourtant, cette pointe d'accent sifflante aurait dû me guider dans cette géographie des rencontres. Sa chemise noire, son pantalon noir, ses bretelles noires qu'il laissait tomber sur ses hanches, son regard noir, ses cheveux noirs, tout en lui rappelait l'hidalgo ténébreux. Son sourire, pourtant, était lumineux et balayait la première impression. C'est la raison pour laquelle je choisis, avec la complicité de Davide, l'homme qui servait derrière le bar. La barman donnait une impression d'effet miroir. Certes brune, mais le teint clair, de grands yeux bleus, une tenue claire; elle laissait cependant voir une âme plus torturée. Et un besoin de tendresse, sinon d'écoute.

Nous commandâmes d'abord deux whiskys, pour nous mettre en bouche et désinhiber nos esprits. Parvenir à couper avec la journée. Comme pour endosser non un masque, mais une parure. Être autre et être néanmoins nous-mêmes.

— Tu es certaine de le préférer à elle ? Rien ne me dérange, tu le sais bien, mon amour. Les deux sont beaux, intéressants, séduisants.

C'est vrai que j'avais un peu hésité. La barman était vraiment attirante, grande, énergique. Mais il me semblait que ce ne serait pour moi qu'un substitut de Francesca. Et puis, ce soir, j'avais envie d'une histoire très simple, pas de début de sentiments ou d'attachement. Ce serait donc l'hidalgo.

Nous entamâmes la conversation avec Guillermo. Entre deux Italiens et un Argentin, le contact était simple à établir. Bavards, ouverts, curieux, nous partagions ces traits de caractère. Nous parlâmes donc, tandis que Guillermo travaillait, s'activait même, entre les tables, les cocktails, les conseils à son assistante, plutôt douée d'ailleurs. Je me sentais observée, à la fois par l'homme, mais aussi par elle. Ses grands yeux et un regard presque naïf, comme enfantin, se posait à intervalles réguliers, sur moi, qui répondais avec amusement aux plaisirs de Julia. Puisque c'était ainsi que l'appelait Guillermo. Lui parlait beaucoup, souriait, et jetait des coups d'œils plus discrets, interrogatifs. Il n'était pas sûr de ce qui était en train de se tramer. Un homme et une femme mariés, à l'aise au bar, il en avait déjà rencontrés. Mais il ne voulait pas d'histoires, son poste comptait beaucoup pour lui. Il voulait donc s'assurer que Davide était d'accord avec mon jeu à son égard. Et qu'il n'assistait pas à un jeu de couples. Où le troisième larron n'était qu'un pion pour faire monter le désir entre le mari et la femme.

Le temps passait agréablement, et Guillermo nous prépara, sans nous avertir, deux cocktails à base de gin. Je n'étais pas fan de gin, mais pourquoi pas après tout... Je savais ce que cet alcool faisait à Davide, une incapacité à bander. Mais ce soir, peu importait, il ne serait pas le héros de la petite fête qui se préparait.

Nous goûtâmes le cocktail, avant d'en commander un autre, avec quelques tapas. Et même du Pata Negra, un blasphème en Italie !

Je me sentais comme saoule, juste ce qu'il fallait pour qu'aucun tabou ne me retienne. Il était 1 heure du matin passée, Julia et Guillermo finissaient leur service, les clients avaient déserté le bar. Ils ne restaient que quelques noctambules qui redoutaient sans doute de retrouver la solitude de leurs appartements trop bien décorés. Mais vides.

Davide me prit l'avant-bras, pour attirer mon attention.

— Tu en as envie, n'est-ce pas ?

Pas besoin de mettre davantage de mots sur l'idée de Davide. Oui, j'en avais envie.

— Oui, et j'ai repéré les lieux.

Je souris.

— Dis-moi où.

— Au bord de la piscine, au moins 2. Au niveau du hammam. L'endroit est assez sombre, humide, suave, dégoulinant. Il n'y a personne, j'ai vérifié. Et ça reste ouvert ? Ça aussi, j'ai vérifié.

— Ok.

Davide prit un dessous de verre et demanda à Guillermo un stylo.

Voilà ce qu'il écrivit :

— Avec ma femme, Ilaria, à la fin de ton service, au bord de la piscine. Elle t'attendra.

Et Davide fit glisser à Guillermo le petit mot, qu'il glissa dans sa poche. Sans rien ajouter. Surpris, mais pas tant que cela finalement. Impatient de lire les quelques lignes.

J'étais détendue, Davide pressé. Julia avait terminé son service et partit, non sans avoir glissé un regard insistant en ma direction. Je la salua d'un « Ciao, à une prochaine j'espère. »

Puis le barman s'approcha de Davide et lui dit, discrètement.

— J'ai tout fini dans 5 bonnes minutes. »

J'avais saisi et je me levai. Je pris l'ascenseur, j'appuyai sur la touche moins 2, et je descendis doucement. Les portes s'ouvrirent. En face, les toilettes, vides à cette heure avancée de la nuit. Sur la gauche, la piscine, les salons de massage, le hammam. Tout aussi déserts. Je poussai la porte vitrée de la piscine. La lumière était opaque, l'air presque étouffant ; il donnait envie de se déshabiller rapidement. J'enlevai mes escarpins, et je m'assis au bord de la piscine, les pieds dans l'eau tiède. Le moment de solitude était délicieux. Juste l'avant. Ces instants où l'on imagine déjà ce qui peut survenir ; on laisse aller son esprit, il divague, on sent chaque partie de son corps. On se prépare à l'étreinte, à la peau d'un autre, son odeur, son goût, ses mots ou ses silences, son audace ou sa timidité, sa maladresse ou sa rudesse. Tout est alors possible, envisageable. Tout.

Enfin, je perçus le bruit de l'ascenseur, qui remontait. J'espérais que cela fut pour prendre Guillermo. Je patientai une dizaine de secondes. C'était lui. Il entra et s'approcha. Il me caressa doucement les épaules. — Tu voulais donc que je descende ? Et ton mari ne dit rien...

Il m'embrassa délicatement d'abord, puis très vite puissamment. Il avait sans doute besoin d'évacuer la tension de sa soirée de travail.

— Je n'ai pas eu le temps de prendre une douche. Ça ne se fait pas, mais si on se baignait ?

Il se déshabilla, et plongea directement dans l'eau. Il s'ébroua, puis rit.

— Elle est bonne! Viens !

J'enlevai ma robe, mes sous-vêtements, et glissai dans l'eau. J'aimais nager nue. Ce que je préférais, comme la plupart des personnes qui y avaient goûté, c'était la sensation de l'eau à l'intérieur de mes cuisses, sur mon sexe, sur mes hanches. Cela pouvait faire cliché, mais la réalité, c'était bien ce délice.

Guillermo s'approcha. La piscine n'était pas profonde, et nous pouvions nous tenir debout. Il m'embrassa à nouveau. Un léger bruit d'ascenseur se fit à nouveau entendre.
Je savais qui l'avait pris, et Guillermo n'avait rien entendu, concentré sur mon corps et mes lèvres.

Davide en sortit, et se plaça dans un angle, à l'extérieur de la piscine, pour observer sa femme faire l'amour avec le barman. Il adorait cela, même s'il savait que ce style de pratiques laissait la plupart des hommes sceptiques, pour ne pas dire furibards. Laissez leurs femmes baiser avec un autre, il fallait être dingue !

Davide, lui, se moquait de l'opinion des autres ; il savait qu'il aimait cela. Et je l'aimais quand Davide aimait.

Guillermo était bien loin de ces considérations et continuait la découverte de mon corps. Il me léchait dans le cou, m'embrassait avidement. Il me parlait en espagnol et je n'y comprenais rien. Je m'en fichais complètement. Ces moments-là m'offraient surtout une parenthèse pour ne pas penser, ne pas réfléchir, mettre en quelque sorte mon cerveau trop actif au repos.

Je me laissais complètement guidée par l'ardeur de l'homme qui, me prenant sous les bras, me souleva et m'assit sur le bord de la piscine. Il écarta mes cuisses. Les mains posées derrière moi, je partais en arrière et me cambrais pour ressentir le maximum de sensations.

Je n'osais pas trop faire de bruit, de peur d'attirer un veilleur de nuit intrigué. Et en même temps, cela ne m'aurait pas dérangée plus que ça qu'un autre homme que Davide m'observe en train de baiser.

Pour l'heure, Davide se régalait de voir sa femme prendre son pied avec le barman et c'était tout ce qui comptait à ce moment-là. Guillermo était entreprenant, c'était l'homme et il n'était pas soumis. Même par jeu sexuel. D'ailleurs, il ne jouait pas et n'imaginait pas une seconde que je remplissais un rôle.

Guillermo sortit à son tour complètement de la piscine et je vis qu'il était assez musclé. 40 ans, un corps de sportif, pas de graisse, des épaules carrées, des cuisses pleines du cycliste, des abdos corrects. Il me fit l'amour avec sérieux.

— Ça va ? Je ne t'ai pas fait mal ?
Je le rassurai.
— Viens, on retourne nager. La piscine d'un grand hôtel pour soi, en pleine nuit, c'est un luxe, non ?

Je voulais surtout que Davide comprenne le message et remonte à l'étage du bar m'attendre. Ce qu'il fit.

23

Je peignais de plus en plus, et de plus en plus souvent. Seule la régularité, d'aucuns parleront de discipline et ils auront probablement raison, donnait du rythme à la création. Presque avec discipline donc, même si je détestais ce terme et sa connotation. Peindre me calmait, m'apaisait, me soulageait. J'étais persuadée ne pas être une grande peintre, mais c'était comme un passage obligé vers autre chose.

Mon cerveau ne cessait jamais de tourner, et j'avais trouvé, en plus du sport et du sexe, ce mode d'expression. Je me découvrais artiste et j'aimais ça.

Je peignais beaucoup autour du bleu. Et puis des couples, homme- femme, femme-femme : une peinture réaliste, parfois osé. Des trios aussi parfois. Ma peinture exprimait la sensualité des corps.

Je m'essayais aussi à la photographie.
Je montais des mises en scène, en payant des hommes, ou des femmes, pour mimer le plaisir, l'orgasme. Toujours le même décor, un intérieur. C'était un exercice difficile mais j'avais fait appel à un site d'exhibitionnistes pour réaliser ces photographies que je comptais bien exposer.

Je préparai en parallèle une deuxième série, cette fois-ci sans simulation. Je demandais alors à ces mêmes personnes, de se caresser en regardant un film porno de leur choix, et je photographiais leurs visages pendant le plaisir et au moment de l'orgasme.

Je voulais en fait étudier, puis montrer, qu'une simulation et un orgasme bien réel, déforment le visage. Modifient le regard. La bouche. Le cou. Des rougeurs chez certaines, des veines qui grossissent, une incapacité, peut-être, à se contrôler.

Le résultat fut absolument saisissant. J'avais sélectionné 10 hommes et 10 femmes. Ages, tailles, styles de beauté, couleurs de peau, tout les différenciait. Ça n'avait évidemment aucune valeur scientifique, et ça n'était pas cela que je cherchais. Ce n'était pas une étude sur le sexe, le plaisir, l'abandon total, le lâcher prise, ou au contraire le contrôle, le jeu avec ses variations, ses montées et ses chutes de ressenti. Non, il ne s'agissait pas de montrer à tout prix quelque chose qui ferait par la suite office de référence.

Je voulais photographier ces hommes et ces femmes dans ce qu'ils avaient de plus intime. Ils osaient, simuler ou ressentir vraiment. Et c'est ce qui comptait pour moi.

Je fis donc une série de portraits, en noir et blanc, puis en couleurs.

Je donnais les rendez-vous au moment du crépuscule. Le soleil couchant pénétrait mon atelier par la grande fenêtre que m'avait installée Davide.

Ce lieu incroyable était mon refuge, il donnait l'illusion d'être dehors, au cœur de la tempête, de la pluie, du vent, ou presque brûlé par le soleil en été. Ce lieu était vivant, changeant, il y faisait parfois très chaud et seul un gros ventilateur rafraîchissait alors la pièce. J'ouvrais tout, mais la chaleur qui entrait de l'extérieur ne diminuait pas la température. L'hiver, il y faisait frais, et j'y plaçais alors un chauffage d'appoint. Ça énervait Davide, notamment quand il recevait les factures d'électricité. Mais c'était mon endroit à ciel ouvert, il m'inspirait.

Dans la continuité du nôtre, c'était mon domaine. Seul Davide était autorisé à y entrer. Notre fille Deva respectait cette intimité. Elle ne cherchait pas à percer le mystère qui entourait parfois sa mère.

C'est aussi dans cette pièce que je choisis mes photographies pour les exposer ensuite, dans la galerie d'une connaissance qui m'aimait bien. A qui j'avais rendue service autre fois. Elle avait apprécié mon idée, les photos l'avaient intriguée.

— Cela va interpeller, interloquer. Peut-être choquer un peu, je ne sais pas. Ilaria, je vais mettre en scène vos portraits du plaisir. Il vous faut trouver un titre. Pour l'expo. Puis réfléchissez aux phrases, aux textes que vous souhaitez pour accompagner chacune des photos.

Je m'y employais, raturais. Mais j'étais sûre de moi. Ce travail me prit des semaines de concentration. Je ne pensais pas trop à Francesca, disons qu'elle ne me manquait alors pas. Je faisais l'amour avec Davide, nous sortions de temps en temps. Je rencontrai assez peu de nouveautés. J'étais occupée par mon travail.

Le titre me vint un après-midi, alors que j'écoutais Paolo Conte.

« Portraits des désirs »

Cela plut à ma galeriste. Et l'expo eut enfin lieu. La galerie n'était pas immense, mais suffisamment pour que les différents murs mettent en scène mes photos. Elles fonctionnaient deux par deux.

Simulation – plaisir réel.

Les vingt personnes qui avaient accepté de poser pour moi étaient évidemment présentes. Tout à leur exhibitionnisme, ces hommes et des femmes paradaient et jouissaient de voir leurs portraits grandeur nature, dans des scènes explicites. Cela faisait drôle d'ailleurs de les croiser en vrai, un verre à la main, habillés, puis de scruter leurs visages dans l'abandon du plaisir, ou dans la simulation du désir.

Quelques journalistes s'étaient également déplacés. Je savais que ce qui ferait ma réputation serait la vente, ou non, de ces photos. C'était mon inquiétude, ce soir-là. Que personne ne se porte acquéreur. Je n'étais pas là pour faire du fric, même si ça comptait pour moi. J'avais conscience, pour en avoir beaucoup parlé avec Davide, que mon rapport à l'argent était en train de changer. Nous n'en manquions pas, Davide travaillait beaucoup, et mes activités de conseil m'avaient pas mal rapporté.

Cependant, ce soir-là, au-delà des félicitations et des encouragements de façade, il fallait que je vende.

Sur les vingt travaux exposés, 7 partirent assez rapidement. C'était osé d'acheter des portraits d'inconnus en train de jouir. Il y avait visiblement pas mal de voyeurs à Florence !

L'exposition se prolongea quelques semaines. J'y avais invité Francesca. J'ignore si elle passa. Je la croisai un jour, par hasard, pas très loin de la galerie. Je ne savais pas ce qu'elle faisait dans le quartier. Elle ne m'en dit rien, fidèle à sa façon de faire. J'avais été la première à l'apercevoir, et pris ces quelques secondes pour l'observer. Des lunettes noires barraient la moitié de son visage. Quand elle me vit, elle stoppa net. Enleva ses lunettes. M'embrassa. Me serrant le bras comme à son habitude. Je fis de même. Je la trouvais fatiguée. Et belle. Et glaciale. Pas à mon égard. Elle n'avait pas eu le temps de se préparer à notre rencontre. Elle venait de loin, dans ses pensées.

Elle semblait presque absente à elle-même.
— Bonjour. Comment vas-tu ? C'est drôle de te croiser par ici.
Elle me sourit, son visage était pâle, ses yeux semblaient plus délavés encore.
— Je vais bien. Très bien même. J'avais un rendez-vous dans le quartier, c'est tout. Je n'ai pas le temps de parler, je suis désolée, je suis déjà en retard.
— Alors, file si tu es déjà en retard. Tu es toujours aussi pressée, toi. A bientôt.
— On s'appelle, d'accord. On s'appelle, oui, on va faire ça.

Et elle partit, sans se retourner.

Je ne l'avais pas faite pour elle, cette expo, mais pour moi. J'aurais aimé qu'elle vienne, ou qu'elle m'en parle. Ou qu'elle me demande comment ça se passait pour moi. Cette rencontre imprévue et fugace me rendit triste, nostalgique.

Davide, lui, était fier. Me l'avait dit. Il m'avait accompagnée dans cette aventure bizarre. Il était là pour moi. Toujours. Calme. Prévenant. Discret quand il le fallait. Patient. Amoureux. Cet homme était une perle, une rareté.

Nous avions expliqué à Deva pourquoi nous ne voulions pas qu'elle aille voir les photos de sa maman. Elle comprit, enfin elle fit un peu la tête. Elle grandissait, mais je voulais encore un peu la protéger du monde adulte. Elle demanda à voir la galerie de loin, depuis le trottoir. Je n'eus pas tout de suite des nouvelles de Francesca. Je n'en donnais pas. Puis, un beau jour, son nom apparut sur l'écran de mon téléphone. Elle se mit à m'appeler avec une régularité de métronome. Deux fois par semaine. De mon côté, je continuais de lui envoyer des textos, auxquels elle ne répondait pas toujours. Mais je savais que ces sms la touchaient. L'encourageaient parfois. L'aidaient à tenir. Et surtout qu'un fil, invisible, maintenaient notre relation.

Francesca me proposait toujours de se voir quand j'étais en voyage. Ce petit jeu agaçant dura des semaines.

Je finis par comprendre que Francesca mourait d'envie de passer du temps avec moi, mais elle était aussi terrorisée de la tournure que pourrait prendre cette histoire. Depuis le baiser, elle me le raconta sur le tard, elle y pensait, et s'interdisait tout désir de cette nature-là. Elle s'était donc évertuée à rentrer dans le rang, à jouer au couple parfait, du moins pour l'extérieur, avec son mari qui n'y comprenait pas grand chose.

Ce scientifique, beau parleur, égoïste, individualiste, radin, avait tout fait pour reconquérir sa femme. Il avait surtout compris que Francesca était à la fois éprise de conventions. Mais aussi de moi. Et ça, cette caricature d'Italien ne pouvait le supporter. Qu'elle le trompe avec qui elle voulait, avec n'importe quel blaireau, comme il disait, il s'en fichait presque. Enfin, non, il ne s'en fichait pas, mais comme il l'a trompait lui aussi, dans son esprit, cela faisait partie de l'ordre naturel des choses. Des couples. Dans les couples, on se trompe, c'est comme ça. Ça ne veut pas dire qu'on n'aime plus. Il m'avait un jour expliqué ça. Je l'avais laissé parler alors, pourquoi perdre du temps à discuter avec un tel crétin ? Je ne voulais pas lui donner de prise. Ça l'énervait encore plus.

On se trompe, on couche un peu à droite à gauche, histoire de s'émoustiller. Et on rentre à la maison, après une douche au savon bon marché, on fait semblant d'aller bien. On donne cette image autour de soi et les copains trouvent ça super. Puisqu'eux aussi font semblant. C'est quand même ce que je lui avais dit en conclusion de notre discussion.

Ça l'avait vexé.

Mais ce type n'était pas totalement idiot et il avait cependant senti que je pouvais être une menace pour l'équilibre, même précaire, de son couple. Bien sûr, ils s'étaient déjà séparés plusieurs fois, pour se remettre ensemble, sur des promesses de vie commune qu'ils ne tiendraient ni l'un ni l'autre. Ça lui allait très bien, car il aimait, non pas la conquête, mais la reconquête de sa femme. Une fois acquise, il s'en désintéressait. Mais il savait que cette fois-ci, les choses étaient différentes. Car j'étais entrée dans la vie de sa femme et Francesca avait changé.

Il nous avait déjà épiées, quand nous étions toutes les deux. Francesca riait de mes bêtises lors de nos dîners communs. Elle me dévorait des yeux. Je lui parlais à voix basse ; quand on voulait que quelqu'un vous écoute attentivement, il fallait parler tout bas. Elle se raidissait quand lui, son mari, l'étreignait devant moi. Francesca demandait mon avis. Francesca me citait. Francesca était jalouse quand je lui parlais d'autres amies à moi. Et lui le percevait. Et essayait de jouer de ça :

— Mais comment, Ilaria, tu as d'autres copines que ma femme ?

— Mais oui, j'en ai des blondes, une rouquine aussi. Et même des brunes ! Mais Francesca est ma brune préférée. Et elle le sait. Francesca rougissait alors, et il le voyait. A l'intérieur de lui, ça le rendait fou de rage. Il en tremblait presque et devenait alors maladroit, sous mon regard scrutateur. Je me moquais de lui quand il renversait sa tasse de café ou se tâchait. Il savait que je m'amusais de lui et il ne le supportait pas. Mais comment sa femme pouvait-elle s'être entichée de cette nana, cette espèce de pseudo artiste dont on ne savait jamais vraiment ce qu'elle pense. Voilà à peu près ce qu'il devait se dire.

Et le pire, pour lui je crois, c'était Davide, qui faisait allusion sur allusion, devant lui, sur notre amitié à Francesca et à moi. Davide aussi jouait de lui, quand il disait à Francesca :

— Mais enfin, tu sais bien qu'il est écrit que tu partiras en week-end avec Ilaria.

Et Francesca lui répondait, rougissant encore davantage:

— Oui, je le sais, mais je sais aussi ce qu'il risque d'arriver, et je ne suis pas prête à ça.

Et Davide insistait, encouragé par mon regard rieur :

— C'est reculer pour mieux sauter, si tu m'autorises l'expression.

Et lui, ça l'énervait et posait la question bête :

— Mais qu'est-ce qui risque d'arriver enfin, si vous partez ensemble ? Et la réponse de Francesca, cruelle, tombait :

— Laisse tomber, tu peux pas comprendre. C'est un joke entre Ilaria et moi.

Il quittait alors la table et partait regarder la télé. Francesca soupirait, contente d'avoir gagné quelques minutes de paix avec moi. Sans lui. Pour toutes ces raisons, Davide m'avait enjointe de ne plus accepter de dîner tous ensemble.

Francesca avait choisi de continuer sa vie avec cet homme-là, et avait pris beaucoup de temps avant d'oser me revoir. Elle le fit, comme murée dans ses certitudes qu'il ne fallait pas qu'elle retombe dans le piège qu'elle me pensait capable de lui tendre. Mais je ne lui tendais aucun piège ; j'avais envie d'être avec elle, j'avais clairement envie d'être en elle. Et avec Davide. Clairement avec Davide.

Francesca s'énerva même quand elle apprit que j'avais décidé de partir quelques jours au Maroc avec une amie. Sa réaction fut spontanée, presqu'infantile.

— Mais pourquoi tu t'en vas ? J'ai pas envie que tu partes, moi !

— Mais enfin, Francesca, on ne se voit pas. On ne se voit jamais depuis pas mal de temps maintenant. Qu'est-ce que ça change, que je sois à Florence ou au Maroc ?

Francesca se calma. Mais elle était furieuse, jalouse, se sentait délaissée par moi qui préférais me payer du bon temps. Sans elle. Bien sûr, elle n'était jamais disponible. Mais je pouvais le comprendre quand même, que son travail de pédiatre, c'était toute sa vie. Du moins le croyait-elle.

24

J'avais fini par obtenir de Francesca un déjeuner. Des semaines et des semaines de patience, de silence entre je n'ai
pas le temps, je ne sais pas si c'est une bonne idée, oui bien
sûr c'est une bonne idée, pourquoi pas. Finalement, elle me
donna rendez-vous.

Nous discutions, moi j'essayais de donner un ton dégagé à
ce moment. Francesca voulait ramener le sujet sur ses problèmes professionnels, insistant par ailleurs sur l'état de son
couple, qu'elle qualifiait d'idyllique. Comme elle l'avait fait
une bonne dizaine de fois par téléphone.

— Pourquoi as-tu ce petit sourire, c'est presque un rictus,
quand je te parle de mon couple. Tu es jalouse, ou quoi ?
On dirait qu'avec toi, je n'ai pas le droit d'être heureuse !
— Francesca, tu te trompes sur ce que je pense. Totalement.
J'apprécierais que tu sois honnête avec moi et que tu arrêtes
avec tes postures. Je les vois. C'est agaçant.

— N'importe quoi. Je comprends rien à ce que tu racontes.
— Mais si, tu comprends très bien. Fin de la discussion.
C'est inutile de poursuivre. Dis-moi, quand on aura le
temps, on se le fait, notre week- end filles ? Je suis pas

pressée.

Francesca soupira. Je savais qu'il me fallait la prendre de court. Je savais aussi qu'elle pensait à la façon dont elle annoncerait à son mari cet éventuel week-end. Le regard de sa mère aussi, accusateur. Sa mère qui n'appréciait pas cette amitié soudaine et qu'elle avait jugée immature et presque passionnelle, entre sa fille et moi, cette espèce d'intellectuelle qui fait des photos osées. La mère de Francesca n'aimait pas les intellectuelles femmes. Ça la mettait mal à l'aise. Une femme devait rester à sa place et elle savait que je n'étais pas comme les autres. Certainement, sa mère en parlerait à son père et ça ne louperait pas. Elle aurait droit à sa froideur. Lui non plus n'appréciait pas cette relation que sa fille avait instaurée avec moi. Lui appréciait que sa fille fréquente des gens de leur milieu. Des notables, pas des peintres du dimanche.

— Écoute, Ilaria, on verra.

— Mais ça te ferait plaisir, que nous partions ensemble, n'est-ce-pas ? Ne boude pas ton plaisir, et ne me prive pas du mien. On a bien le temps.

— Je veux d'abord m'occuper de mon couple, de mon mari. On essaie, on essaie. Et ça a l'air de marcher.

Je fus légèrement blessée, mais je me repris très vite.

— Tu sais, je te propose de partir ensemble en week-end, sans nos hommes. Mais le mien, d'homme, m'occupe aussi beaucoup. Pas de problème, Francesca. Fais-moi signe quand tu peux. Pas obligée d'aller au bout du monde. On peut rester en Italie, se trouver un hôtel sympa en bord de mer. Ou même aller en France. On verra. OK ?

Ce fut au tour de Francesca de se vexer et de tenter de le cacher. Davide, encore Davide, toujours Davide. Elle ne parvenait toujours pas à comprendre le fonctionnement de notre couple. Comment Davide pouvait-il accepter ma vie dissolue ? Ou ce que Francesca imaginait comme tel ! Elle, quand elle couchait avec d'autres hommes, au moins ne le criait pas sur tous les toits. Et sûrement pas sous le sien, de toit !

Francesca se calma ; je le vis, à sa poitrine qui s'était soulevée plusieurs fois avec intensité. Elle ne voulait pas se disputer avec moi.

De toutes façons, je ne l'aurais pas laissée faire.

— Ça me va, on fera comme ça. D'ailleurs, ça me fera du bien. Mais alors, tu t'occuperas de tout !

— Je m'occuperai de tout, promis... Et toi, tu te détendras. C'est bien ?

— Oui c'est bien !

Plus de 8 mois passèrent. Je m'étais impatientée mais n'en avais rien montré à Francesca.

Octobre 2016 arriva enfin. Francesca se décida. J'ignorais ce qui avait déclenché sa décision, et d'ailleurs, je m'en moquais bien, des causes. Francesca avait besoin de décompresser, de rire, de se détendre. Enfin, c'est ce qu'elle m'avait confié, et je lui avais tendrement soufflé, dans un sourire complice :

— C'est peut-être le moment de nous offrir ce week-end, tu ne crois pas ?
Francesca avait accepté.
— Oui, mais je ne pourrais que deux jours. Où veux-tu aller ?

— Je te propose que nous n'allions pas trop loin, pour partir vendredi en milieu d'après-midi. Si nous voulons une vraie coupure, c'est un minimum. Laisse-moi faire, je vais t'emmener ailleurs. Tu fais ton sac, tu mets quand même un maillot de bain, un paréo, tes Converse, ta brosse à sa dents. Et tout ira bien.

Je lui tendis la main en la fixant :
— Tope là, bébé !
Nos deux mains claquèrent l'une contre l'autre, et nos doigts enchevêtrèrent. Je retins quelques secondes la main de Francesca dans la mienne. Je souriais, je retrouvais le contact de cette peau qui m'avait tant manqué. Ses joues

changeaient de couleur, en prenaient plus exactement. Tout était en ordre dans notre vie. Comme avant. Quasiment comme avant.

Je passai donc directement récupérer mon amie à son cabinet, évitant du même coup de croiser son mari, qui n'aurait pas manqué de se moquer. Ou pire, de faire une dernière scène à Francesca. Quant à Davide, il était à la fois ravi que nous nous soyons enfin décidées à partir seules. Mais il ne cachait pas être aussi dubitatif sur l'issue de ce week-end. Il avait tort. Et raison à la fois.

Nous roulâmes en écoutant de la musique brésilienne. C'était mon choix. J'avais pris le volant, et Francesca fermait les yeux, le visage déjà reposé. Elle ne dormait pas; elle savourait l'instant. Elle avait un peu peur aussi, de se retrouver seule avec moi. Elle me demanda, innocemment :

— Tu as réservé une ou deux chambres ?

— Une, assez grande, avec une terrasse. Pour que tu puisses fumer.

— Ça n'aurait pas été mieux, deux chambres. Pour que je puisse me reposer le matin sans te gêner ?

— Francesca, je te rappelle que c'est toi qui a insisté, lourdement d'ailleurs, pour que nous ne prenions qu'une seule chambre. Ne t'inquiète pas, si tu veux dormir ou rester seule, je m'éclipserai.

— Tu as raison, une chambre, c'est aussi bien. Et puis, toi aussi, tu as peut-être besoin de te reposer.

Le silence reprit toute la place, mais il n'était pas pesant. Seul le léger bruit du moteur et la musique nous accompagnaient. Nous étions juste bien ensemble. Toute parole était alors inutile.

Enfin, nous aperçûmes le village dans lequel j'avais réservé. Après deux heures de route, nous étions arrivées à Manarola, ce village aux maisons multicolores. Je savais que Francesca n'y était jamais venue, et j'adorais cet endroit, à l'image de mes pensées. Tout en couleurs, en roches, des maisons surplombant la mer. Des routes étroites mais qui pouvaient mener au bout du monde. Une atmosphère d'avant, un peu années 50. Un chic, parfaitement italien. Suranné. Le temps s'était arrêté à Manarola.

J'avais réservé dans un Relais & Spa, une chambre donnant sur l'horizon. La piscine, les massages, le calme nous attendaient. Et un lit immense, un king size.

Nous prîmes chacune une douche rapidement, moi la première. J'essayais de ne pas trop réfléchir à la stratégie à adopter, pour ne pas bloquer Francesca par un geste, un mot, une attitude. Le mieux, voici ce que je me dis alors, était d'être naturelle, que cela plaise ou non. Francesca prit la suite, me souriant. Je l'attendais sur la terrasse. Francesca arriva rapidement. Elle sentait bon, du Chanel n° 5. L'effluve était incisive, vanillée, intense surtout. Pour moi, c'était son odeur. Et j'aimais cela. Francesca me caressa le dos et s'assit à côté de moi pour fumer une cigarette. Je me sentais bien, vraiment bien, et une nouvelle fois, nous échangeâmes un long sourire. Un long regard aussi. Et peu de mots.

— Ça va, tu es bien ?
— On va dîner après ? J'ai un peu faim.

Francesca finit tranquillement sa cigarette ; j'effleurai sa main pour le signal de départ. Je voulais absolument que mon amie goûte le Sciachetra, le vin local. J'adorais la sensation de chaleur qui m'envahissait quand je buvais ce nectar. Rien de mieux pour complètement la détendre, elle que je trouvais encore un peu nerveuse.

Nous parlâmes d'abord de tout et de rien, de quelques voyages, de quelques envies de voyages, de souvenirs, de paysages, de regrets, de ne pas avoir fait, de ne pas avoir assez économisé pour aller ici ou là, d'envie de s'installer ailleurs, de connaître la Nouvelle-Zélande pour moi, la Bretagne, cette belle région française pour elle. Et puis à nouveau, les silences, les soupirs pour oxygéner les poumons et ne pas défaillir sous le coup de l'émotion, des sourires, beaucoup de sourires. En permanence.

J'aimais aussi observer les autres qui s'interrogeaient souvent sur le lien qui nous unissait. Francesca, qui sentait ce trouble chez les autres, répétait aux serveurs, qui s'en fichaient pas mal :

— Oh, nous avons laissé nos maris à la maison !

Il fallait que les autres sachent qu'elle était mariée, que nous étions mariées. Comme si cela empêchait les choses de se passer et les gens de fantasmer.

Ce soir-là, en écoutant quelques vieilles histoires de cœur de Francesca, et en nourrissant la conversation avec les miennes, je compris un aspect fondamental de cette relation. Ce qui me combla littéralement. Moi, comme Francesca d'ailleurs, n'avions connu auparavant que des histoires d'amour avec des hommes. Et si je ne résistais pas toujours à une rencontre éphémère avec une fille, à l'étreinte avec un corps féminin, je n'avais jamais aimé ainsi, avec un tel amour, une femme auparavant.

Avec Francesca, je savais que cet amour-là, cette amitié passionnelle plus exactement, était, serait unique. Pour elle, comme pour moi. Cela nous était tombé dessus. J'ignorais si un jour je serais en capacité, libérée pour aimer une autre femme que Francesca. Je me jurais ce soir-là, à cet instant précis, de ne jamais retomber dans cette forme de dépendance.

J'avais compris ce soir-là, depuis la salle de restaurant surplombant une baie magnifique, que je serais à jamais unique dans l'existence de Francesca. Que je ne serais jamais cataloguée par mon amie comme « une de plus », à l'instar des hommes dont elle était tombée amoureuse, ou qu'elle avait cru aimer. J'étais la seule, pour Francesca. Et Francesca était la seule pour moi. Cela m'apaisa pour le reste du séjour.

Francesca avait les joues rouges, preuve que le vin faisait l'effet recherché. Moi aussi, j'étais particulièrement joyeuse.
— On paie et on va marcher un peu ? Qu'en dis-tu ?
Je savais que Francesca avait envie de fumer.

Nous sortîmes du restaurant. Le paysage était sublime. Il n'y avait presque pas de bruit, un peu les vagues, quelques jeunes en bas, sur la plage. Elle fumait, je restais silencieuse. Nous déambulions sur la jetée. Francesca alluma une deuxième cigarette ; elle regardait au loin, tentait de s'éloigner de moi et de ce que ma présence impliquait. Elle ne pouvait parfois se résoudre à être bien et n'existait que dans la et par la difficulté. Je le savais, et je ne la brusquais plus comme au   commencement de notre histoire commune. A quoi bon, je la bloquerai à nouveau. Nous étions loin de Florence, de notre base, de nos repères. La nuit était calme.

Elle frissonna. Moi aussi. Il commençait à fraîchir. Il n'était pas si tard, quelques chose comme 23h30.

— On rentre, j'ai un peu froid.

Elle éteignit sa cigarette.

— Oui, moi aussi, j'ai un peu froid. Viens.

25

Seule la lune éclairait notre chambre. Je m'assis sur le lit pour envoyer un sms à Davide. Francesca alla sur la terrasse et se posa sur un petit tabouret, face à la mer. Je la rejoignais. Nous n'avions pas échangé un mot depuis un moment. Je caressai d'abord ses épaules. Elle releva la tête, me regarda, me sourit. Je l'enlaçai alors, me tenant toujours derrière elle. J'enfouis mon visage dans ses cheveux. Je la respirais. Je la serrais. Elle se laissait totalement faire, totalement aller contre moi. Elle aussi respirait fort.

Toute ma vie je me souviendrais de ce moment, de l'odeur de son shampoing, des effluves de parfum qui s'évanouissaient avec le vent, du souffle de Francesca, de ses muscles tendus. Du silence aussi, de cet instant unique. Je l'embrassai doucement sur la joue, et je cachai à nouveau mon visage dans la chevelure sombre de Francesca. Je me sentais à la fois en sécurité dans cette posture, et au bord du précipice. Je ne savais plus si je devais poursuivre, si j'en en avais envie, si Francesca ne me repousserait pas. Si, je savais que j'en avais foutrement envie. Je craignais que ce moment d'avant ne fût celui qui tenait toute l'histoire. Et qu'une fois dépassé, l'intérêt en devint moindre, fade.

Je me posais trop de questions. Je l'enlaçai à nouveau.

Elle me prit la main, la serrant fort. Trop fort. Elle avait peur. Vraiment peur. De faire et de ne pas faire. De s'en vouloir, qu'elle que fût sa décision.
Mais elle n'en dit rien.

Je l'embrassai à nouveau, dans le cou cette fois-ci. Tendrement.
— Arrête, Ilaria, ce n'est pas mon truc, tu le sais. Je te l'ai déjà dit.
Je contournai mon amie, pour lui faire face. Lui caressant la joue gauche du dos de ma main. Je ne la quittais pas des yeux. Elle me dévorait du regard. Je sus que le moment était venu. On sait toujours ce genre de choses. Qu'il ne se représentera jamais ainsi.
Je caressai les cheveux de Francesca, la saisis par la nuque dans un geste quasi-viril. Francesca fermait les yeux, respirait à peine, et laissait sa tête partir en arrière. Je la tenais.

Enfin, je l'embrassai, d'abord délicatement sur la joue, le creux de l'oreille, puis au coin de sa bouche, sur ces lèvres que Francesca n'ouvrait pas encore. Je forçai un peu le passage, mordillant légèrement la bouche de mon amie ; qui soupirait. Puis elle ouvrit enfin sa bouche et je pus enfin l'embrasser comme j'en avais envie depuis le premier jour.

Avant le premier jour. Depuis mon rêve. Depuis le réveil d'après rêve. Ce deuxième baiser me convenait mieux que le premier, volé, brusqué, dans une rue de Florence sous une porte cochère.

Je pris sa main.

— Viens, on rentre, il commence à faire vraiment froid maintenant.

La chambre était toujours plongée dans l'obscurité.

— Je te jure, je ne peux pas faire ça. Je ne suis pas comme ça. S'il te plaît... Je crois que je ne peux pas.

Je refusais de lui répondre. Je soulevai les draps, et, d'autorité, j'allongeai mon amie.

— Ne parle pas, laisse-toi aller ma douce, laisse-toi aller. Je ne ferais rien que tu ne veuilles pas vraiment.

Francesca était tendue, moi allongée à ses côtés, continuant de l'effleurer.

Je défis un par un les boutons de sa chemise d'homme. Une sorte de liquette, blanche, que Francesca ne portait qu'en vacances. Un vêtement que j'adorais voir sur mon amie. Le blanc tranchait avec la chevelure noire, mais semblait apaiser son âme. Ou la mienne.

Je découvrais son soutien-gorge en écartant les deux pans de sa chemise. Il était blanc lui aussi, et je commençai à caresser ses seins. Elle se cambrait et soupirait davantage. J'aurais voulu avoir 4 mains, deux bouches, pour embrasser et caresser Francesca qui désirait.

Elle en tremblait.
— Tu as froid ?
Je remontai vers le visage de mon amie, lui pris les deux mains, les doigts dans ses doigts.
— Calme-toi, tout va bien se passer. Calme-toi, ma douce.
— Je suis terrifiée.
— Je sais. Moi aussi, j'ai peur. C'est normal.

Je la serrai contre moi, mes bras lui frottant le dos. Pour la réchauffer alors qu'elle n'avait pas froid. Je lui murmurais des mots inaudibles. Le son de ma voix l'apaisa.

Je repris mes baisers, plus intenses, autoritaires.

Je sentais que je ne devais plus reculer. Plus discuter. Plus attendre. Ouvrir cette porte. Je sus en quelques dixièmes de secondes que j'étais en train de vivre l'un des moments les plus intenses de mon existence. J'en avais pleinement conscience et redoublais de passion et de force avec Francesca. Qui semblait loin de ces considérations tant, enfin, elle s'abandonnait complètement au plaisir que je lui donnais. Un flux de bonheur me parcourait, m'effrayait considérablement mais m'euphorisait dans le même temps. J'étais comme prise de vertige, et goûtais à cette sensation avec délice.

Enfin, je pensais pour éloigner la peur qui rôdait, je la tiens. Enfin, elle est à moi, toute à moi.

Francesca était un diesel dans la vie, pleine de principes qui la cadraient, la rassuraient, diminuaient sa vie mais c'était ainsi qu'elle s'était construite. Pour la première fois de sa vie, elle faisait quelque chose pour elle. Pas pour se prouver, ou prouver aux autres. Pas pour plaire ou déplaire à son père. Énerver sa mère. Agacer ou contenter son mari. En montrer à ses confrères moins doués qu'elle, ou moins consciencieux.

Elle se laissait aimer par une femme, son amie, et elle se foutait enfin du reste du monde.

Je la faisais jouir, et je n'en revenais pas de ce corps si prompt à s'abandonner, alors que son esprit était capable de tout calfeutrer pour entrer dans le cadre.

Enfin, Francesca se calma et moi, exténuée, lui pris la main droite pour l'amener vers mon sexe à moi. Elle me fixa, et je voyais dans le regard de Francesca un désir que j'avais déjà vu dans le regard de Davide. Un désir qui exprimait la détermination, la conviction, une forme de puissance. Francesca se laissait guider par ma main, et ses doigts commencèrent à me caresser. C'est moi qui donnais le rythme. Nos yeux ne cillaient pas, et j'étais encore plus excitée par ce rapport de forces incongru. Une forme de duel.

Je finis pas baisser les paupières pour enfin, à mon tour, tout oublier.

Les émotions comme les sensations affluaient, et je pris un plaisir vertigineux. Je tenais toujours son poignet, fermement. J'approchai mon visage et ce fut Francesca qui m'embrassa tendrement. Les rôles s'étaient comme inversés.

J'en voulais encore, car je me doutais que Francesca fuirait à nouveau cette intimité une fois de retour à Florence. J'agrippai les deux mains de mon amie que je portai au-dessus de sa tête. Elle se retrouvait comme crucifiée, mais aussi complètement offerte. Je l'embrassai avec plus de force encore. La mordais.

J'accélérai le rythme, puis je ralentis à nouveau. Je voulais Francesca à ma totale merci. Je voulais que Francesca oublie qu'il n'y aurait pas de sexe d'homme. Je voulais rendre heureuse Francesca. Je voulais qu'elle comprenne ce que pouvait être le sexe entre femmes.

A nouveau j'alternai la vitesse de mes caresses, allant de plus en plus rapidement, frottant sexe sur jambe. Et je lui donnai des coups de butoir comme l'aurait fait un homme. Francesca se lâchait complètement et gueulait des paroles incompréhensibles.

J'étais épuisée, et je ne savais pas si Francesca avait joui une deuxième fois. Je n'osai pas le lui demander, mais en calmant mes déhanchements, je pris le temps de l'observer. Son visage était presque déformé par l'effort. Ses joues habituellement pâles étaient rouge feu, ses cheveux noirs s'étalaient et frisottaient par endroit en raison de la transpiration.

Je l'embrassai à nouveau, un bisou tendre ; je parcourus même le visage de Francesca de mes lèvres. Le bout de son nez, ses paupières, ses oreilles. Son front. Sa bouche encore, ses lèvres naturellement foncées dont j'aimais la texture.

Francesca me serra alors dans ses bras avec une fougue qui m'étouffa pendant quelques secondes. Je lui rendis son étreinte, et je ne pus m'empêcher de rire.
— Quoi ?, me demanda Francesca.

Elle employait toujours le quoi quand elle connaissait la réponse mais se refusait à poser la question.

— Pourquoi tu ris ?

— C'est nerveux. Ou c'est du bonheur. Je ne sais pas trop. Je suis bien, c'est tout. Tu vois. On l'a fait.

— Chut. N'en parlons pas. Je ne peux pas en parler.

Je me levai, j'avais très soif.

— Tu veux de l'eau ?

— Oui, je veux bien.

— Tu vois que parfois tu sais vraiment ce que tu veux, Francesca !

— Ne recommence pas à te moquer de moi !

Je revins de la salle de bain avec un grand verre que nous partageâmes. Je me remis à côté d'elle, contre elle. Lui pris la main. Je m'endormis même sur son épaule. Enfin, c'est ce qu'elle me dit le lendemain matin. Elle garda apparemment les yeux ouverts, interrogeant le destin. Sur ce qu'elle venait de faire.

Elle pensait à son mari, aux hommes qu'elle avait aimés, à cette femme qui dormait contre elle. A moi. A ses choix, à ses amies. Que leur diraient-elles ? Fallait-il d'ailleurs dire quoi que soit aux autres ?

Elle finit par s'endormir à son tour. La nuit fut un peu courte. Je bougeai un peu, Francesca se leva dans la nuit pour boire encore et fumer une cigarette. Elle me réveilla, mais je n'en dis rien. Je la regardai. Je l'aimais. Elle réfléchissait beaucoup. Je le voyais. Le petit matin lui apporta un peu de quiétude. Je me rendormis. Une nuit sans rêve.

26

Je fus la première à ouvrir un œil. J'avais dormi, bien et finalement profondément même au vu des circonstances. Je dormais toujours bien après un orgasme. Alors deux. Mais la spécificité du moment aurait pu déclencher en moi une insomnie. Non, pas cette nuit-là. Cette nuit-là avait été parfaite.

Je me levai, tentant de ne pas réveiller Francesca qui poursuivait sa nuit. J'enfilai un short, des baskets, et laissai un mot à Francesca :

— Tu dormais si bien. Je suis partie courir une petite demi-heure. Ou plus si j'y arrive ! Je commande le petit déjeuner après. Je t'embrasse.

Francesca se reposait toujours quand je revins. Quarante-cinq minutes. Je me douchai, et sortis de la salle de bain, pour constater que Francesca avait enfin ouvert les yeux.

— Hello, ma belle. Bien dormi ? Je commande le petit déj. Je t'avais laissé un mot, je suis allée courir.

Et je lui fis un bisou sur le front, discret, sobre. Francesca me retint par la main.

— Attends, attends.

Je me retournai. Et m'assis, au bord du lit.

— Tu n'as pas faim, toi ? Moi, je suis affamée. Pourtant, on a bien dîné hier soir, non ?

Francesca détourna le regard.

— Je sais ce que tu penses, c'est l'amour, ça creuse !

— L'amour, l'amour. Je ne suis pas à l'aise avec ce qui s'est passé, Ilaria. Tu ne prends jamais rien au sérieux.

— Écoute, ne commence pas à te prendre la tête, ni la mienne d'ailleurs. Viens, on va petit-déjeuner, tu vas te doucher, et on va se balader. La région est sublime, il fait beau, nous sommes ensemble. Tout va bien !

— Je suis quand même mal à l'aise.

— Tu veux que je sois claire ? Je vais l'être. Nous ne formons pas un couple, Francesca. Demain soir tu vas rentrer chez toi, moi chez moi. Toi, Federico sera là, moi Davide. C'est merveilleux, ce qui nous arrive. C'est aussi simple que ça. OK ? Je concède que ce que je te propose n'est pas commun. Mais fie-toi juste à ce que tu ressens. Si tu te sens bien, là, maintenant, tout de suite, alors c'est qu'il n'y a pas de problème. Ne vas pas en créer ! Ils viendront bien assez vite !

— Tu as raison, c'est merveilleux. Tu as souvent raison !
Mais ça n'est pas simple, pas simple du tout.

— Écoute, Francesca, écoute-moi bien : oui, on l'a fait. On
a fait l'amour. Tu as fait l'amour avec une femme. Il fallait
bien que ça t'arrive quand même ! Tu ne mourras pas
idiote ! Allez, la journée s'annonce magnifique. Il fait
doux ! Je t'attends !

— J'ai le temps de me doucher, tu crois, avant qu'on nous
amène le petit déj ?

— Oui, vas-y, vite !

La journée passa agréablement, sans tension aucune, si ce
n'est du côté de Francesca quand elle appela son mari, qui
était distant, plein de reproches à son égard. Francesca était
fermée comme une huître après ce coup de fil, mais je ne
m'en mêlai pas.

— Il fait un peu la tête. Il me fatigue. Je lui dis que je vais
bien, qu'on s'amuse, et ça ne va pas. J'aurais mieux fait de
lui envoyer un sms. Et toi, Davide, tu l'as eu ?

— Oui, ne t'inquiète pas pour nous, tout va bien...

Je m'évertuai à la calmer un peu. Nous visitâmes une ab-
baye, ce fut un peu chiant, puis un village perdu dans la
montagne ; nous marchâmes, dégotant un bar agréable pour
se poser un peu, on discuta de tout et de rien, de vieux sou-

233

venirs, de projets. Francesca était rassurée, je n'étais pas insistante. Ne tentais pas de lui prendre la main. De l'embrasser.

Parfois, je ne pouvais pas m'empêcher de la regarder avec intensité. Elle me lançait alors :

— Quoi ? Pourquoi me regardes-tu comme ça ?

— Tu le sais bien, pourquoi je te regarde ainsi.

Et Francesca baissait les yeux la première, ses joues rosissaient à nouveau.

— Tu es bien, n'est-ce pas, Francesca ? Tu es bien avec moi?

— Oui, je suis bien, très bien même. Si j'osais, je dirais même trop bien ! Allez viens, on y va ! J'ai envie de marcher un peu !

Nous repassâmes par notre chambre d'hôtel. Une douche, un peu de repos.

J'avais une réponse de Davide sur mon téléphone. Ou plutôt deux questions :

— Tu as couché avec elle, n'est-ce pas ? Et elle n'est pas partie en courant ? Tu as mis quoi, dans son verre hier soir. Ça se fête ! A ton retour, mon amour !

Je lui répondis :

— Oui, nous l'avons fait. Et c'était bien. Elle est un peu tendue. Moi, ça va. Je te dirai. Je t'embrasse mon amour.

Allongées côte à côte, nous lisions. Épaule contre épaule. Je faisais de temps en temps un petit bisou sur la joue de Francesca. Pas plus. Et cela nous rendait heureuse, si simplement.

Nous dînâmes, de poisson et de vin blanc. Un peu éméchées, nous avons beaucoup ri ce soir-là, chanté même un peu, se moquant des autres tables.

Francesca redoutait le retour dans notre chambre. Ça se voyait comme le nez au milieu de la figure. Elle était partagée, se sentait coupable ; son petit monde si bien ordonné, où chaque chose se devait d'être à sa place, était dérangé. Elle me voyait paisible, si sûre de moi et de mes sentiments. Elle comprenait mal encore comment je pouvais vivre et aimer Davide, et être ici avec elle, et profiter de cette situation qu'elle jugeait parfois malsaine. Elle avait envie de m'en parler, mais elle craignait ma réaction. Plus encore, elle redoutait de briser notre entente et ce week-end qu'elle qualifiera plus tard d'osmose parfaite.

Moi, j'étais un peu perdue mais je n'en laissais rien voir à Francesca. Comme souvent lorsque je vivais des moments intenses, je rencontrais quelques difficultés à en profiter, et je regrettais presque que le temps passe si vite. Je voulais à la fois retenir le temps et être déjà à demain, pour m'en souvenir et en jouir encore. Ce paradoxe, j'y étais habituée et je m'en étais plus ou moins accommodée.

Nous étions un peu ivres. Il y avait la journée, le vent, les différentes marches. La nuit d'amour probablement aussi, mais nous n'en parlions pas. Nous rentrâmes à l'hôtel. Il faisait plus frais cette nuit-là. Francesca alla fumer une dernière cigarette sur la terrasse. Je me déshabillai et m'allongeai, dans le noir.

— Ilaria, j'aimerais bien dormir ce soir. Tu comprends ?

— Je le sais bien, il suffit de te regarder. Depuis un petit moment, tu es tendue. Tu n'as aucune raison de l'être, et il n'y a d'obligation à rien. Et puis, je crois que nous avons un peu bu. Ça te va, si on lit un peu quand même ?

— Super. Merci.

Elle m'embrassa sur la joue, je la serrai fort, trop fort, ses bras, puis ses mains. Nous nous enlaçâmes, quelques secondes. J'avais envie d'elle. Je la lâchai la première. Je lui souris. Pris mon livre et m'installai confortablement, la tête dans l'oreiller, pour lire un polar suédois qui commençait à vraiment m'intéresser malgré un début un peu poussif.

Elle s'endormit rapidement. Moi aussi. Je me réveillai dans la nuit et constatai que nous étions face à face, bras contre bras, quelques centimètres seulement séparant nos deux visages. J'observai un moment mon amie dormir. Refermai les yeux.

J'étais bien, je pensais à nouveau à Davide, à ma famille, à mes choix, mes envies de voyage. D'écriture. D'art. De temps. Oui, j'étais vraiment bien. Heureuse.

27

Le retour à Florence fut totalement différent pour nous. Après un trajet en voiture plutôt silencieux, où je prenais de temps en temps la main de Francesca qui se laissait faire, nous nous séparâmes au pied de la résidence luxueuse de Francesca.

— Écoute, c'était formidable, tu m'as rendue très heureuse, Francesca. Essayons de profiter de cet état le plus longtemps possible. Je ne veux rien de toi, je veux dire en termes de rencontres. J'ai adoré faire l'amour avec toi. Je n'en sais rien, de l'avenir et tu vas me dire que tu ne peux pas plus. On ne va pas faire de plans sur la comète. Surtout, surtout, ne commençons pas à nous prendre la tête. Nous avons une chance incroyable. Profite de ma façon de fonctionner, même si elle n'est pas habituelle. Ok ?

J'avais répété pendant la route ce discours. Je craignais que Francesca ne retombe trop vite sur terre.

— Ok. Moi aussi, je me sens heureuse. Je n'ai jamais été aussi détendue. Ou alors, je ne me souviens pas ! On se voit très vite. Je t'appelle. Je ne suis toujours pas très sûre de moi sur ce qui s'est passé entre nous. Ne m'en veux pas, je suis ainsi faite !

— Arrête un peu de t'inquiéter. Je sais comment tu es faite, et ça me plaît. Laisse-moi te traiter comme une amoureuse, même si nos deux corps restent raisonnablement éloignés !

Francesca éclata de rire ! Elle aimait quand je m'exprimais de la sorte !
Une nouvelle fois je l'enlaçai et Francesca courut retrouver son mari, son foyer. Moi, de mon côté, j'étais impatiente de retrouver le mien. De raconter, évidemment, car Davide voudrait sans doute tout savoir. Mais je savais qu'en rentrant avec cette euphorie au cœur du ventre, avec mon cœur qui s'emballait à la seule pensée de Francesca, c'était tout bénéf pour notre couple.

Ce soir-là, je fis l'amour avec Davide. Ou plutôt, Davide me fit l'amour avec une douceur virile que j'appréciai. Nous avions bu un verre, dîné en famille, j'avais raconté ce qui était racontable à ma fille, les balades, les restos, la beauté des paysages.

Plus tard, j'avais détaillé à Davide ma nuit avec Francesca. Il bandait à mon récit. J'aurais aimé garder pour moi ces minutes de sexe et de partage avec Francesca, mais cela faisait partie de notre pacte. D'ailleurs, j'avais un peu menti à Francesca quand celle-ci, au courant de notre drôle d'accord, m'avait demandé de ne pas en parler à Davide.

Je ne me sentais même pas coupable. Ce mensonge ne comptait pas, et je n'étais pas ce genre de personnes à se fixer des principes qui régulaient trop l'intime et les émotions. L'homme de ma vie, c'était Davide. Cela le regardait. Francesca, de son côté, s'était bien gardée de raconter à Federico la fameuse nuit. Il n'aurait rien compris, et on ne pouvait pas le blâmer. Peu d'hommes auraient compris, adhéré. Davide restait cet homme à part, unique à mes yeux. Federico était assez basique, pour ne pas dire primaire. Des livres, il n'en lisait pas. Ou alors des livres scientifiques, ou sur l'actualité. Tout ce qui touchait à la complexité de l'âme le laissait de marbre. A Francesca, ce genre d'hommes allait bien. Pas si compliqué à comprendre, presque reposant. Amateur de sport, bavard, curieux, pas aventureux. Francesca ne supportait guère les intellectuels, à l'exception notable de ma personne, qui demeurait pour elle une étrangeté dans sa vie. Une étrangeté dont elle ne pouvait plus se passer, à condition de conserver une distance qu'elle jugeait raisonnable. Y penser, beaucoup, souvent, la contentait, la boostait même.

Nous avions donc chacune repris notre vie, plus ou moins monotone, du moins régulière pour Francesca. Je lui en-

voyais des sms, Francesca m'appelait plusieurs fois par semaine, en commençant sa journée. Nous buvions parfois un
café, mais rarement. Il fallait le temps de digérer finalement
notre week-end. Francesca était en demande, mais son em-
ploi du temps était surchargé. Moi, j'avais plus de temps à
offrir, mais mon humeur me poussait parfois à fuir mon
amie. Pourquoi ce besoin de mettre de la distance ? Sans
doute parce que je savais que je ne retrouverais pas la magie des deux journées à Manarola et que Francesca me la
jouerait « Tout va super bien à la maison. Tout va bien, à
part le boulot. Mais je ne peux pas faire autrement.»

Ça m'énervait furieusement, ce genre de discours. Je ne
peux pas faire autrement, c'est comme ça, je vais pas changer à mon âge...
Ça m'exaspérait même.

Un jour, Francesca, dans l'un de ses rares moments de vérité où elle avait mis à nue son âme, après que je l'eus secouée une fois de plus, il est vrai, avec une fermeté dont je
ne me croyais pas capable avec elle, me confia :
— J'ai bien trop peur d'aller voir derrière la porte que tu me
montres. Je crois que je sais ce que je vais y trouver, et tout
mon monde, tout ce sur quoi je me suis construite, risque
de s'écrouler. Et je ne crois pas être certaine de m'en relever.

J'avais été émue par cette confidence, mais j'en avais remis une couche, cette fois-ci avec plus de douceur.

— Tu as tort, ma belle. Tu as tort. Parce que tu ne décideras pas si la porte doit être poussée ou non. Ton inconscient ne cesse de pousser, et il s'en fiche de ta peur. Et plus encore du temps qui passe.

— Mais le temps est en ma faveur tu ne crois pas ? Avec le temps, les choses se calment, je pense.

— Je ne crois absolument pas ça, Francesca. Bien sûr, des gens passent toute une existence à calfeutrer. Mais regarde ce qui leur arrive la plupart du temps : des maladies, plus ou moins graves. Un mal-être. Des cachets pour dormir. Des cachets pour se lever. Des cachets pour rire. Et il y a simplement un jour où ça devient insupportable. C'est bête si ce jour arrive sur le tard d'une vie. Ca donne l'impression d'être passé à côté.

Francesca restait muette. Pour une fois. Elle savait au fond d'elle que j'avais raison. Mais le défi était trop important pour elle. Comme irréel. Elle était bien arrivée jusque là à s'accommoder avec sa vie. Elle poursuivrait donc dans cette voie-là. Peu importe le burn-out passé qu'elle mettait uniquement sur le compte de son excès de travail. Peu importe ces divers problèmes de santé, dos, estomac, vertèbres, nuits blanches, puis nuits de sommeil sans fin et excessives, manque d'énergie parfois, absence de désir même. Non, elle mettait cela sur le compte de son caractère impossible. De ses engagements professionnels.

Je savais tout cela, et je n'insistais pas. C'était parfaitement inutile d'insister, contre-productif.

Je sortais une fois par semaine avec Davide. Il était fier que j'aie enfin osé.

28

J'écrivais depuis peu. J'écrivais vraiment. Sérieusement. J'avais en tête, mais n'osais pas encore l'avouer, pas même à Davide, que je me voyais mener mon existence ainsi. Raconter des histoires, en mots ou en couleurs, s'occuper le corps de sport, de natation et de marche, et faire exploser ma tête qui débordait d'idées et de stimuli. Ma tête était parfois tellement pleine qu'elle me faisait mal. Pas des migraines, mais une sensation étrange qu'il fallait que je sorte des phrases, que je raconte et que je raconte encore pour me soulager. Pour m'alléger. Sous peine d'angoisses, d'implosions, de colère même.

C'était difficile pour moi de répondre « J'écris » quand une amie ou un copain me téléphonait et me demandait, par courtoisie « Je te dérange. » Alors, je ne répondais rien, ou ne répondais pas au téléphone. C'était encore le mieux. Davide savait, lui, que j'aimais cette existence à part, remplie d'écriture, d'histoires à vivre et à raconter et il trouvait que ça m'allait vraiment bien.

Francesca savait aussi que j'écrivais, mais n'osait pas m'interroger et faisait comme si. D'ailleurs, Francesca faisait de plus en plus comme si. Comme si tout allait bien. Mettait sur le compte de son travail, de son professionnalisme, son extrême fatigue qu'elle accumulait avec une régularité qui frisait la pathologie. Sa lassitude. Son manque d'énergie. C'est ainsi qu'elle vivait, en tension permanente, en lutte. Cet épuisement semblait la protéger. L'empêchait de penser à sa vie qui filait.

Je savais que Francesca me mentait, du moins ne me disait pas tout.

Nous nous voyions peu, très peu. Comme quelques mois auparavant, Francesca prétextait des heures innombrables de boulot et une vie de couple bien remplie, pour ne pas me croiser. Je percevais des signaux, je m'inquiétais mais n'en disais rien. Je pensais que Francesca dérivait, se mentait, cachait quelque chose. J'y réfléchissais beaucoup, trop même à mes yeux. Comme une énigme policière, je réunissais les pièces du puzzle pour comprendre ce qui se tramait dans le quotidien de Francesca. Ça ne m'empêchait pas de vivre, de faire des projets, d'en mener certains à bien. De voyager avec Davide et notre fille, parfois en compagnie de copains. De faire la fête, de bien dormir, ou pas. D'aller voir des expositions, au cinéma, assez peu finalement tant l'offre nous paraissait faiblarde. Mais je sentais quelque chose de mauvais et ne me l'expliquais pas vraiment.

J'aurais voulu sauver Francesca. La sauver de quoi, je l'ignorais. Je m'exaspérais de l'attitude de plus en plus distante de Francesca. Qui recommençait ce drôle de jeu, qui n'en était pas un. Si seulement ça avait été un jeu, je m'en serais sans doute arrangée. Mais Francesca ne jouait plus ; elle était prise par son angoisse, voire ce que j'identifiais comme une dépression lancinante.

Francesca m'invitait, voyons-nous, mais « la semaine prochaine », ou « quand tu rentres de voyage ». Pour moi, cela durait et me pesait. Je finis, après une énième proposition de Francesca avortée, par lui lancer, par téléphone :

—Écoute Francesca, j'en en ai peu marre maintenant. Je n'ai jamais été aussi patiente avec quelqu'un que je le suis avec toi. C'est comme ça. Mais ça fait trois mois que tu me dis « On va se voir ». Et qu'on ne se voit pas. Je ne peux pas croire qu'il t'est impossible de trouver deux heures. Tu n'es pas le docteur Schweitzer quand même. Je vais te dire le fond de ma pensée, que ça te plaise ou non. C'est un manque de respect à mon égard et à l'égard de notre relation. Appelle-la comme tu veux, amitié, amour, amitié amoureuse, amour platonique, ou rien du tout, je m'en fous. Et je ne veux pas qu'on me manque de respect. Donc, tu arrêtes de me promettre et quand tu es décidée, tu m'appelles un matin, un midi même, pour le soir. Si je suis libre ou si je peux me libérer, eh bien on se verra. Et maintenant, je t'embrasse et je vais raccrocher, en attendant, en espérant ton appel. Je t'aime Francesca, je t'aime beaucoup, mais ça me prend trop la tête. Ça ne me convient plus du tout. J'aurais sans doute dû te le dire avant. Je ne bougerai plus le petit doigt tant que tu ne te seras pas décidée. Et maintenant, bisous.

Et je raccrochai. Elle en fut vexée. Et ne comprit pas sur le moment à quel point cette mise au point déséquilibrerait toute sa vie. Même si elle ne me voyait guère, par sa seule faute d'ailleurs, elle savait que j'étais là, lui faisant de nombreux signes, lui envoyant même des cadeaux. Elle pouvait m'appeler une ou deux fois par semaine, elle aimait cette régularité. Elle ne croyait pas que je tiendrais sans envoyer des sms. J'avais été au bord de la rupture définitive ce jour-là. Un fil si fin, presqu'invisible, maintenait la relation.

Et pourtant, je me pliais à cette discipline. Et même si ça me coûtait, je n'écrivais pas, ne téléphonais pas, évitais même les lieux où je savais que Francesca avait ses habitudes. Travail, parking, cafés, restaurants, cinéma, shopping, cigarettes. Je faisais parfois des détours ou refusais en fonction de l'heure de passer par telle ou telle rue. Cette comédie dura plusieurs semaines.

Par chance, Deva était en bonne santé et n'avait pas besoin de consultation. Rien ne m'obligeait à croiser Francesca.

J'avais compris depuis longtemps, depuis le premier jour sans doute, sans oser me l'avouer, que cette relation avec Francesca n'aurait jamais dû exister. Seule cette attirance physique et cet amour inconditionnel, irraisonné, en fait me retenait. C'était énorme, trop, beaucoup. Beaucoup trop dangereux en réalité.

Pourtant, nos deux personnalités étaient différentes, voire divergentes, des cadres sinon opposés, du moins éloignés ; des désirs et des ambitions décalés. J'étais libre, intellectuelle mais émotive. Francesca contrôlait, régentait sa vie, réglée comme du papier à musique. Elle préférait, sans même le savoir, une relation médiocre avec son mari plutôt qu'une passion interdite avec moi.

J'aimais me voir dans le regard de Francesca, et c'était sans doute cela qui me manquait le plus aujourd'hui.

Davide en parlait parfois avec moi. Pas trop. Pas trop souvent. Il n'aimait pas les histoires qui se répètent. Ou qui n'avancent pas. Francesca n'avait jamais été une menace pour lui, même quand elle avait ses rêves de vivre avec moi ; même quand elle était trop présente, trop prenante, trop pressante. Francesca me faisait vibrer, et lui était gagnant.

Moi, j'étais alors sur un nuage quand Francesca donnait des signes d'attention, d'affection, voire d'amour. Même si c'était par des phrases elliptiques, des signaux mystérieux, Francesca envoyait des signes.

Ces semaines qui avaient passé m'avaient laissé un goût d'inabouti. Francesca m'avait rappelée, conservant cette habitude de me téléphoner, pour papoter comme elle disait, un ou deux matins par semaine. Souvent, elle ne laissait pas de message. Je lui avais répondu par texto une fois ou deux. Gentiment, tendrement, mais maintenant avec fermeté cette distance exigeante. Je me reposais de Francesca. Qui, elle, s'enfonçait sans qu'une nouvelle fois, comme c'était déjà arrivé avec les mêmes acteurs, mari, parents, amies, co-pains, n'y prêtent attention.

Je pressentais, aux rares messages laissés par Francesca sur mon répondeur, que sa voix ne laissait rien présager de bon. J'y entendais une grande fatigue, tant morale que physique. Un jusqu'au-boutisme à la fois intrigant et démoralisant.

— Ça va, je travaille tout le temps. Les parents des gosses sont de plus en plus pénibles. Je ne sais pas ce qu'ils ont, ils m'épuisent avec leurs questions. Enfin, il faut bien y aller, hein, on n'a pas le choix. A la maison, ça va, Federico fait un peu la gueule parce que je suis souvent fatiguée et que je rêve de week-ends à dormir. Alors, souvent, je me force à sortir chez ses copains. Parfois les miens. Et finalement, c'est sympa. Et toi, raconte-moi un peu. Ne m'en veux pas, je fais au mieux. Enfin, j'ai l'impression de mal m'y prendre. Mais je sais que tu peux comprendre. Bon, faut que j'y aille. A plus tard. Je t'embrasse fort.

Des messages comme celui-ci, il y en eut un certain nombre pendant trois autres mois. Jamais elle ne faisait allusion à ce que nous avions partagé à Manarola. Ne pas en parler revenait pour elle à ça n'a pas vraiment existé.
Je reçus un samedi soir, très tard, un appel de Francesca. Exceptionnellement, mon portable était resté allumé. Surprise, j'hésitai à répondre.

— Francesca, que se passe-t-il ? Tout va bien ?
— Ilaria, écoute-moi. Je ne vais pas parler longtemps. Federico m'a frappée. On s'est disputé. Je vais partir.
— Attends, attends, explique-moi. Tu es où, là ? Tu veux que je vienne ?
— Je suis dans un hôtel. Oui, viens, s'il te plaît. Ne m'en veux pas, ne m'en veux, s'il te plaît. S'il te plaît. Viens.
— Ok, je m'habille et j'arrive. Reste calme en attendant.

J'enfilai un pull marine et un pantalon blanc, je me remaquillai légèrement par habitude, et laissai un mot à Davide qui dormait. Il était plus d'une heure du matin. Je traversai Florence. Je connaissais cet hôtel, je l'appréciais. J'en avais d'ailleurs parlé à Francesca des mois auparavant. J'y avais un souvenir d'une rencontre libertine. Je me demandai si Francesca n'avait pas choisi cet hôtel pour toutes les qualités que j'avais vantées : discrétion, élégance, calme.

Nous étions en février. Il faisait froid, cet hiver-là, en Toscane. La traversée de Florence fut rapide. Il n'y avait guère de monde dehors. En roulant je permettais à mes pensées mêmes les plus négatives de monter en moi. J'avais compris en quelques secondes que Francesca allait tout changer, avec brutalité, voire violence, dans son existence. Je me remémorais son premier burn-out, et le récit que Francesca m'en avait fait. Des semaines à parcourir l'Europe, seule. Qu'allait-elle faire, cette fois ? J'étais décidée à écouter, simplement écouter mon amie. Sans lui donner aucun conseil. Simplement l'écouter, la calmer un peu, la mettre en confiance. Interférer le moins possible. Était-elle suicidaire ? Je ne le pensais pas. Je ne le sentais pas, plus exactement. Elle était à bout, c'était la seule certitude que j'avais.

Enfin, j'étais finalement assez satisfaite que Francesca m'ait appelée, moi. Mille fois j'aurais préféré un rendez-vous pour boire un verre, partager un moment agréable, tendre.

Mille fois. Mais la vie de Francesca était ainsi faite que le chaos n'était jamais loin.

Je toquai à la porte de la chambre d'hôtel, la 12, m'avait précisé Francesca. Elle m'ouvrit. Elle était dans un état épouvantable ; elle avait pleuré. Des plaques sur le cou, les bras. Agitée, marchant, titubant presque. Triturant son sac de voyage posé sur le lit. Fumant dans la chambre malgré l'interdiction.

— Tu vas déclencher l'alarme, viens à la fenêtre. Viens avec moi.
Je pensais qu'il ne fallait pas parler tout de suite. Je voulais d'abord apaiser un peu mon amie. Que je sentais déjà loin. Au bord de la folie, sans doute.
Je pris les petites bouteilles de vodka que je trouvai dans le frigo et forçai Francesca à en avaler une cul sec. Cela eut l'effet escompté, et elle se calma comme par miracle.
— J'aurais dû te demander, avant de te filer la vodka, si tu as pris quelque chose. Des cachets ? De l'alcool. Dis-moi, Francesca.
— Non, non, pas de cachets. C'est pas mon truc, tu le sais bien. Mais oui, j'ai picolé. Enfin, on a un peu picolé. Beaucoup, en fait C'est peut- être ça, en plus de notre état de fatigue, qui a déclenché ça.

Ça, pour l'instant, j'ignorais de quoi Francesca allait me parler. Je la laissais venir, tranquillement, lui caressais délicatement son avant- bras gauche, et Francesca finit par se détendre, me disant en souriant :

— N'en profite pas ! Je te vois venir.

— Tu es bête. Mais il n'y a pas de raison que je ne touche pas ce que je préfère chez toi, je souriais. Allez, raconte-moi ce qui s'est passé ce soir pour que tu sois dans cet état.

Francesca alluma une nouvelle cigarette. La fuma à moitié. L'éteignit. Écrasant presque violemment le mégot dans le cendrier. En alluma une autre. Souffla fort. Elle me regardait. Ses yeux étaient en feu, rouges. J'y voyais une souffrance infinie, de la peur. Et une demande encore muette « aide-moi Ilaria, comprends sans que j'aie besoin de te dire.»

— Dis-moi, Francesca, dis-moi tranquillement.

Je lui saisis la main avec douceur, lui caressant du bout des doigts sa paume.
— Nous avions dîné et Federico était un peu énervé parce que je n'avais pas envie de sortir. Je suis fatiguée, tout le temps fatiguée. C'est pour ça que je ne te vois pas Ilaria, tu comprends.

Je l'interrompis :

— Raconte-moi simplement ce qui s'est passé entre toi et lui. Simplement.

— Il a commencé à s'énerver. On avait un peu bu, deux bouteilles, c'est trop quand on est aussi crevés. A me dire « On ne fait jamais rien, tu fais chier, t'as jamais envie, tu penses qu'à dormir, tu penses qu'à ta gueule, ya que ton boulot qui compte, tu veux jamais voir mes amis, jamais m'accompagner quand je suis en marathon, ton boulot, ton boulot, encore ton boulot, moi aussi je bosse, j'en ai marre, tu me fais chier, tu te prends pour qui, avec tous les efforts que je fais pour toi, t'es même pas foutue de me remercier et d'être un peu sympa, on baise presque pas, et quand on baise t'es pas vraiment là, tu fais tout le temps la gueule. »

Francesca reprenait son souffle.

— J'arrivais pas à en placer une, tu vois. Il a commencé à hurler, je ne l'avais pas vu comme ça depuis des mois. Plus même. Ça a commencé à m'énerver. Je me disais, en fait depuis quasiment un an, c'est bon, Federico va mieux, sa thérapie marche super bien, ça va aller maintenant entre nous, on va avoir une vie normale. Tu parles.

Et puis, il a commencé à parler de toi, Ilaria, à me dire que tu avais une mauvaise influence sur moi, que depuis que tu étais entrée dans ma vie, j'avais changé, je ne raisonnais plus pareil, que j'étais souvent absente, qu'il le voyait à mon regard, qu'il ne t'aimait pas, qu'il ne voulait plus que je te voie, que tu n'étais qu'une pute.

— Continue.

J'essayais de ne pas montrer ma colère qui montait.

— Alors, j'ai perdu la tête. Je l'ai traité de connard, de gros connard, je lui ai dit qu'il était un mari de merde, un sale égoïste, que je le trompais depuis toujours. Et je suis allée trop loin. Je lui ai dit que ça le faisait bien chier que tu sois dans ma vie et qu'il avait raison, que nous avions même couché ensemble. Et que ça avait été formidable. Et que j'y pensais tout le temps. Et que ça m'obsédait. Ça l'a rendu fou. Il m'a giflée avec une telle force que ma tête a cogné le mur. Il hurlait comme un dingue, je vais la tuer, je vais te tuer. J'ai vraiment eu peur, Ilaria.

— Et qu'est-ce que tu as fait, lui demandai-je en contenant ma colère.

— Je suis allée dans la chambre, j'ai pris ce sac que tu vois là, j'ai balancé deux affaires, mon passeport, mon chargeur de téléphone. Je n'ai même pas de brosse à dents. Je suis partie. Il me poursuivait dans le couloir, continuait de hurler, de me traiter moi aussi de sale pute. Quand je pense qu'il est toujours chez moi. J'étais affolée, je me suis souvenue que tu m'avais dit que cet hôtel était discret. Je suis venue ici, directement. J'ai essayé de me calmer, j'ai pleuré. Je t'ai appelée. Je ne voulais pas que tu me voies pleurer.

J'étais un peu démunie, ne sachant si je devais parler, garder le silence, prendre mon amie dans mes bras. C'est cette dernière option que je choisis. Ce qui déclencha une nouvelle crise de larmes presque hystérique de Francesca.

— Si tu savais comme je me déteste. J'ai tout raté, tout. Je n'en peux plus. Depuis, il n'arrête pas d'appeler, de m'envoyer des sms. Il me dit qu'il m'aime, qu'il n'aime que moi. Tu sais, le blabla habituel, je suis la femme de sa vie, ce n'est pas de sa faute, sa mère ne l'aime pas, son père est un con, il ne sait pas comment faire, mais qu'il est un mec bien, qu'il veut un enfant avec moi Qu'il souffre de ce qu'il a fait. Qu'il va se racheter. Que ça n'arrivera plus jamais. Bref, les conneries habituelles. Et je me connais. Si je reste à Florence, je vais encore replonger. Je suis assez conne pour ça ! Et ça n'avancera jamais dans ma vie. Je n'y arrive pas. Je n'y arrive pas. Comment tu fais, toi ?

— On ne va pas analyser tout ça maintenant, tu ne crois pas ? Allonge- toi. Tu veux que je te fasse couler un bain ? Prends au moins une douche, ça te fera peut-être du bien ? Je vais te donner un truc pour dormir, léger. J'ai pensé à prendre un médoc avant de partir de la maison.

Les larmes de Francesca redoublèrent :

— Je ne suis qu'un boulet. Qu'est-ce que tu as dit à Davide ? Tu as sans doute mieux à faire que d'être là avec moi. Rentre chez toi, je vais me débrouiller.

— Non, je vais rester avec toi. Ne t'inquiète pas pour Davide, je lui ai laissé un mot.

— Ok, je veux bien un bain, alors.

Francesca avait besoin qu'on s'occupe d'elle comme d'une petite fille. Je lui fis couler un bain, pas trop chaud mais suffisamment pour qu'il lui soit agréable. J'allumai une petite lumière, et fit venir mon amie.

— Vas-y, je te laisse te déshabiller et je reviens dans deux minutes.

Francesca apprécia ma délicatesse. J'avais surtout besoin de souffler, et de réfléchir à ce qu'elle venait de me raconter. Et de penser aux conséquences de cette soirée. Je savais Francesca sous l'emprise de Federico. Je me souvenais également qu'elle avait déjà été frappée par un précédent amant et qu'elle l'avait fichu à la porte. Elle choisissait décidément bien mal ses compagnons.

J'entrai dans la salle de bains et trouvai mon amie allongée dans le bain. Les cheveux mouillés, rejetés en arrière, son visage dégagé. Je la trouvai belle, malgré le moment. De nombreuses pensées traversèrent mon esprit, même si le contexte ne se prêtait pas à mes spéculations amoureuses.

— Ça va un peu mieux ?

— Oui, ça redescend. Merci d'être venue si vite.

— Qu'est-ce que tu comptes faire ? Tu vas porter plainte, au moins ?

Francesca me fusilla du regard.

— Sûrement pas. J'ai pris ma décision. Je ne peux plus continuer à vivre comme ça. Si je continue à travailler autant, à fuir je ne sais pas quoi, à chercher la reconnaissance de mon père qui ne viendra pas, tu me l'a expliqué, tout, tout, tu m'as tout expliqué et je n'ai pas voulu t'entendre, bref, je perds mon temps, je perds ma vie. Faut que je parte. Ilaria, je vais partir. Tu comprends. Je n'arrête pas de penser aux livres de Douglas Kennedy que tu m'as offerts. Ces hommes et ces femmes qui partent, qui quittent tout, et qui recommencent. Tu sais ce que je me dis, et tu pourras le mettre dans un de tes romans. Je me dis qu'à mon âge, le temps que je me rende compte que je me suis à nouveau plantée, je serais arrivée au bout de ma vie et ce sera trop tard pour avoir des regrets.

A mon tour je sentis les larmes effleurer le bord de mes yeux. Mais je tentai de ne rien en montrer. Comme à mon habitude.

— Je comprends. J'ignore si c'est la solution. Mais si c'est la solution que tu choisis, eh bien je te soutiendrai. Où comptes-tu partir ?

— Dans le Nord. Le Nord de l'Europe je veux dire. Peut-être en Irlande. Ou au Danemark. Je ne sais pas encore, je ne suis pas sûre. On est samedi soir, je me donne deux trois jours pour décider. Je vais essayer de dormir. J'ai pris ton cachet et je sens que j'aie la tête qui tourne. Je suis épuisée. Tu veux bien rester encore un peu avec moi. Tu ne m'en veux pas, hein ? Je sais que tu comprends. Tu es la seule qui puisse me comprendre, Ilaria. Il n'y a que toi qui sait m'aimer en fait. Mais moi, je ne sais pas faire ça. Je te rends malheureuse, je le sens bien. Je rends tout le monde malheureux. Et puis tu as un mari qui t'aime, tu as une famille.

Moi, j'ai la trouille de t'aimer, quand je pense à toi, je suis comme une petite fille qu'on va prendre la main dans le sac. C'est pas normal. C'est pas normal. Pas normal d'aimer une femme. Je n'y arrive pas. Je suis désolée. Si tu savais comme je suis désolée.

260

— Ne t'inquiète pas, tu le sais bien que je t'aime. Écoute, normal, pas normal, c'est pas la question. On va y arriver, je te le promets Dors un peu, je reste là. Je veille sur toi.

Francesca s'endormit vite, il me fallut bien plus de temps. Francesca ouvrit un œil trois heures après, et malgré le cachet qui l'avait assommée, elle avait la sensation d'être lucide. Elle réfléchit une partie de la nuit. Elle savait que je serai là pour elle, toujours. Comme depuis le premier jour. Elle ne comprenait pas toujours mon tempérament, ma façon de penser, de vivre. Elle savait que je n'étais pas malveillante. J'étais et resterai pour elle à l'esprit si carré une énigme. Mais je faisais entièrement partie de son existence. Oui, de son équilibre. Même à distance.

Je lui avais dit un jour, en prenant cet air sérieux qui faisait tant rire Francesca, « Tu es la femme de ma vie ». Francesca se dit alors, cette nuit-là que moi aussi j'étais la femme de sa vie et cela lui fit drôle.

Elle n'avait toujours pas compris qu'il fallait balayer les étiquettes pour trouver cette liberté si dure à reconnaître. Elle était comme une grande majorité des gens, les étiquettes la rassuraient.
Le cadre la rassurait. Ce qu'elle commençait à appréhender, c'est que le cadre la faisait passer à côté de sa vie.

29

Quand je me réveillai, j'eus du mal à me souvenir où j'étais.
Francesca s'était rendormie et semblait presque apaisée. Du
moins, son visage était détendu. Sa respiration régulière.
Francesca dormait la plupart du temps sur le côté. Comme
ce matin-là.

Il était un peu plus de 7 h. Je pris mon portable, je l'allumai.
Emails, réseaux sociaux arrivèrent en premier. J'y jetai rapidement un coup d'œil. Des pubs et des ventes privées
pour le premier, des insomniaques qui occupaient leur nuit
à se répandre de commentaires sur l'actualité, se donnant
l'illusion que leur avis comptait tant que celui des grands
éditorialistes du pays n'avaient pas résonné sur les ondes.

Puis me parvinrent des sms. Une dizaine. Cela m'étonna.
Davide d'abord, qui s'inquiétait un peu pour moi et pour
Francesca. Il avait envoyé son sms vers 2h du matin. Il ne
s'alarmait cependant pas, se montrait rassurant.

— Ok. Tu m'expliqueras. Fais attention à toi, et à elle. Si
problème, dis-le moi. Je gère la maison, pas de souci. Je
t'aime.

Je lui répondis vite :

— Je viens de me réveiller. Je t'appelle. Francesca dort. Federico l'a frappée. Ils se sont engueulés. C'est la merde. Moi ça va. Bisous.

Puis je lus les autres sms. Tous de Federico. J'eus comme un réflexe envie de les effacer. Je ne voulais rien avoir à faire avec ce type que je n'avais jamais aimé, jamais senti. Je l'avais toléré puisqu'il était le mari de Francesca.

Je les lus tous. Neuf en tout.

J'ignorais qu'il avait mon numéro. Tous les messages étaient du même acabit, sauf les deux derniers, envoyés sur le matin, et bien plus agressifs. Federico perdait patience. Les sept premiers, envoyés entre minuit et 4 heures du matin, disaient à peu près cela :
— Ilaria salut, c'est Federico. Francesca a un peu craqué, je suis très inquiet. Tu dois savoir comme elle est fatiguée en ce moment. Si tu sais quelque chose, fais-moi signe. Pour me rassurer. Merci. Bise.
Pour le huitième, envoyé vers 4h30 du matin, le ton changeait.
— Putain Ilaria, allume ton portable et réponds-moi. Je suis sûr que tu sais où elle est. Il paraît que vous vous dites tout. Déjà que ça me faisait chier avant, mais alors là, putain. Ne joue pas à ça avec moi. Rappelle, putain.

Quant au neuvième, il était sans équivoque.

— Merde, il est 6 heures du mat, vous croyez quoi ? Elle est où Francesca ? Elle est où ? Elle croit quoi ? Dis-lui de rentrer, fissa, et j'oublie tout. Je suis un mec bien, c'est toi qui lui a mis ces idées de gouine dans la tête ? Ça me dégoûte. Fous-lui la paix. Elle aime pas les lesbiennes. Elle t'aime pas, qu'est-ce que tu crois ? Fous-lui la paix.

Je finis par bloquer son numéro.

Surtout, surtout ne pas lui répondre. Ne pas en parler à Francesca. La laisser libre de réfléchir, de décider. Si elle devait partir, quitter l'Italie, j'apprendrais à faire sans elle. Je trouverais d'autres moyens de communiquer avec elle. Je trouverais, et m'en accommoderais. J'en étais certaine.

Je me levai, je m'habillai en silence. Laissai un petit mot:

— Francesca, je dois aller au travail. J'ai un rendez-vous ce matin. Avec un sculpteur. Je t'appelle dans la journée. Je passe ce soir. Essaie de manger, repose-toi encore. Ne précipite rien. Et attends-moi. Je t'embrasse. Love. I.

Je repassai par chez moi pour me doucher, je pris un double café avec Davide, qui m'attendait ; lui expliquai succinctement la situation. Et je partis à mon rendez-vous. La journée serait interminable. Je n'étais pas fraîche malgré la douche que j'avais terminée presque glacée. Il fallait bien cependant que j'avance dans ses projets. Francesca ne pouvait pas, ne devait pas tout prendre. Je devais séquencer ma journée. Je le décidai ainsi. D'abord se consacrer à soi, récupérer de l'énergie, de la bonne énergie. Passer un moment chez moi. Avant de rejoindre Francesca, comme je le lui avais promis.

Mon rendez-vous m'aida à me glisser dans l'avenir au-delà de la tension que me procurait l'histoire de Francesca, l'histoire avec Francesca. J'aimais toujours rencontrer des gens nouveaux, qui me montraient leur intérêt pour moi, pour mon travail.

J'avais décidé de quitter mon travail en politique, qui me laissait continuellement frustrée intellectuellement, pour me concentrer sur un travail plus artistique. Davide me suivait dans mes projets. Nous avions vendu l'un de nos appartements, et je me servais avec parcimonie de cet argent arrivé sur le compte pour investir l'avenir. J'avais eu envie, en plus de la photo et de l'écriture, d'exposer les œuvres des autres d'abord. Je venais de passer pas mal de mois à me former via Internet sur l'art contemporain. J'avais beaucoup lu, fréquenté quelques cours à la fac, des cours d'histoire de l'art et de philosophie de l'art. Et j'avais décidé de parcourir d'abord l'Europe, pour découvrir. Et faire venir à Florence quelques artistes que je dénicherais et en qui je croirais.

Tous ces projets, ces envies me poussaient, cette pulsion de vie que je ne cessais d'entretenir.

Alors, je devais bien me l'avouer en rentrant de cette rencontre avec ce plasticien qui m'avait séduite par sa force... Les histoires, les problèmes de Francesca ne me passionnaient plus. Et si je ressentais une infinie tristesse à l'idée de voir s'éloigner mon amie, j'étais convaincue que l'avenir de notre histoire passait par une pause.

Pour moi, c'était bien plus un mystère, un véritable gâchis de voir mon amie s'enferrer dans une histoire sans fond avec Federico. Je ne l'aimais pas, mais j'aurais appris à faire avec si j'avais eu le sentiment qu'il élevait Francesca. Qu'il lui faisait du bien. Qu'il la respectait. Or, c'était l'inverse que j'avais observé. Il l'asséchait.

Cependant, je ne pouvais pas sauver mon amie malgré elle. J'étais vraiment décidée à la laisser faire. A la laisser partir. A ne plus la voir s'il le fallait. C'était un pari, je voulais le tenter, le risquer. Je ne ferais donc rien, absolument rien pour retenir mon amie.

Je repassai avant par la maison, et retrouvai Davide et notre fille. Le moment fut apaisant, tendre. Presque parfait de sérénité.

J'avais envoyé quelques sms à Francesca. Sans réponse. Je n'en étais pas surprise. J'avais l'habitude.

— Davide, ça t'ennuie si je retourne ce soir voir Francesca ? Je sais, tu dois en avoir marre. C'est le dernier soir, je pense. J'espère. Enfin, c'est à moi de le décider...

Davide soupira.

— Vas-y, si c'est important. Mais demain soir, c'est moi et seulement moi. Enfin, moi et Deva !Ok ?

— D'accord. Tu as raison.

Je me douchai, me changeai, me remaquillai, essayai de joindre Francesca. Mon appel tomba directement sur le boîte vocale. Je ne laissai pas de message et partis en direction de l'hôtel.

La pluie s'était mise à tomber, comme souvent en Italie. Il faisait presque nuit tant le ciel s'était assombri.

Je me garai dans le parking de l'hôtel, le petits cailloux crissant sous les pneus de mon Crossover. Je respirai plusieurs fois, fermai mes yeux, éteignis mes phares. Et je me lançais une nouvelle fois à l'assaut du caractère difficile de ma belle, et de ce moment délicat à venir.

30

Plusieurs fois il me fallut tapoter à la porte de la chambre de Francesca. Mon cœur me faisait presque mal. L'angoisse.

Francesca finit par ouvrir et je vis une femme ravagée par la détresse. Elle se réveillait. Les cheveux hirsutes, les traits tirés, vêtue d'un tee- shirt blanc-gris, Francesca n'avait plus rien de la bombe qu'elle pouvait laisser à voir parfois.

Je soupirai légèrement.
— Tu me laisses entrer ou bien ?

Francesca s'écarta de la porte pour me laisser passer. La chambre sentait le renfermé et le tabac. Francesca n'avait rien mangé de la journée, ni bu d'ailleurs. Les draps étaient en boule, les rideaux tirés. Le portable éteint. La télé en sourdine passait un match de volley.

— Tu aimes le volley maintenant ?
Francesca répondit à peine.
— Je regardais pas vraiment. J'ai dormi une partie de la journée. Je ne tenais pas debout.
— Je m'en doute. Tu dois avoir un peu faim, non ? Je vais nous commander un truc à grignoter. Et à boire. Et après, je

vais te refaire le même cérémonial que cette nuit ! Un bain et au lit.

Mon énergie parvint à arracher un début de sourire à Francesca.

— Tu as raison, je n'ai rien bu de la journée. Je fais n'importe quoi, comme d'hab. Je n'ai pas très faim, pour le moment. Rien ne passe. Merci pour le bain, mais je peux quand même le faire, finit-elle par

dire un peu sèchement.Ce qui me vexa une nano-seconde.

— Qu'est-ce que tu veux boire ? De l'eau ? Du sprite ? De l'alcool ? Un thé vert ? Dis-moi, je m'en occupe.

— Non non, pas d'alcool. Très mauvaise idée, l'alcool, dans mon état, tu ne crois pas ?

En décrochant le téléphone pour appeler la réception, je me déridai un peu :

— Ça dépend en fait. Si tu as envie d'être chiante et pas aimable avec moi, reste à l'eau et au citron. Si tu veux te détendre un peu, prends un verre. Moi, c'est ce que je vais faire. Tu fais comme tu veux. T'es pas obligée de tout boire. Je vais demander un truc à grignoter avec. Je n'ai pas beaucoup mangé aujourd'hui moi non plus. Mais j'ai beaucoup parlé ! Ça t'intéresse de savoir un peu ce que j'ai fait ?

A mon tour d'employer un ton sec, et je m'en voulus presque. Mais merde à la fin, je n'étais pas l'esclave de Francesca.

Cette dernière me regarda fixement. Son visage changea.
— Excuse-moi Ilaria de t'avoir répondu comme ça. Je suis fatiguée, je me sens mal. Mais je ne devrais pas. Tu es là, avec moi. Tellement gentille. Désolée.

Je soupirai à nouveau et passai commande. Un whisky, un martini, du jambon de Parme. Cela ferait l'affaire. J'étais affamée, J'avais envie de boire, un peu. Pour vider ma tête des tensions apparues au cours des dernières heures.

— Ca m'intéresse, ne sois pas bête. Ce que tu peux être susceptible parfois ! Tu me fais rire quand tu fais cette tête, quand tu n'es pas contente. Je ne m'en lasse pas !

Nous parlâmes un peu. Nos verres nous furent servis rapidement. L'alcool desserra les nœuds. Francesca se fit couler un bain. Se déshabilla. Coula son corps dans l'eau chaude. Et ferma un peu ses yeux. Se laissa glisser sous l'eau, ses cheveux mouillés plaqués sur son crâne. Elle avait laissé la porte de la salle de bain entre-ouverte. Une scène identique à celle de la veille.

J'avais trouvé de la musique sur la télévision. But encore une grande gorgée de whisky. Je frappai doucement.

— Viens Ilaria. Je suis dans mon bain. Ça m'a fait du bien, cet alcool. J'entrai doucement dans la pièce sombre. Seule la lumière de la chambre éclairait la salle de bain. Je m'approchai de la baignoire. Et commençai à me déshabiller.

Davide m'avait appris plus d'une chose, et au moins celle-ci. Quand tu as décidé de quelque chose, quand le moment se présente, tu es en capacité de le faire. Il n'y a plus d'hésitation.

J'avais décidé que je prendrais ce bain avec elle. Qu'elle le veuille ou non. Qu'elle pousse des cris d'orfraie ou pas. Du genre ça ne se fait pas Ilaria, mais qu'est-ce que tu fais, ça ne peut pas recommencer, ce n'est pas mon truc, tu crois que j'ai la tête à ça avec tout ce qui se passe.

— Mais qu'est-ce que tu fais Ilaria ? Mais tu fais quoi, là ?
— Je me déshabille et je viens dans le bain avec toi. Avance-toi un peu. Avance. Tu vois un peu le cliché ? Le vrai cliché lesbien !

Et sans hésiter, je vins m'asseoir dans le dos de Francesca. Qui se tendait.

— Arrête, Francesca, je ne fais rien d'interdit. Viens contre moi, ça va te faire du bien. A moi aussi d'ailleurs. Détends-toi. Viens, allonge-toi sur moi.

Je lui saisis les bras et Francesca osa suivre mes consignes. Je continuais de lui parler doucement, de la guider.

— Voilà, c'est bien. Ferme les yeux maintenant, respire.

Je l'enlaçais, j'embrassais ses cheveux délicatement. J'avais les jambes écartées, entre lesquelles Francesca s'était glissée. Nos corps étaient serrés l'un contre l'autre.

Elle finit par se détendre. Je tins ma promesse. Je restai sage. Ce fut Francesca qui la première reprit la parole.

— J'ai quand même un peu réfléchi aujourd'hui.

— Ok, tu veux bien me dire ?

— Attends, je sors, je me sèche et je t'attends. J'ai aimé ce moment. C'était... Je ne sais pas quel mot te dire. Inoubliable ?

— Ça, on verra plus tard si on s'en souvient !

Je fus encore au bord de la vexation mais compris que Francesca disait ce genre de phrases plus pour se protéger elle que pour faire mal.

Quand elle sortit de la salle de bain, elle avait bien meilleure mine. Sa capacité à changer de visage en si peu de temps m'étonnait encore.

— Tu as encore un peu faim, Francesca ?

— Non, pas vraiment. Commande, toi, si tu veux.

— Je mangerai à la maison, ce soir.

— Tu ne restes pas avec moi cette nuit ?

J'hésitais sur ma réponse.

— Je vais rentrer, je dois quand même un peu voir ma famille. Tu comprends, n'est-ce pas ? Mais je ne suis pas pressée.

— Je comprends, bien sûr. Et si tu veux un autre verre, appelle.

Nous nous installâmes confortablement sur le lit. Francesca reprit la parole.

— J'ai un peu réfléchi. Beaucoup dormi, c'est sûr. Je ne suis pas encore certaine de tout. Mais je vais partir. Quitter Florence, mon boulot. Je ne suis pas encore certaine de là où je vais aller. J'ai ma petite idée. Je dois regarder où je peux travailler. Une histoire d'équivalences tu vois. Faut que je parle à mon père.

A ma mère aussi. Ils ne vont rien comprendre, comme d'habitude. Après, il y a mon appartement. Je vais appeler demain un copain et lui demander de mettre en vente. Et de tout gérer.

— Et Federico ? Tu comptes lui parler ? Le voir ?

— Non. Je ne me sens pas la force. Le divorce, on verra ça plus tard. De toute façon, on n'a rien en commun. On n'a

274

pas d'enfant. Ses affaires, je les foutrai dans un sac et il se débrouillera pour les récupérer. J'irai demain dans la journée chez moi faire un peu de tri. Prendre ma tablette aussi. Des affaires. Je n'ai plus rien à me mettre.

Je demeurais silencieuse. Je savais depuis longtemps que cette issue était probable. Il fallait que je me prépare au départ de mon amie. A l'éloignement. Que je ne la braque pas.
— Et nous ? Tu coupes les ponts ? Je viens te voir ? On s'écrit ? On fait comment ?
Francesca se leva, prit une cigarette, ouvrit la baie vitrée, alluma sa clope. Regardait au loin, avant de se retourner.
— Souvent Ilaria je t'ai écoutée. Pas toujours entendue. J'ai perdu du temps. Beaucoup. C'est ainsi. Je vais travailler à aller mieux. A tirer les bons fils. Je suis prisonnière, tu me l'as tant de fois expliqué. Nous, mon Ilaria, nous, ça ne changera rien. Je vais partir, trouver à m'installer, commencer autre chose. Tu veux bien qu'on réfléchisse ensemble ?
— Tu es en colère après moi, Francesca, parce que j'ai une famille, une vie sans toi ? Parce que je t'ai séduite ?
— Sûrement pas. Et de nous deux, je ne sais pas si c'est pas toi qui es en colère. Tu me comprends, je le sais. Je ne peux pas continuer comme ça. Je vais partir. J'ai mon idée. Je te dirai. Je ne te laisserai pas sans nouvelles. Sois patiente avec moi.

Elle écrasa sur le sol de la terrasse sa cigarette. Je ravalais ma réplique. Je la trouvais gonflée de me demander de la patience.

— Ne fais pas cette tête-là. Rentre chez toi, si tu veux. Je vais regarder la télé. Ou reste encore un peu. Comme tu veux.

— Je vais rester encore un peu. Viens à côté de moi, lui demandai-je en tapotant le lit.

J'avais les larmes aux yeux et Francesca le vit.
— Si tu pleures, je vais m'y mettre moi aussi ! On est bien toutes les deux, vraiment. Pas une pour rattraper l'autre !

Et elle se jeta presque sur moi, je la pris une nouvelle fois dans mes bras, embrassant le haut de son crâne.
Elle se saisit de la télécommande, trouva un film déjà commencé. J'ai oublié le titre, les acteurs. C'était un film français. Francesca se leva plusieurs fois pour fumer, revenait s'asseoir à côté de moi, se relevait. Elle ne tenait pas en place, et finit par éteindre la télé, sans me prévenir.

— Ilaria, j'ai réfléchi pendant le film. Et si tu partais avec moi ? J'éclatai de rire et le regrettai immédiatement quand je vis les traits de Francesca se durcir.
— Pardon, ma douce amie, pardon. Mais je ne peux pas. Et je ne veux pas. J'ai une famille, je suis heureuse. Je ne veux

d'ailleurs pas que tu partes. Partir avec toi, c'est impossible, tu le sais bien.

Francesca se radoucit un peu. Me fixa.

— Tu as raison, c'est vraiment n'importe quoi. Excuse-moi. Nous aurons des occasions de nous voir, bien sûr.

— Écoute Francesca, j'ai vraiment du mal à te suivre. Une fois tu veux, une fois tu ne veux plus. Je comprends que notre histoire soit complexe, je comprends que tu aies des blocages pour me suivre dans mon désir. Je comprends mille choses. Travaille sur ton désir à toi, et arrête d'avoir peur de te retrouver seule avec moi. Arrête de me faire courir. Je suis fatiguée de ça. Vis ce que tu as à vivre, vis de la façon dont tu veux vivre. Ça m'ira, de te savoir en harmonie. Bien mieux que de t'imaginer vivre dans le mensonge permanent. C'est quoi, ton désir ? Vivre avec un homme comme Federico, vivre avec moi, et tu sais que ça n'est pas possible, vivre seule et te taper des bellâtres, avoir un enfant. Tu veux quoi, Francesca ? C'est ce qu'il y a sans doute de plus exigeant dans l'existence, savoir pour quoi on est fait. J'ai l'impression que la plupart des gens soit ignorent soit ne veulent rien en savoir. Ça m'est de plus en plus insupportable. Mon pari sur toi, donc sur nous deux, c'est que tu te penches vraiment sur la question. Que tu trouves. C'est seulement à ce moment-là, qui arrivera, ou pas, que nous nous accorderons.

277

Francesca me regardait à nouveau. J'ajoutai, pour bien enfoncer le clou :

— Je ne peux pas être plus claire. Je t'aime, d'amour. Mais je ne veux pas tout quitter pour toi. Tu es la femme de ma vie, comme Davide est l'homme de ma vie. Je vous aime tous les deux et je le vis très bien. Lui vit très bien que je vous aime tous les deux. A toi de voir ce que tu veux, et comment tu peux y parvenir. Avec moi. Sans moi.

— Je ne crois pas être amoureuse de toi. Je te l'ai déjà dit. Mais je t'aime, ça c'est sûr. La distance va peut-être m'aider à éclaircir certaines choses de ma vie, de mes choix. J'en ai marre de tomber sur des mecs pervers, brutaux. Je veux m'en sortir. Tu y arrives bien, toi !

— Pas amoureuse, vraiment ? Peu importe, c'est une question de vocabulaire, plaisantai-je. Allez, on va reprendre un verre, ça va t'aider à dormir. Et après, je rentre !

Je passai encore une heure auprès de mon amie, serrées l'une contre l'autre, parlant un peu, à voix basse. Je repartis chez moi. Heureuse. Pleine. Triste. Mélancolique. Tout à la fois. Je conduisis lentement. Légèrement ivre.

31

J'arrivais chaque matin, quand j'étais à Florence, vers 10h à ma galerie. J'aimais mon rituel. Petit-déjeuner à 7 heures en famille, un peu de sport, cardio ou musculation, parfois piscine quand il ne pleuvait pas sur la ville ou quand l'hiver ne piquait pas trop. Je détestais la sensation de froid dans les vestiaires, les pieds sur le carrelage glacé, le vent dehors.

Une douche, lire et répondre à mes mails, mes messages sur les réseaux sociaux. Suivre l'actu sur les sites d'information. Puis je prenais mon vélo électrique et me rendais à ma galerie. Parfois, je buvais un ristretto tranquillement sur la place. Ma vie était sereine, agréable.

Davide avait touché un peu d'argent d'un héritage, ce qui nous offrait une plus grande liberté. J'en avais donc profité pour changer de voie et me consacrer complètement à l'écriture et à l'ouverture de ma galerie, dans laquelle j'accueillais des peintres, des sculpteurs et des plasticiens que je découvrais de par le monde. J'avais rencontré un chef d'entreprise épris d'art contemporain, et qui s'était un peu entiché de moi.

J'avais refusé de coucher avec lui, au grand dam de Davide d'abord, et au grand désespoir de cet homme au demeurant agréable. Je m'étais montrée habile, manipulatrice même, mais logique :

— Si je couche avec vous, je vais me lasser très vite et nous ne nous verrons plus. Alors que si nous ne couchons pas ensemble, que nous travaillions ensemble, vous continuerez de me voir. A vous de choisir. Et qui sait, peut-être un jour...

Il avait cédé, trop heureux de se confronter à sa passion, l'art contemporain.

J'avais jeté mon dévolu sur des artistes du Maghreb, et notamment du Maroc. Je m'étais également tournée vers la Scandinavie, et notamment le Danemark et la Suède. Il m'arrivait parfois de louer une petite maison en bois, dans l'archipel de Stockholm ; j'y venais seule, parfois accompagnée de Davide, assez rarement. Il savait quand j'avais besoin de m'éloigner. Deva alors me manquait, mais ces pauses m'étaient devenue nécessaires.

J'y faisais pas mal de vélo, c'était plutôt plat, très vert, de l'eau et des arbres, peu de monde, du calme. Les gens étaient polis, discrets. Trop pour y vivre tout le temps, mais parfait le temps d'un break.

Il savait que j'avais besoin de cette solitude pour me reposer, réfléchir, écrire, puisque j'étais parvenue à faire éditer deux romans. Je n'en avais pas vendus tellement, mais je commençais cependant à obtenir un honorable succès qui me poussait à poursuivre. Je m'étais spécialisée sur le couple, ce mystère qui se cache derrière chaque porte de chambre à coucher. Mon couple était un mystère pour la plupart de mes amis, et les couples de nos copains demeuraient souvent pour moi un obscur objet de curiosité. Alors, j'écrivais, m'inspirant inlassablement de ce que j'observais autour de moi, et laissais libre cours à mon imagination.

Lors de mes voyages, je prenais contact avec l'ambassade, les consulats, je marchais beaucoup, j'allais dans les cafés hype, pour y rencontrer des artistes, parler, dénicher des pépites, ou des endroits plus populaires, et quand j'avais un coup de cœur, leur proposer de les exposer dans ma galerie florentine. Il m'arrivait de flirter parfois avec les artistes que je découvrais, hommes comme femmes d'ailleurs. Non pas que je cherchais à tout prix des rencontres, mais la proximité intellectuelle suscitait la libre circulation du désir entre adultes. J'aimais plus que tout observer un de mes artistes travailler, créer un peu ; je me mettais dans un petit coin et ne pipais mot. Je pouvais rester des heures sans bouger. A épier, à voler des sensations, pour mes histoires épistolaires. Souvent, l'adrénaline de la création, et le regard que je portais sur ces hommes et ces femmes créateurs déliait les timidités, les peurs. Ça n'était la plupart que des effleurements, parfois des baisers, plus rarement des rapprochements de corps. Je restais ferme sur les conditions de travail et sur les contrats. Une fois, un artiste, doué au demeurant, un plasticien, s'était cru tout permis parce que nous avions fait l'amour une fois. C'était un Marocain, qui aimait les femmes libres, mais n'avait pas supporté que je continue de décider et d'être la patronne. Il s'était alors montré désagréable lors du vernissage de son expo, avait répondu froidement aux journalistes que j'avais réussi à faire venir, malgré la pluie et l'actualité internationale prégnante, notamment avec la question des migrants économiques et climatiques, question qui faisait trembler l'Europe depuis plusieurs années et laissait l'Italie coupée en deux, entre les conservateurs pragmatiques, et les néo-gauchistes toujours prompts à aider le monde avec l'argent des autres.

Je ne faisais plus de politique, je continuais cependant à m'informer. Acceptais de rares fois d'animer un débat, autour de la place des femmes notamment dans ce monde misogyne et phallocrate que constituait la chose publique en Italie. Mais pas seulement en Italie d'ailleurs. En France, on assistait tous les cinq ans à des combats de coqs, qui laissait le pays épuisé de passion, de débats, pour retomber entre deux élections nationales dans une léthargie qui déplaisait à mon dynamisme.

Pourtant, je m'était rapprochée de ce pays qui m'agaçait depuis longtemps. J'aimais Londres mais pas les Anglais ; j'aimais quelques coins de France, et Paris plus que tout, mais le pessimisme permanent du peuple cousin du mien m'exaspérait.

Ces trois dernières années, je m'étais rendue une petite dizaine de fois en France, en Charente plus exactement, où Francesca s'était installée. Elle allait fêter ses 49 ans. Moi mes 47. Je me sentais comme une gamine. Une gamine avec de l'expérience. Mon amie s'était cachée, tentant d'éloigner ses démons. A Cognac, une ville de province comme la France en regorge. Une ville agréable, que je n'aurais pas aimée habiter ; trop de promiscuité. Tout le monde savait tout sur tout. Francesca s'en moquait. Trois ans auparavant, c'est là qu'elle avait choisi de vivre. Elle s'était associée avec des confrères français dans un cabinet médical où il y a avait d'autres professions médicales que la sienne. Elle cohabitait avec une gynécologue, un ophtalmologiste et un dentiste. Elle, continuait de suivre les enfants. Sa bonne connaissance du Français avait décidé aussi de cette implantation-là, plutôt que Copenhague ou Dublin auxquels elle avait pensé en premier. Mais son anglais hésitant, le froid, l'avaient détournée de ce choix, pour lui préférer la douceur de vivre de ce coin de France.

Elle s'était dégotée un appartement sobre au tout début, au bord de la Charente. Elle avait de l'argent, voulait d'abord vivre seule et s'habituer à sa nouvelle existence. Pas d'homme, ou si peu, pas d'attaches. Je correspondais avec elle les premiers mois de son installation. Nous nous téléphonions régulièrement. Je respectais le temps de Francesca. Même si je mourrais d'envie de la voir. De l'avoir à nouveau.

Francesca avait fini par divorcer ; avait vendu à bon prix son appartement splendide. Était parvenue à ne pas se fâcher avec son père, malgré sa fuite. Lui vieillissait, appelait parfois sa fille. La culpabilisait d'être partie, lui reprochait de l'avoir abandonné. Mais Francesca ne cédait pas. Ses parents vinrent lui rendre visite au bout d'un an. Elle, n'avait toujours pas remis les pieds à Florence en trois ans. Ses autres amies se déplacèrent au tout début, puis la vie fit qu'elles se détournèrent lentement.

Federico avait disparu de la circulation, et je l'avais aperçu un soir, dans un restaurant, à ses bras une fille superbe, plus jeune, apparemment éprise. Et vraisemblablement enceinte.

Lui ne m'avait pas vue. Je préférais. L'histoire faisait partie du passé.

Je me rendais disponible quand Francesca me faisait signe. Non pas qu'il suffisait à cette dernière de claquer des doigts. Mais notre drôle de fonctionnement exigeait de ma part une disponibilité irrégulière mais fidèle envers mon amie. Je la savais exigeante, très indépendante, et souvent méditative. Moi, je demeurais agitée, dynamique, voyageuse. Et amoureuse de Davide et nos rencontres.

Je m'étais d'ailleurs lassée progressivement des rencontres purement sexuelles. Trop faciles avec les hommes, à qui je n'avais plus du tout envie de faire la conversation autour des sempiternelles mêmes questions. Trop compliquées parfois avec les femmes qui, pour la plupart, y mettaient des sentiments. Que je mettais rarement pour ma part.

Avec Davide, nous nous étions mis à fréquenter quelques clubs sélects, qui alimentaient notre côté voyeur. Davide était heureux avec moi, j'étais désirée devant lui par d'autres.
J'avais encore besoin, parfois, de ces rencontres nocturnes, tardives, qui excitaient mon goût pour la nouveauté et la rapidité.

Une jeune femme joyeuse, naturelle, était apparue sur mon chemin. Une drôle de créature, cash, que je fis rire sans difficulté tant elle m'inspira au premier regard. Jamais il ne fut question d'amour, ou de sentiments démesurés entre nous. Sophia était incontestablement belle, charnelle. La première fois que je la vis, je m'en souviens encore, elle surgit de derrière une cloison. Grande donc, des cheveux noirs ondulés, une allure incroyablement sexy sans l'air d'y toucher. Elle aussi, avais-je alors pensé. Une belle Italienne, aimant la vie, les rencontres, la fête. Je cherchais alors un nouvel appartement, moins grand que notre maison, de meilleur standing. J'en avais assez à l'époque d'entretenir une telle surface et d'y perdre un temps fou. Davide avait cherché des programmes neufs, et rien ne nous plaisait vraiment. Trop cher pour certains, voire inabordables, ou trop kitsch pour d'autres. Nous n'étions pas pressés alors. Notre fille avait grandi, vivait à 16 ans une adolescence assez décidée. Et puis, Davide tomba sur un très beau projet, un mélange d'ancien et de neuf. Les promoteurs avaient choisi de conserver des façades existantes, témoignages de la grande époque de Florence, pour y ajouter des étages ultra-modernes. C'est là, lors d'un show-room, que je fis la connaissance de Sophia. Ou plutôt qu'elle entra dans ma vie telle une bombe. Vive, souriante. Oui, tout souriait en elle et elle était pour ça magnifique à regarder.

Je me sentis immédiatement en confiance avec elle, et elle me confia plus tard la réciprocité de ce sentiment purement intuitif.

Elle parlait beaucoup, son métier dans l'immobilier voulait ça. Mais sa capacité d'écoute était bonne.

S'il avait fallu retenir un qualificatif, j'aurais dit d'elle qu'elle était irrésistible. D'ailleurs, je n'y résistai pas.

Cette rencontre-là fut pour moi aussi soudaine et surprenante que salvatrice et énergisante. Contrairement à Francesca, qui m'avait toujours fait penser à une héroïne d'Hitchcock, froide, complexe, souvent fermée, Sophia était elle bouillonnante. C'était sa nature, sa belle nature. Elle était même animale, se fiant à son instinct plus qu'à la réflexion torturée.

J'aimais toujours autant Francesca, et sans doute plus que jamais. Mais Sophia balayait les problèmes d'un regard espiègle, de son rire contagieux, de ses pommettes hautes et charmantes.

Davide, lui, observait le manège.

Autant ce fut hasardeux, poussif, long, contrariant avant de faire basculer Francesca, mais c'était aussi ce qui me plaisait avec elle, ou plus exactement ce qui m'avait plu, la difficulté, l'impossible, la résistance, autant ce fut fluide avec Sophia.

Elle me proposa un déjeuner, que j'acceptai. Elle me ressemblait dans sa liberté, mais elle l'était peut-être encore plus que moi puisqu'elle ne s'interrogeait pas comme moi sur son désir, et l'objet de son désir. La vie paraissait simple pour elle.

Elle avait envie, elle prenait, elle faisait, elle s'amusait, elle jouissait, elle parlait. Et surtout elle riait.
Quand j'allai la chercher dans son agence immobilière, elle était encore avec des clients. Qu'elle expédia gentiment mais fermement. M'embrassa sur les joues. Me dit:

— Ça vous ennuie si je change de chaussures, je n'en peux plus des escarpins.
Et devant moi, elle se déchaussa et enfila sa paire de baskets.
J'aurais aimé tomber amoureuse de cette femme, peut-être pour éloigner un peu Francesca de ma vie, de mes tourments.

Ce premier déjeuner fut absolument délicieux. Très joyeux. Elle se montra très intéressée, passionnée même par ma vie, mes choix, mes activités.

Cette fille-là n'avait peur de rien, ou cachait bien ses névroses.

Elle m'expliqua d'ailleurs un peu plus tard qu'elle considérait que c'était le minimum de l'élégance de ne pas emmerder les autres avec ses problèmes.

Le jour et la nuit avec Francesca.

A la fin du déjeuner, pour lequel je l'invitai, nous partîmes marcher un peu dans les rues de Florence. Elle travaillait beaucoup, mais étant à son compte , faisait un peu comme elle voulait.
Je lui proposai de monter en haut du Campanile, histoire d'admirer cette ville sublime. Elle accepta.
— Heureusement que j'aie enlevé mes escarpins !
Voilà, c'était aussi simple que ça.

Il n'y avait pas grand-monde. Il faisait froid, mais soleil. Peu de touristes en ce mardi après-midi. Arrivées en haut, la vue était sensationnelle. Nous nous tenions côte à côte en silence. Elle avait un peu froid.

Je fus celle qui déclencha le rapprochement, en me tournant vers elle.

— Vous tremblez ? Vous êtes frigorifiée. On va rentrer au chaud.

Elle me sourit, je lui frottai le bras pour faire circuler le sang. La réchauffer un peu. Elle n'était pas assez couverte. Je m'approchai d'elle, la collai contre la rambarde. Lui caressai la joue. Elle me sourit encore.

Nous nous rapprochâmes. Nos lèvres se collèrent. Nos langues se lièrent délicatement.

Ce fut absolument délicieux.

Elle me regarda fixement et assez longuement, me sourit encore, et m'embrassa à nouveau. Plus charnellement, avec plus d'autorité en fait.

— Vous aimez les femmes, Ilaria ?

— Et vous Sophia ?

Elle éclata de rire, se rendant compte de l'inutilité de sa question.

— Quel genre de personne êtes-vous ? Et quel genre de couple avec Davide ? Vous m'expliquerez ?

— Et vous, vous me direz tout sur vous ? Vous vivez avec un homme, vous n'avez pas d'enfant...

— Et je n'en veux pas !, l'interrompit Sophia.

— Oui, vous n'en voulez pas, vous me l'avez déjà dit. Donc, vous vivez avec un homme, et vous êtes là, avec moi, sur le toit de Florence, à m'embrasser. Ça n'est pas commun non plus !

— On se dira tout ! Venez chez moi un soir où je me débrouillerai pour être seule. Ok ?

Je lui pris le bras, le lui serra un peu. J'aimais le contact de sa peau, que je lui trouvai douce. Un instant, je pensai à celle de Francesca, à l'effet dévastateur que me faisait son épiderme.

Puis je chassai cette idée. Je n'allais quand même pas me polluer l'esprit avec un sentiment de culpabilité à l'égard de Francesca. C'était parfois le monde à l'envers dans mon esprit. Davide m'autorisait tous les plaisirs, et d'abord avec lui. Et seule je mettais des obstacles avec Francesca alors qu'elle se trouvait à plus de 1000 kilomètres !

L'histoire avec Sophia fut d'une facilité déconcertante.
— Vous me faites tellement rire. J'adore. Je vous adore.
A ses sms, je lui renvoyais :
— Mais peut-être prenez-vous un risque à m'adorer ?
Il ne lui fallait que quelques courtes minutes pour répondre :

— J'aime les risques. Chez moi, jeudi soir, 20h ?

— Ok, c'est parfait. Hâte.
— Super. La soirée n'est-elle pas risquée ?

— A votre avis ?

— Oui.

— Vous avez tout bon ! Vous êtes une excellente élève Sophia !

— Nous verrons bien...

Et le jeudi 20h arriva. Je m'en souviens encore aujourd'hui, j'ai aimé ce moment. J'ai aimé son accueil. J'ai aimé son appartement. Aussi chaleureux qu'elle. Très féminine, elle avait installé des bougies. Deux canapés. Du bois. Beaucoup de bois. Du parquet. Des poutres au plafond. De hautes fenêtres comme il y en avait souvent dans les appartements florentins. Un bar, lui aussi en bois. Une belle cuisine. Y mijotait un plat. De la musique s'échappait de son ordinateur. L'atmosphère qui régnait dans son refuge était à la fois paisible, tendre, chaude. Elle n'y vivait pas seule. Quelques photos sur les murs, sans doute son fiancé. Ses parents aussi. Un peu d'elle avec une copine. Et de très beaux tableaux, lumineux. Contemporains.

Cet intérieur me plut. Elle, me plaisait encore plus. Je me sentais en conquête, et conquise par cette belle brune.

— Vous aimez mon chez moi ? Je n'y passe pas trop de temps, mais quand j'y suis, j'y suis vraiment bien !

Et elle me prit la main pour me faire visiter. Je n'avais qu'une seule envie. Envie d'elle. J'oubliais parfois qu'avec les femmes, contrairement aux hommes, il fallait savoir prendre le temps. Ou plutôt faire semblant de prendre le temps. Ne pas se montrer trop animale. Trop vite.

— La cuisine, donc. Un petit plat que j'ai préparé pour vous. Là, la salle de bain. La chambre. Une autre chambre, pour mes copines ou la famille. Et par cet escalier en colimaçon, mon bureau avec une petite terrasse. Venez, suivez-moi.

— Vous savez que je ne vais pas vous l'acheter, votre appart' ! On dirait une visite immobilière !

Elle éclata de rire. Je la suivis dans l'escalier, mes yeux à hauteur de son cul rebondi. Je l'avoue, cette femme-là m'excitait. J'ignorais si si elle avait préparé son coup, si le coup de l'escalier était prémédité.

Arrivée en haut, dans son joli bureau, elle me demanda avec son sourire qui me faisait définitivement craqué :
— Vous avez aimé mon escalier ?
— J'adore les escaliers en colimaçon Sophia. Je trouve qu'il s'accorde parfaitement avec ce moment...

Moi aussi je souriais beaucoup avec elle. Je souriais parce que je savais ce que je faisais là, qu'elle le savait aussi puisque c'était elle qui m'avait invitée chez elle. Seules.

Celle-là, sa liberté, ses formes, son rire, m'attiraient. Elle, semblait avoir craqué pour ma liberté à moi. « Vous êtes drôle, très intelligente, charmante. Vous me faites craquer, Ilaria », m'avait-elle confié.

Elle s'approcha de moi, me fit asseoir sur le petit canapé de cette pièce étroite mais très cosy. Et m'embrassa avec une sensualité désarmante ! Mon corps bouillait pour elle, libéré des anciennes peurs. Elle était entreprenante, puissante dans son désir. La musique, la chaleur, les odeurs du plat montaient jusqu'à nous et nous étions bien.

Cette femme-là était une apparition ; elle était divine. Directe. Simple. Gaie.

Ce fut elle qui me fit l'amour, qui me guida ensuite, vers son plaisir. Elle avait un corps superbe, elle était voluptueusement entreprenante. Elle possédait un charisme affolant pendant l'amour.

Nous restâmes longtemps l'une contre l'autre après l'amour, nos jambes mêlées. Elle me caressait l'épaule du bout de ses ongles peints en rouge, je frôlais la courbe de ses hanches. Nous respections un certain silence. Elle savait y faire, pour profiter de ces moments rares. Elle me souriait souvent, m'embrassait délicatement.

La soirée fut parfaite. Nous mangeâmes son plat, en buvant un Chianti, puisqu'elle s'était souvenue que j'aimais le vin de notre région, un peu jeune, parfait.

Elle me proposa même de dormir avec elle si je ne voulais pas rentrer en pleine nuit, avec ce froid sibérien. Ce que j'acceptai.

Nous dormîmes admirablement bien. Elle se leva avant moi, je l'entendis prendre sa douche, se préparer. M'embrasser une nouvelle fois avec douceur. Et me dire:

— Dormez bien, petit chat, j'ai un rendez-vous. Je vous laisse la clé sur le bar, vous me la rendrez plus tard. On se fait signe dans la journée.

— Vous?

— Oui, vous. On va continuer de se vouvoyer. C'est plus classe. Et ça nous va bien. Je file. Vous m'appelez ?

J'entendis la porte claquer, le bruit de ses talons dans l'escalier. Puis plus rien. Je me rendormis une heure. C'était aussi simple et aussi bon que cela avec Sophia.

32

Il ne me fallut pas longtemps pour comprendre, ou tout du moins trouver une explication tordue à mon attirance pour Sophia. L'histoire me sauta aux yeux. Et me fit l'effet d'une petite bombe.

J'avais eu longuement au téléphone Francesca quelques semaines auparavant. Plus de deux heures. J'avais même ressenti comme un sifflement dans mon oreille gauche pendant une partie de la nuit après avoir accroché.

Nous avions d'abord parlé de tout et de rien, de sa vie à elle, de la mienne. Puis, comme d'habitude, de nous. Notre envie de nous voir.
Et j'avais posé avec insistance et une nouvelle fois une question qui revenait comme un rituel entre nous.

— Allez, dis-le moi maintenant qu'il y a prescription. Dis-moi, c'était quoi le cadeau d'anniversaire que tu as voulu m'offrir ?
— Quel cadeau ?
— Francesca, ne fais pas semblant ! Tu m'agaces quand tu fais ça. Le cadeau pour mon premier anniversaire avec toi. Je sais que ça fait des années. Tu n'as jamais voulu me dire.

— Ah, encore cette vieille histoire. Pas question ! Non, non, je te le dirai dans 20 ans. Je ne peux pas.

Cette histoire datait de notre première année d'amitié. Francesca m'avait acheté quelque chose, mais n'était jamais parvenue à me le donner. Toutes les excuses, tous les prétextes y étaient passés. Du Francesca tout craché !

— Ce n'est pas le bon moment.
— Demain, je te le donne demain.
— Non, je suis ridicule, je ne peux pas, c'est n'importe quoi.

— Ça ne se réclame pas, un cadeau.

Elle m'avait rendue folle avec cette histoire. Et j'avais fini par laisser tomber quand elle m'avait dit :
— Des anniversaires, il y en aura d'autres.
Net et sans appel.

Jamais pourtant durant notre histoire elle ne me souhaita mon anniversaire. Prétextant son absence de mémoire.

Voilà, des années, avec l'éloignement, ma question surgit à nouveau, et je la formulai avec plus de légèreté.
— C'est bon, avec tout ce qu'on s'est dit, ce qu'on s'est fait, tu peux me le dire, tu ne seras pas plus ridicule que moi

quand je te dis que je t'aime et que tu es la femme de ma vie !

Francesca rit alors à mon ton implorant. Et finit par me lâcher le secret :

— C'était un week-end à Sofia. Je t'en avais parlé, tu te souviens. Je voulais te montrer là d'où étaient originaires mes grands-parents maternels. J'avais acheté un voyage haut de gamme, réservé un très bel hôtel, bref tout organisé. Et puis, j'ai eu peur. Je ne sais pas bien, ça me semblait n'importe quoi.

J'avais été très émue par Francesca et un long silence s'était installé entre nous au téléphone.

— Tu es toujours là Ilaria ? On ira, je te le promets, on ira. Là ou ailleurs.

Je n'avais pas tout de suite répondu, échaudée par les promesses non tenues de mon amie.

Mais dès cet instant, je me mis à l'aimer encore davantage, à adorer son indécision permanente, à la désirer à distance. A tout lui pardonner. A la comprendre, dans ses doutes complexes, sa lenteur extrême. Je le décidai à ce moment-là. J'aimerais Francesca quoiqu'elle fasse. C'était ma décision, ma liberté. Je pouvais ne jamais la revoir.

Ce souvenir-là remontait à ma conscience, et je compris alors que Sophia, ma belle agent immobilière, était entrée dans ma vie parce qu'elle s'appelait comme la ville de la famille de Francesca. C'était aussi simple que cela et l'accroche s'était faite sur cette part d'inconscient et de rendez-vous manqué. Puisque Francesca ne m'avait pas emmené à Sofia, j'y étais allée seule ! Qu'elle ressemble physiquement à mon amie, grande, brune, cheveux longs, belle allure ajoutait au charme de la rencontre.

Voilà, je me retrouvais avec deux brunes dans ma vie, l'une à distance mais follement aimée, l'autre sur place et follement adorée.

Davide s'amusait de mes jeux saphiques. Jamais il ne fut inquiet de mon goût pour quelques rares et belles femmes. Peut-être, sans doute même parce que je raffolais toujours autant de lui, de son amour. Et qu'il estimait que j'avais finalement très bon goût.

Notre entente était quasi-parfaite, globale, sexuelle, affectueuse, affective, confiante, parentale, musicale, artistique, sportive. Nous étions parvenus à une véritable harmonie qui jamais ne tomba dans l'ennui, la routine, la répétition.

Quand je lui fis part, ainsi, de ma lassitude à rencontrer des hommes sans lui, il écouta. Comprit. Et m'interrogea très simplement.

— Tu as envie de quoi ? Le sais-tu au moins ?

Je le savais. J'avais envie d'être avec lui, j'avais envie de voir Francesca plus régulièrement et dans la simplicité. J'avais envie de rencontres purement physiques, avec des inconnus ou des inconnues, que je choisirais, moi. Dans des hôtels, des clubs selects.

Nous entrâmes alors dans un cycle de rencontres éphémères, parfois tarifées, surprenantes, des rencontres entre adultes qui avaient besoin de ces parenthèses pour faire face à leur quotidien. Ou pour s'amuser. Car j'avais toujours considéré que le sexe était un jeu.

Il y eut des hommes, quelques femmes, des corps, de jolis visages, des histoires échangées. Des anecdotes, des parcours de vie parfois sans intérêt à mes yeux, souvent déroutants.

C'est exactement ce que je désirais à cette période de ma vie. Je pris donc ce dont j'avais besoin et envie.

33

Trois ou quatre fois par an, je traversais l'Italie et la France pour rendre visite à Francesca. Francesca avait passé beaucoup de temps seule, avant de rencontrer un homme parfaitement à l'opposé de ceux qui l'avaient attiré auparavant. Un artiste, un DJ assez célèbre dans le petit monde de la nuit, sauvage, solitaire mais chaleureux. Très indépendant. Père d'un petit garçon de 6 ans, divorcé, et souvent à l'étranger pour son travail et ses sets. Ça allait très bien à Francesca qui, m'avait-elle confié dans l'un de ses grands moments de lucidité, avait trouvé en Michel des traits communs avec moi. Nous avions eu alors, ce devait être ma 5e ou 6e visite en France, cette drôle de conversation.

— Ça me plaît, il me fait souvent penser à toi. Il n'est pas dans les reproches, je fais ce que je veux, on ne se voit pas tout le temps, c'est un oiseau de nuit, on se croise. Et quand on est ensemble, c'est à la fois paisible et vertigineux pour moi. Mais si tu avais voulu...

— Francesca, je me souviens lui avoir répondu un peu agacée mais charmée, ne raconte pas n'importe quoi. Jamais tu n'as eu envie de vivre avec moi en tant que couple, et tu le sais très bien. Mais je suis heureuse pour toi que cet homme-là te complète, comprenne ton rythme. Fais juste attention à ne pas le laisser s'échapper quand même !

En fait, c'était faux. Francesca avait vraiment envisagé de partir avec moi. Le soir où elle était en crise. J'avais ri, l'avais immédiatement regretté, elle m'avait pardonnée, sans doute l'avais-je un peu blessée. C'est lors de ma première visite à Cognac que je lui confiai mes sentiments à son égard.

Elle habitait alors dans un joli appartement, pas très grand, sous les toits. Une jolie bâtisse typiquement charentaise, des pierres apparentes, une cheminée dans la pièce principale, une chambre assez grande, des baies vitrées larges qui donnaient sur le fleuve. Son goût pour les canapés confortables dans lesquelles on se perdait ne l'avait pas lâchée.

Pour mon premier séjour chez elle après ces événements passés quelques mois en arrière, j'ignorais ses intentions. Si même elle en avait. Quand j'étais arrivée chez elle après près de 1000 km de route, d'Est en Ouest, je me souvins de mon état de fatigue physique. J'avais mal partout, surtout au dos. Envie d'un bain. Pourquoi avais-je toujours envie de prendre un bain quand j'étais à son contact et quand je la retrouvais ? A une cinquantaine de kilomètres de chez elle, c'est d'ailleurs ce que je lui envoyai comme sms :

— Francesca, je suis crevée par la route. Tu veux bien me préparer un bain pour quand j'arrive ? Bisous

Elle ne tarda pas à me répondre, toujours dans sa posture faussement distante.

— OK. Ça y est, tu commences à me donner des ordres ! Ça ira pour cette fois ! Bisous aussi.

Ce furent nos retrouvailles. Sur le trottoir. Elle m'attendait à la fenêtre, et descendit dès que je me garai. Nous nous embrassâmes, nous prenant la main. Je pris mon sac, et montai avec elle. Le bain était prêt. Deux verres étaient posés sur sa table de salon, une bouteille de Saint-Emilion ouverte.

— Par où commencer ?

— Fais-moi visiter ! Tu es bien ici. Ça a l'air calme. Oh, je reconnais quelques bibelots de Florence. Ça, c'est moi qui te l'ai offert, je reconnais la photo. Je l'avais achetée à New-York, cette photo. A côté de cette boutique, il y avait un magasin qui ne vendait que des casquettes. J'en avais pris 3 ou 4, je ne sais plus.

Je n'arrêtais pas de parler. Probablement un peu nerveuse de la retrouver. Je m'interrogeais : avait-elle beaucoup changé ? Allait-elle me présenter quelqu'un ? Je décidai de stopper toute réflexion et de me laisser aller. Cinq mois s'étaient écoulés depuis son départ soudain de Florence.

— Tu aimes le bordeaux, n'est-ce pas Ilaria ? Goûte celui-ci. C'est l'avantage de vivre en France, et notamment dans cette région. Ils ont du super vin. Tu l'aimes ?

C'est vrai que ce vin était vraiment très bon. Chaud. Je le sentais glisser dans mon corps. Un plaisir. Exactement ce qu'il nous fallait pour nous calmer toutes les deux.

Nous vidâmes rapidement un premier verre. Francesca nous resservit, tandis qu'elle me racontait sa vie en France, sa routine qu'elle avait recréée, ses quelques rencontres avec des hommes sans importance pour elle. Elle me posait des questions, et je trouvais qu'elle balançait entre deux attitudes. Comme à son habitude.

Et comme à mon habitude, c'était à moi de choisir le bon côté.

— Ilaria, vas prendre le bain que je t'ai préparé, il va refroidir. Je prends ton sac. Je t'ai préparé une serviette. Je t'attends.

— Merci Francesca. Ça va me faire du bien. Je reviens.

Je ne fermai pas totalement la porte de la salle de bain. Je ne savais pas si Francesca me rejoindrait. Je ne savais pas si j'en avais envie en fait. Les questions revenaient et je m'agaçais moi-même.

Je me glissai dans la baignoire, remis un peu d'eau brûlante.

Le contact de la chaleur fit instantanément du bien à mes muscles, et je commençai à me détendre.

— Je peux entrer ?
— Viens, je suis dans l'eau. C'est bon, tu peux pas savoir, après cette route.

Francesca s'assit au bord de la baignoire. J'étais nue, elle ne semblait pas gênée. Elle avait changé, ou parvenait à avoir moins peur.

— Tu as beaucoup de travail en ce moment ? Et Davide ? Et Deva ? Donne-moi un peu de leurs nouvelles.

Nous papotâmes comme deux simples amies, même si le bout de ses doigts glissaient sur l'eau, effleurant parfois mon bras, mon épaule, et même le côté de mon corps.

— Remets encore de l'eau chaude, Ilaria. Tu vas attraper un rhume sinon.

— Fais-le toi. Pour moi, lui ordonnais-je.

L'eau coulait, elle me regardait avec une intensité à laquelle je ne m'étais pas attendue. Je fermais un peu les yeux, avant de lui prendre la main qu'elle avait posé sur le bord de la baignoire.

— Je suis bien, contente d'être arrivée. Très heureuse d'être avec toi quelques jours, Francesca. Merci.

— Merci de quoi ? C'est plutôt à moi de te remercier ! Ne t'endors pas, hein !

— Non, je vais même sortir. Je vais finir par ressembler à la femme de l'Atlandide !

Je me changeai, trouvai mon sac dans sa chambre. Me remaquillai légèrement. Et la rejoignais dans son salon. Sur son canapé. Elle avait mis un peu de musique, car elle savait que j'aimais cela. Je trouvai cela délicat. Ca lui ressemblait finalement si peu.

Je m'assis à côté d'elle, et entamai mon deuxième verre.

— Allez, raconte-moi un peu tes artistes, tes rencontres ! Est-ce que tu mènes toujours cette vie un peu bizarre ?

Je ris franchement, et me mis à lui parler de mes aventures artistiques et humaines. Je savais raconter, elle aimait ma façon de faire. Elle riait beaucoup, son visage était ouvert. Elle posait des questions, cherchait parfois à me pousser dans mes retranchements, lançant un ce n'est quand même pas ordinaire de vivre comme ça mais bon puisque ça te plaît. Elle me provoquait un peu, évoquant ici ou là ses hommes de rencontres, ou ses hommes réguliers. Je faisais de même, tentant par je ne sais quel jeu à dresser un fossé entre nous, sans doute pour mieux nous rapprocher ensuite. Au troisième verre, nous étions un peu ivres l'une et l'autre. Nous commencions un peu à chahuter, à rire beaucoup de ces rencontres et de ces types qu'elle ramenait parfois chez elle. A les comparer avec mes rencontres à moi. Soudain, je me tournai vers elle, alors qu'elle était assise à ma gauche sur son sofa gris. Il n'était pas si tard, je commençais à avoir un peu faim. Francesca oubliait souvent ce genre de choses. Elle était le style de femmes à passer une journée sans manger et sans boire, comme si son corps et son cerveau étaient deux entités indépendantes.

Je me rapprochai d'elle, lui pris les deux poignets, et la couchais avec autorité sur les coussins. J'étais au-dessus d'elle, lui maintenant fermement les mains. Puis nos doigts s'étaient croisés, ses yeux ne quittaient pas les miens.

— Alors, c'est comme ça qu'ils font, dis-moi ? Tu aimes être dominée, n'est-ce pas ? Tu aimes que je te domine, hein?

Elle ne me répondait pas, mais me fixait. Je vis tout, dans cet échange de regard. Du désir, du défi, de la soumission. Je vis, vas-y si tu oses, mais ose ose, pourquoi tu n'oses pas, tu sais que j'en crève, tu sais que je ne peux pas, que je ne veux que ça. Je vis aussi je ne veux pas être une lesbienne, je ne suis pas une lesbienne, je ne suis pas bizarre, je suis belle et les hommes me désirent. Je vis encore, Ilaria, Ilaria tu es là tu es tout pour moi mais je ne sais pas vivre heureuse, je ne sais pas, décide, toi pour moi, pour nous, Ilaria, Ilaria s'il te plaît, décide à ma place, je ne saurai jamais.

Il y eut dans ces quelques secondes tout cela. Et bien plus encore. Et dans mon esprit à moi, une tempête furieuse, rapide. Je ne me souviens pas avec précision si j'ai analysé la situation. Je ne crois pas en fait. Je crois plutôt avoir totalement, entièrement, globalement ressenti la situation. Elle, moi, moi au-dessus d'elle, une envie de l'embrasser, de la frapper, de hurler, une envie de brutalité, une envie de la brutaliser. Je lui en voulais presque de me faire ressentir cet état de quasi-chaos qui ne dura en moi que l'espace d'un court instant. Sa peau me rendait folle, j'étais droguée à elle. J'étais comme une toxico qui replongeait après des mois d'abstinence.

A cet instant précis, j'eus peur de moi et ce que faisait remonter Francesca. Elle, continuait de me regarder.

Le téléphone sonna. Son portable. La sonnerie eut l'effet de nous ramener à la réalité.
— Attends, laisse-moi voir qui c'est. C'est la sonnerie pro.
Je la lâchai, et la laissai répondre. C'était une maman d'une de ses petites patientes dont la fièvre était subitement montée à 40.

Je me couchais sur le côté du canapé, en attendant que Francesca eut fini de dispenser quelques conseils. J'écoutais sa voix. Je la trouvais calme, rassurante. Elle était restée la même, professionnelle, disponible pour les enfants. Et leurs parents. Même quand ils appelaient tard.

— Excuse-moi, je devais répondre.

Et elle se tourna vers moi avec lenteur. Comme au ralenti. Nous étions face à face. Je lui caressai les cheveux, la joue, avec délicatesse. Ma pulsion de violence s'était enfuie. Je ne sais si c'était mieux. Mon envie d'elle s'était en même temps évaporée. Nous continuions de nous regarder, de nous sourire.

— Francesca, laisse-moi te dire. Je ne suis pas venue pour ça. Le ça. Mais il faut que je te dise quelque chose. Je ne peux pas le garder. Ça ne serait pas honnête entre nous.

— Tu es bien sérieuse tout à coup, Ilaria. Je t'écoute. J'ai l'habitude de t'écouter ! Tu me dis tellement de choses !

— Tu te souviens, quand tu étais à l'hôtel, avant de quitter Florence pour Cognac ? Enfin, je ne savais pas que tu avais choisi la France. Un soir, je crois me souvenir que c'est le dernier avant que tu partes, tu m'as proposé de venir avec toi. Et comme une imbécile, j'ai ri.

— Je m'en souviens. Ce n'était pas le dernier soir. Mais c'est un détail.

C'était n'importe quoi, ce que je disais, j'étais paumée.

— J'ai ri Francesca, pour ne pas te répondre oui je viens avec toi. Tu n'imagines pas comme j'en ai eu envie à ce

311

moment précis. Pourtant, je n'avais rien à fuir. Je suis bien dans ma vie, formidablement même, Davide, je l'aime. Mais j'ai eu envie, enfin c'est une vraie folie, j'ai eu envie de tout quitter pour partir avec toi. Comme dans un film. Comme un moment de cinéma. J'y ai pensé pendant des jours. Des semaines même. Et si j'étais partie avec elle, quelle aurait été ma vie ? Je ne sais pas, je n'en ai pas eu le courage, enfin, je ne sais pas s'il s'agit de courage en fait. Je ne suis pas assez dingue, je ne suis pas dingue du tout d'ailleurs. Fêlée, probablement, mais pas dingue ! Alors, ce que j'ai fait après ton départ, pour calmer tout ça et ne pas te rejoindre sur un coup de tête, j'ai écrit cette histoire en un mois. J'ai écrit l'histoire d'une femme heureuse qui quitte tout, son mari qu'elle aime et dont elle est amoureuse, sa fille, sa ville, son travail, pour rejoindre une femme qu'elle aime et dont elle est amoureuse. J'ai osé le chaos, mais sur papier. Et j'ai fait exploser l'histoire de ces deux femmes. Je les ai fait échouer. Je les ai fait se planter. Pour ne pas avoir de regret. Et pour que mon envie de venir te voir, sur un coup de tête, ne me reprenne. J'ai mis fin en quelque sorte à notre histoire d'avant. Pour en commencer une autre. Avec toi. Peut-être que ça commence aujourd'hui.

Le silence se fit. A son tour, elle me calmait en me caressant les cheveux, mon visage.

— Ce n'est pas si simple, Francesca, cette histoire. Je veux dire notre histoire. Ce n'est pas si simple pour moi. Je fais avec, je vibre, je te parle, je te raconte, je te surprends. Je te fais croire que tout va bien ; mais c'est faux ! J'en ai parfois mal dans la poitrine, en fait non, c'est dans le ventre que ça me fait mal. C'est tellement fort, tellement bon qu'à un moment, ça me fait presque mal. Quand je pense à toi, quand je suis vraiment concentrée sur toi, j'arrive à faire monter cette sensation hallucinante. C'est comme un produit qui se répand dans tout mon corps et qui me soulage, me transporte. Je prends ma dose de toi et je continue ma vie. Je suis addict à toi. Ne m'enlève pas ça, s'il te plaît. Laisse-moi t'aimer, à ma façon que tu trouves bizarre parfois. Je ne comprends pas toujours ce que c'est que cette histoire. Sans cette histoire, je suis comme diminuée. Bancale. Enfin je crois. Tu sais, c'est comme si je ne me souvenais pas de la façon dont je vivais avant que tu entres dans ma vie. J'ai besoin de toi, j'en suis sûre. Reste dans ma vie, Francesca.

Elle me serra dans ses bras et je me mis à pleurer. Plutôt, des larmes coulaient presque malgré moi. Ce n'étaient pas des sanglots, c'était de la pure émotion, un mélange de bonheur et de tristesse trop intense pour être calfeutré à l'intérieur.

— Mais tu sais ce qui me fait pleurer, Francesca ? Ce n'est pas de ne pas l'avoir fait, ce n'est pas le regret. C'est d'avoir dans ma vie et Davide et toi. C'est parfois trop fort. Je ne devrais peut-être pas te dire ça, mais si tu savais comme j'aime ce mec. Et comme je t'aime. Parfois, je n'y comprends plus rien. On n'a pas été élevé comme ça. Une femme, ça aime un homme, et basta ! Et moi, là-dedans, je me débrouille comment ? Y a pas de livres là-dessus, de notice qui te dit, alors voilà, avec ton homme, tu fais comme ça, avec ta nana, tu fais comme ci !

Elle sourit, puis éclata de rire, en inversant nos positions. Elle au- dessus, moi en-dessous.
— Heureusement que tu n'as pas tout quitté pour moi ! Je suis invivable. Égoïste, égocentrique, désorganisée, solitaire. Je t'aurais rendue malheureuse ! Tu le sais pourtant à quel point je suis chiante. Tu me l'as assez répété. Davide t'aime, tu l'aimes, ça crève les yeux. Et il y a nous. C'est pas normal cette histoire, mais j'ai fini par accepter ce que tu me fais faire.

Elle était adorable de me dire ça. Je me relevais, je ne devais pas être belle à voir, les yeux rougis, le nez qui coulait. Je reniflais, un peu. Et ris à mon tour. J'étais libérée. Un peu. Je fis un détour par la salle de bain. Elle, était toujours assise sur le canapé.

Je fis chauffer une casserole d'eau, préparait une sauce tomate, nous resservit un verre. Elle se laissait faire, comme si elle n'était pas chez elle. Ou comme si son chez elle était chez moi. Comme si j'étais chez moi. Elle aimait définitivement que je m'occupe de tout, que je m'occupe d'elle. Elle ne se comportait pas en princesse capricieuse. Il s'agissait d'autre chose dans son attitude. Comme une réparation d'une vieille chose, une relation à ses parents, à sa mère surtout.

Mais ce n'était pas le moment de penser à tout ça. Nous mangeâmes, presque en silence, non parce qu'il y avait une gêne mais parce que nous étions fatiguées toutes les deux.

La nuit fut bonne, longue. Réparatrice. Le week-end agréable. Il y eut cependant beaucoup de tendresse, de sensualité, de regards intenses, profonds, des rires, des mains caressées. Ça m'allait très bien aussi. Une fois, en pleine nuit, alors que je me réveillais et l'observais, je me mis à la caresser. Je l'entendis gémir, souffler, prendre du plaisir de ma main, de mes doigts. Elle n'ouvrit pas les yeux. Ce fut tout. Ce fut bien. Nous n'en parlâmes jamais.

34

J'avais fait la connaissance du fameux Michel lors d'une de mes visites à Francesca. Notre rencontre s'était passée de façon assez naturelle. Francesca avait préparé le terrain. Inquiète. Nerveuse. Des réminiscences de Federico l'incitaient à en dire le moins possible.

Ce qu'elle n'avait pas prévu, c'est l'entente de son nouvel homme avec moi. Je l'avais apprécié immédiatement.
Nous fonctionnions d'une manière similaire. Nous avions une même appétence pour la nuit, la musique, la création, l'imaginaire, qui continuaient de susciter chez Francesca et Davide de la fascination et de l'admiration.

Michel avait acheté avec ses gros cachets une maison typiquement charentaise, massue, pierres apparentes. Il avait installé Francesca dans une partie de la bâtisse, lui offrant l'indépendance et le silence dont elle avait souvent besoin.

J'avais d'ailleurs conseillé à Francesca de se montrer elle-même avec Michel. Si elle s'était libérée, si elle avait réalisé un gros travail sur elle-même, elle gardait encore de vieux réflexes qu'elle apprenait progressivement à corriger.

— Tu veux être seule, dis-le lui, gentiment mais dis-le lui. Tu as envie d'être avec lui, pareil. Tu rêves de le rejoindre quelque part dans le monde, fonce. Arrête de vivre dans la frustration ou dans le fantasme. Tu as tout à y gagner. Après tout ce chemin...

Et Francesca avait fini par avouer à son amant les sentiments particuliers que nous avions développés. Il avait entendu, compris. Elle n'avait pas tout détaillé. N'avait pas osé. Lui dire que nous avions fait l'amour. Lui raconter tout cet amour, d'abord interdit pour elle, un peu forcé par moi. Lui, avait deviné. Et ça l'avait plutôt amusé. Il avait cependant prévenu Francesca de ne pas jouer avec lui.
— Ton amie, je l'aime vraiment bien, lui avait-il dit après une de mes visites à Cognac. Mais ne me raconte pas d'histoires, Francesca. Je crois beaucoup à la liberté, et nous sommes des adultes. Je te demande d'être honnête avec moi. C'est tout. Si tu crois m'aimer, si tu m'aimes vraiment, pas de souci. Mais ne fais pas semblant avec moi. Ne me raconte pas d'histoires. Jamais.

Francesca avait apprécié.

C'était l'une des premières fois où elle dégustait enfin sa vie. Michel, son fils qu'elle avait appris à aimer, moi, son travail.

Davide vint à son tour, m'accompagnant en Charente. Il avait d'abord été réticent. Un peu agressif même, ce qui ne lui ressemblait pas trop.

— Si le nouveau est comme le précédent, ce sera sans moi. J'ai autre chose à faire. Et puis, Francesca a envie de te voir toi, d'être seule avec toi.

J'étais parvenue à le convaincre non pas du contraire sur le désir de mon amie, car il avait raison, mais sur la sympathie que m'inspirait Michel et sur le calme nouveau de Francesca.

Ils nous logèrent dans la maison, en nous donnant à chacun une chambre. Michel avait sa propre chambre et considérait que ses invités devaient profiter du même privilège. La maison en comptait six. Les deux hommes firent connaissance, et leurs caractères respectifs, certes différents mais ouverts et libres firent qu'ils ne s'opposèrent pas comme deux chefs de meute. Ils parlèrent même à demi-mots de leurs femmes.

Davide me rapporta plus tard leur conversation.
— Dis-moi, Davide, ça ne te pose pas de problème que nos nanas ne pensent qu'à une chose, quand elles sont ensemble?
— Quoi ? Coucher ensemble ? La mienne y pense sans

doute, la tienne, Michel, tu en es certain ? Moi, de mon côté, je n'ai aucun souci avec ça. Et ça fait un moment que ça dure, cette histoire- là !

— Oui, la mienne aussi y pense, je le vois dans la façon dont elle regarde Ilaria. Elle se croit discrète, en plus ! Ça m'amuse, de l'observer ! C'est une petite fille, Francesca, qui a peur de son papa.

Davide n'était pas particulièrement à l'aise dans les discussions de mecs, mais il appréciait Michel. Qui le lui rendait.

Francesca était aux anges, moi également. Si nous ne disions mot de notre désir, il était toujours présent.

Nous n'en parlâmes qu'une seule et unique fois. Comme d'habitude, ce fut moi qui mis le sujet sur le tapis, après que Francesca ait cru malin de me provoquer. En venant un après-midi où je lisais tranquillement dans l'un des canapés du salon, elle vint s'asseoir à côté de moi. Ou plutôt contre moi.

— Tu lis mon bébé ? Ça a l'air bien.

— Mon bébé ? Tu m'appelles mon bébé maintenant ?

Le contact de sa peau avec la mienne me fit un nouvel électrochoc et je saisis sa main. Elle baissa le regard, puis le visage, que je lui relevai lentement de ma main. Avant de l'embrasser délicatement, sa joue, le coin de ses lèvres. Comme elle aimait avec moi.

— Arrête de me provoquer Francesca, je ne vais pas pouvoir te résister et Michel ne va pas aimer ça du tout.

J'avais le cœur qui battait fort, le sexe en feu. J'avais envie d'elle. Et je sentais, je voyais la réciprocité.

Il me fallut ce jour-là une volonté féroce pour ne pas la monter dans sa chambre ou dans la mienne et l'aimer. Encore aujourd'hui, finalement, je le regrette. Michel était assez libre, compréhensif, et rien alors ne nous aurait obligées à le lui dire. Je croyais avoir depuis longtemps dépassé les questions de morale bourgeoise ou chrétienne. Mais elles revenaient à intervalles réguliers me freiner dans mes élans.

Ce soir-là, notre excitation à l'une comme à l'autre n'avait pas diminué. Nos deux hommes en profitèrent. D'ailleurs, pour en avoir discuté un soir où nous avions un peu bu avec Francesca, elle et Michel faisaient très bien l'amour quand nous étions là avec Davide. Et Davide et moi étions très chauds l'un avec l'autre quand nous allions en Charente.

Un mauvais roman aurait voulu que nos deux couples se retrouvent une nuit plus alcoolisée qu'une autre et tentent une expérience à quatre. Sans doute chacun des couples y pensa. Michel était trop lunaire pour ça, et très amoureux de Francesca pour risquer de la choquer.

Il avait, au cours de ses nombreux voyages, tenté et testé beaucoup. Des produits interdits, des filles éprises de sa célébrité, quelques orgies qui l'avaient un peu écœuré. Il avait réalisé comme tout artiste qui se respecte une retraite en Inde. En était revenu chamboulé, calmé, changé.

Il avait rencontré sa première femme, une attachée de presse ambitieuse, était devenu père, avait largué cette femme jalouse et épuisante, et s'était installé dans la campagne charentaise. Avant de rencontrer Francesca qui lui foutait une paix royale, mais qu'il s'était mis à aimer. Pas seulement parce que Francesca était vraiment belle. Aussi parce qu'elle était spéciale et, comme j'avais expliqué un soir à Michel, Francesca était une femme en devenir, pleine de promesses. Il avait ri de ma formule, mais avait compris ce que je voulais dire.

Il s'était persuadé que leur équilibre était fragile, et que cette femme-là pouvait à tout moment disparaître de sa vie.

35

Je commençais à y voir un peu plus clair dans les affaires de Francesca. J'avais trié ses armoires, ses vêtements, décidé d'en garder finalement assez peu, juste ce qui me semblait être le plus elle. Un chemisier blanc qui me rappelait notre premier déjeuner. Sa chemise en jean. Celle-là, je l'avais appelée la chemise du dimanche. Jamais elle ne la portait quand elle travaillait. Et pourtant, je la trouvais divinement belle, attirante, dans cette chemise. Elle le savait, je le lui avais dit. Et parfois, quand elle avait décidé de me faire plaisir, elle la mettait. J'étais aux anges alors. Un peu ridicule, sans doute.

Je gardais un pull que nous avions acheté ensemble quelque 10 ans auparavant ; un autre, blanc, enfin, beige selon la lumière, qui était pourtant élimé mais que j'adorais et qui sentait elle.
Il y avait aussi ses tableaux, que je décidais de conserver en attendant. En attendant quoi, je l'ignorais. Mais elle avait apporté tellement de soin à la déco de son nouvel appartement que je ne me sentais pas le courage de jeter, ni même de donner. Je retrouvais aussi dans ses affaires, un peu partout, des choses à moi. Ou plus exactement des objets que

je lui avais offerts, ou prêtés. Et qu'elle ne m'avait jamais rendus. Volontairement, pour que même absente, éloignée, un peu fâchée, je sois là. Presque invisible. Sans qu'elle ne me le dise. Sans que je le sache.

Des livres, quelques vieux DVD et CD, des adresses de bars d'hôtels où nous étions allées ensemble. Et même, assez bizarrement, la note du premier hôtel à Manarola, notre première fois, notre première vraie nuit toutes les deux. Je découvrais une Francesca sentimentale.

J'avais beaucoup hésité quand j'étais tombée sur de vieilles photos d'elle avec Federico. Ça m'avait pris plusieurs jours avant de tout mettre dans une boîte. Et de la ranger chez moi. Je verrai plus tard. Ca aussi.

Elle était rentrée de Charente quatre ans auparavant. N'était pas vraiment séparée de Michel. Il venait de temps en temps lui rendre visite. Lui voyageait toujours autant pour sa musique. Il s'était installé en Californie, maintenant que son fils était presque majeur. Il avait tout vendu de la Charente.

C'est aussi le moment où Francesca, qui venait de fêter ses 51 ans, avait décidé de revenir chez elle. Elle me l'avait annoncé ainsi :

— C'est moi. Je rentre. Bises

J'avais trouvé son message vocal en rentrant d'un séjour en Suède. J'y avais passé quelques jours de repos après une petite opération. Rien de sérieux, mais j'avais alors senti qu'il me fallait souffler. Ma galerie marchait bien, j'écrivais beaucoup. Davide allait souvent en France, ou en Argentine, pour suivre des séminaires de psychanalyse. Et Deva poursuivait ses études de design au Canada. On passait un temps fou dans les avions. J'en étais heureuse, j'adorais ça ! J'avais toujours adoré les aéroports.

En rentrant de Scandinavie, c'est d'ailleurs dans un aéroport que j'avais écouté le message de Francesca. Évidemment, je l'avais rappelée immédiatement. Évidemment, j'étais tombée sur sa messagerie. Évidemment, je lui avais écris un sms.

Évidemment, elle n'y avait pas répondu. Ça donnait à peu près ça :

— Francesca, c'est moi. Je viens d'entendre ton message. Tu rentres. Mais tu rentres où ? Et quand. Et pourquoi ? Rappelle-moi !
Puis des sms :
— Hello, Francesca, que se passe-t-il ? Bisous.

— Francesca, j'aimerais comprendre ce qui se passe !

Je n'eus pas de nouvelles de Francesca pendant plusieurs jours. Puis, un simple coup de fil m'avertit qu'elle était de retour à Florence.

— Ilaria, je suis là.

— Mais où, là ?

— Ben à Florence. Voilà, je suis revenue.

— Mais tu es où exactement ?

— A l'hôtel. Je suis retournée au même, celui du départ. Je voulais voir ce que ça me fait. Ça ne me fait rien !

— Je comprends rien à ce que tu racontes. On peut se voir pour que tu m'expliques ?

L'histoire était simple. Francesca et Michel avaient décidé d'un commun accord de prendre des routes différentes. Après leur longue escale ensemble, ils avaient commencé à s'ennuyer. Lui avait besoin à nouveau de voyager, de faire des rencontres, pour nourrir sa création. Elle, même si elle s'était complue dans le rôle de l'absente, voulait reprendre sa vie là où elle l'avait laissée, à Florence.

Tranquillement, elle avait fait ses bagages, comme elle les avait défaits quelques années auparavant. Elle avait beaucoup aimé Michel, elle s'était reposée, elle rentrait comme apaisée. Tous deux avaient choisi de repartir chacun de son côté, et Michel prévoyait de faire escale plusieurs fois dans l'année à Florence pour rendre visite à Francesca.

Elle en était d'accord.

Elle avait pris sa voiture, avait traversé la France, passé la frontière, s'était arrêtée pour la nuit à San Remo. Était allée au casino, avait ramené un homme dans sa chambre, se l'était tapé, n'avait éprouvé aucun plaisir, l'avait viré à 2 heures du matin. Avait dormi quelques heures. Et avait roulé jusqu'à Florence.

Elle avait contacté toutes ses connaissances, et un de ses anciens collègues, qui était aussi accessoirement un de ses anciens amants, lui avait proposé d'abord des remplacements dans son cabinet. Ce toubib voulait partir pour plusieurs mois réaliser un tour du monde à la voile. Il cherchait depuis pas mal de semaines quelqu'un de confiance pour le remplacer. Francesca était comme tombée du ciel.

Nos retrouvailles s'étaient déroulées à l'hôtel même où elle avait opéré une rupture radicale dans sa vie, quand elle avait tout quitté, la ville, Federico, son travail, un peu moi aussi, ses habitudes.
Je n'avais pas voulu monter dans sa chambre. Je l'avais attendue au bar. Je ne l'avais pas vue depuis plusieurs mois.

Notre étreinte avait été alors amicale, puis intense quand je l'avais embrassée plus que ne l'aurait fait une simple amie. Elle s'était assise à côté de moi sur un tabouret haut, et je me souviens lui avoir caressé les cheveux, pris la main. Nous nous étions à nouveau enlacées, devant quelques clients médusés par cette scène.

Je ne l'avais pas vue depuis des mois. Ou plutôt je ne l'avais pas vraiment regardée depuis tant et tant de temps. Je la trouvais toujours aussi belle, elle avait quelques jolies rides que je n'avais pas remarquées auparavant, elle semblait plus mince de visage, mais elle avait un peu pris des hanches et des cuisses. Ça lui allait bien. De mon point de vue, tout lui allait bien. Encore aujourd'hui. Je retrouvai mes sensations des premiers jours, des premiers rendez-vous, des années après notre rencontre. Combien ? Dix ans étaient passés. Un peu plus, même. J'adorais toujours autant son odeur. Et je ne pus d'ailleurs m'empêcher de le lui dire.

— Que tu sens bon. Je crois que ce qui m'a le plus manqué, c'est ton odeur. Je suis si heureuse que tu sois là. Raconte-moi.

— Ça s'est décidé vite. Je ne sais pas trop pourquoi, mais j'ai eu envie de revenir. Comme un appel auquel je n'ai pas pu résister. Mes parents vieillissent, j'ai envie de revoir des gens.

— C'est tout ?

Elle éclata d'ailleurs de rire.

— Que tu es bête! Je suis aussi revenue pour toi ! Tu me manquais trop ! Et pour Davide aussi ! Ma vie est ici ! Je suis contente. Je veux faire les choses pour moi. Tant pis si ça semble égoïste.

— Tu veux dire, tant pis si ça me semble égoïste ?

— Oui. Je ne peux plus faire en fonction des autres. Je ne sais pas si j'y arriverai dans cette vie, mais je veux essayer.

— Et tu vas habiter où ?

— Je n'ai pas encore choisi. Pas du tout réfléchi d'ailleurs. Je vais d'abord faire une petite visite à tout le monde.

— Viens dîner avec nous, on te montrera notre nouvel appartement. Je suis certaine qu'il te plaira.

Nous étions deux amies, seulement deux amies ce jour-là. Je ne voulais pas la brusquer. Et puis, je ne parvenais pas à analyser ce que signifierait le retour de Francesca dans notre vie, dans ma vie, dans mon quotidien. Moi aussi, j'avais trouvé un équilibre, entre les coups de fil, une ou deux fois par mois, pas plus, les mails, très peu, et les visites deux ou trois fois dans l'année. Je craignais que mes vieux démons à son égard ne reviennent me polluer. J'avais changé, j'étais plus mûre, moins impulsive, moins inquiète, et surtout, surtout, je n'étais plus en état de dépendance ni même d'attente. Pourtant, je sentais intuitivement que le risque de retomber en dépendance n'était pas si éloigné. Je n'étais pas toujours fixée. C'était ainsi.

Nous fixâmes la date de notre dîner, quelques jours plus tard. Elle voulait du temps pour elle d'abord, faire le tour de sa famille, de ses copines et copains. Et je trouvais ça normal. Je savais qu'elle reviendrait vers moi, une fois sa tournée terminée. Comme toujours, elle reviendrait vers moi. Je ne devais ni ne voulais la brusquer ou lui montrer mon impatience.

Ce soir-là, alors que nous avions un peu bu pour fêter ce moment, je la raccompagnai dans sa chambre. Nous prîmes l'ascenseur, et elle ne put s'empêcher, comme un vieux réflexe, de me lancer :
— Ne te sens pas obligée de me raccompagner, je suis une grande fille, tu sais.

— Je ne me sens jamais obligée, Francesca, de faire quoi que soit. A part ma déclaration d'impôts ! Tu devrais le savoir !

Elle sourit. Les portes de l'ascenseur s'ouvrirent. Je la suivais, elle s'arrêta devant sa chambre, en cherchant sa carte, qu'elle fit pénétrer dans la fente. La porte s'entrouvrit. Elle dit alors :
— Eh bien, bonsoir.

Je la refermais presque violemment, et sur le palier, dans le couloir désert, je la plaquais contre la porte, en la fixant avec intensité. Je la sentais fondre contre moi.

— Tu as trop bu.

— C'est vrai. Et alors ? Je suis parfaitement lucide.

J'étais la force, à ce moment-là, j'étais celle qui voulais pour deux, et elle l'acceptait. Une nouvelle fois elle l'acceptait. Je lui pris la tête entre mes deux mains, je l'embrassais d'abord sur la joue, elle disait « Je ne sais pas ce que je fais là » et mes lèvres continuaient leur chemin vers les siennes. Elles se rencontrèrent, sa bouche avaient un goût sucré, j'aimais toujours autant ses lèvres. Je n'embrassais que ses lèvres.

Je m'écartais d'elle, sans la lâcher du regard. Repris sa carte, lui ouvrant la porte et lui ingérant :

— Et maintenant, rentre, repose-toi, fais ce que tu as à faire. Je t'attends chez nous la semaine prochaine. Ok ? Bonne nuit.

— Attends, attends Ilaria. Je ne peux pas, je ne peux plus me laisser embarquer là-dedans. Je ne peux pas. Je suis désolée.

— Je le sais, je le vois, je le sens. Moi non plus. Je voulais

savoir. Maintenant je sais. C'était un baiser de bienvenue.
De welcome back home. Ça n'arrivera plus. File.

Je la laissai plantée là. Sa porte claqua ; je partis.

C'est ce soir-là que je décidais de la fin de l'histoire amoureuse entre elle et moi. Je l'avais décidé à ce moment précis
où mes lèvres appuyaient les siennes. Je l'avais décidé
parce qu'il était hors de question pour moi de retomber dans
sa toile. Francesca me demandait trop d'efforts. Trop de
contrôle pour ne pas l'embrasser en public, pour ne pas
montrer mon amour pour elle en public. Trop d'efforts à
l'attendre, à la comprendre, à justifier parfois ses errements,
ses faiblesses, sa cruauté, son égoïsme. Ses contradictions
permanentes, ses mensonges, ses certitudes. En fait, elle ne
demandait rien. Puis elle demandait trop. Elle demandait
tout. Puis plus rien.
Cela n'avait plus aucun sens pour moi. Je l'avais aimée,
vraiment, d'amour, de passion même, comme j'avais rarement aimé dans la vie. Sans doute le goût de l'interdit avait
poussé à son paroxysme mon désir pour elle.

Mais enfin, après des années, j'avais accepté ce soir-là, dans
un couloir d'hôtel, que je ne pouvais finalement pas faire
grand-chose pour elle, à part être là, pas très loin, en amie.
En seule amie. J'avais tout tenté avec Francesca pour sou-

lever son couvercle. J'y étais parvenue de rares fois, où elle s'était totalement abandonnée à moi, dans mes bras, mes caresses, ma confiance, mon amour. Mais, une fois revenue à la conscience, elle verrouillait à nouveau sa vie et son propre désir. Pour mieux le nier. Tout son corps disait j'ai envie et sa lutte à elle consistait à résister au plaisir.

Je pensais à tout cela, assise sur l'immense canapé, dans l'appartement vide de Francesca.

J'avais espéré, et j'en ai presque honte aujourd'hui, qu'un événement tragique, qu'un drame ne vienne la réveiller. Ou l'éveiller tout court d'ailleurs. J'allais avoir 49 ans. Peut-être l'âge me faisait-il voir les choses différemment. Mais j'avais réalisé un ouvrage sur la vie après le drame. Je l'avais d'ailleurs intitulé « La vie d'après ».
J'avais rencontré des gens qui me racontaient à quel point leur existence avait basculé dans autre chose, qui après un cancer, un infarctus, un AVC, qui après la perte d'une enfant, d'autres après un accident de voiture.

J'avais même interviewé cette rescapée d'un attentat qui avait eu lieu en France, à Paris, en 2015.

La plupart de ces gens m'avaient raconté la même chose: ils disaient à quel point il leur avait fallu le pire pour enfin goûter vraiment à la vie. Aux petites choses, aux douceurs de la vie. Certains avaient divorcé derrière ça, d'autres avaient quitté leur travail, étaient partis ailleurs. Il y avait même cet homme, un chef d'entreprise, qui avait tout largué après le décès accidentel de sa fille pour aller faire de l'associatif en Birmanie. Pourquoi la Birmanie, il avait été incapable de m'expliquer. Mais il m'avait raconté ce sentiment étrange de s'être réveillé un beau matin et de regarder l'absurde et la vacuité de sa vie jusqu'alors. « Je n'ai rien compris, je n'ai pas profité, j'ai travaillé comme un dingue. Je ne le regrette pas, poursuivait-il, mais à quoi bon tout ça puisque ma petite n'est plus là. C'est pour elle que j'avais fait tout ça, construit ma boîte, mis de l'argent de côté. Et je me suis retrouvé comme un con à 55 ans. Je suis complètement passé à côté d'elle, croyant bien faire. Mais elle, quand elle était petite, elle ne m'avait pas demandé de bosser 12 heures par jour. Je ne l'ai pas vue grandir, je sais c'est un peu con de dire ça aujourd'hui, mais je n'ai pas été là pour elle, ni pour ma femme d'ailleurs. J'ai fait des choix à la con toute ma vie, en pensant bien faire. Bourré de certitudes, de préjugés. Voilà ce que j'étais. Un pauvre con. J'étais pris dans quelque chose que je croyais devoir faire. C'est un piège. La société, le regard des autres sur soi, surtout ceux des proches. Je ne suis pas particulièrement croyant, mais je pense que les événements arrivent pour quelque chose. Qu'il faut en comprendre quelque chose du moins. Ça paraît dingue, ma fille n'est plus là et paradoxalement, malgré la souffrance qui ne me quitte pas une seule seconde, je n'ai jamais été aussi heureux. »

Voilà ce que ce type m'avait raconté. Ça m'avait beaucoup marquée.

A l'occasion de la rédaction de ce livre, j'avais d'ailleurs eu cette conversation avec Davide. Conversation qui avait provoqué un sentiment de malaise, sans que je parvienne vraiment à en comprendre la cause. Je rentrais alors de Charente.

— Francesca est impossible. Je n'ai pas passé un bon moment avec elle cette fois-ci. C'est toujours la roulette russe avec elle. Elle ne sait pas ce qu'elle veut, elle débite des certitudes, ça semble la rassurer mais elle dit trop de conneries. Je la sais intelligente, très intelligente même. Et j'en ai marre de sa posture.

— Ta Francesca, elle est écrasée par son surmoi, m'avait-il alors patiemment éclairé.
Après tout, c'était son boulot ! Il avait poursuivi :
— Elle se fait chier dans sa vie, elle passe son temps à se regarder le nombril. Mais ça lui plaît. C'est comme ça et tu ne peux pas y faire grand-chose. Je suis certain qu'elle t'aime, mais elle aime avant tout l'idée. Regarde à quoi res-

semble sa vie. Elle est seule, elle ne s'amuse pas beaucoup. Contrairement à toi. Elle n'est pas claire avec son désir. Tout est fermé en elle la plupart du temps. Je vais te dire, Ilaria, c'est un exploit que tu aies réussi à la faire basculer.

— Tu as raison, mais j'ai toujours cru que j'arriverai à ouvrir tout ça. Parce que parfois, ça a fonctionné, j'aurais voulu que ça fonctionne toujours.

— Bien sûr que tu aurais voulu que ça fonctionne. C'est normal. Tu es faite comme ça. Tu aimes les autres, tu aimes qu'on t'aime. Mais elle, elle fait partie de ces gens qui peuvent peut-être changer, pardon de te dire ça ainsi, grâce à un drame dans leur vie. Elle l'a déjà fait, par deux fois. Quand elle a eu son accident de voiture à force d'épuisement, et quand elle s'est barrée plusieurs semaines après son burn-out. Tu crois que les gens font des cancers pour quoi ? Parce que c'est tellement bloqué, verrouillé, que le corps parle. C'est un peu réducteur. Parfois, la maladie fait que les gens comprennent enfin. Souvent, c'est trop tard.

— C'est à la fois horrible et vrai ce que tu dis.

— J'en ai dans mon cabinet des gens comme ça. C'est étrange et fascinant à observer, le phénomène du surmoi. Ils arrivent parce qu'ils souffrent, ils ignorent pourquoi, on cherche ensemble, la plupart du temps on trouve. Un beau matin, ils entrent, s'assoient, et me disent : je viens d'apprendre que j'ai un cancer et que je n'en ai plus que pour quelques mois. Crois-moi si tu veux Ilaria, mais c'est à ce moment-là que leur vie prend du sens.

— Comment ça ?

— Eh bien, leur visage change alors. Leur discours aussi. Ils se mettent à penser à ce qu'ils aiment, ils soulèvent le couvercle, tu vois. Attention, pas tous évidemment. Mais ceux-là vivent une vie différente de celle d'avant le drame. On peut même dire qu'ils vivent enfin leur vrai désir.

— Tu n'es quand même pas en train de me dire que seul un bon cancer pourrait sauver Francesca ?

— Si, c'est exactement ce que je suis en train de te dire. Un cancer, un accident, n'importe quoi qui fasse exploser son couvercle.

36

Quelques semaines après son retour à Florence, nous eûmes, Davide, Francesca et moi cette drôle de conversation. Elle avait beaucoup aimé notre nouvel appartement. Lumineux. Moins grand que le précédent. Une grande pièce principale. Du bois. Des livres. Quelques photos. Gigantesques. Des photos que je n'avais pas prises, moi. Des photos achetées dans des galeries, une femme nue, brune évidemment. Une autre, immense, de Brooklyn. Une de Paris. La nuit. De la couleur. Du noir et blanc. Une repro de Hooper. Un tableau représentant l'actrice française Brigitte Bardot du temps de sa splendeur. Tiens, une blonde. Une photo du café Flore à Paris, où j'adorais prendre des verres et des cafés quelle que soit l'heure.

Quelques photos de famille. Deva petite. Deva toute jeune adulte. Une photo de Cuba. Une autre de Key West. Ville que j'adorais.

Une belle cuisine. De larges canapés. Un écran type cinéma. Un bar, fourni. Un bureau. Des livres, moins qu'avant. Des lampes indirectes, beaucoup. Nous y étions à l'aise. C'était moderne. Presque luxueux.

Je lui avais lancé sans vraiment y réfléchir :

— Pourquoi tu ne viendrais pas vivre ici ? Je veux dire, dans la résidence. On ne serait pas loin l'une de l'autre. Ça serait chouette je trouve. Pas d'obligation de se voir tous les jours, on pourrait faire juste à l'envie.

Elle m'avait regardée un peu surprise d'abord, avait répondu un énigmatique pourquoi pas, puis s'était tournée vers Davide :

— Ça ne te dérangerait pas que je vive pas loin de ta femme ?

— Non, du moment que tu n'es pas toujours fourrée chez nous, pas de souci.

Ce qui était bien avec Davide, c'est qu'il ne s'encombrait pas de gants pour dire les choses. Il était honnête, franc, gentil. Mais guère patient. Et probablement moins avec Francesca qu'avec les autres.

— C'est sympa de me dire ça ! Merci Davide !

— Si tu en as envie, fais-le, que veux-tu que je te dise ? Et si Ilaria est heureuse, ça me va. C'est très simple, tu sais, la vie parfois. En plus, toi, tu peux financièrement. Il y a de beaux apparts avec terrasse. Trop chers pour nous, mais je pense abordables pour toi.

— Pourquoi pas. Je vais y réfléchir. Mais c'est une bonne idée.

Nous avions eu précédemment à cette discussion une autre

discussion, celle-là plus chaude.

Je l'avais appelée, avait insisté pour la voir, le temps de prendre un café. Il me fallait absolument clarifier son retour. Je ne me sentais pas de revivre le « Je veux mais ne pourrai » dont elle avait usé avec moi jusqu'à m'en rendre dingue.

Comme à son habitude, elle avait pris un double café, moi un serré. Puis deux.

C'était sorti assez facilement.

— Francesca, je crois que je ne veux pas retomber dans un entre-deux. Je suis bien avec Davide, plus que bien même. Je t'aime encore, mais je ne peux plus faire avec tes « je ne peux pas. » Je veux que nous soyons seulement deux amies. Très proches sans doute, plus proches que ne le veut une amitié habituelle, mais je veux sortir de l'ambiguïté.

— Ilaria, il n'y a pas d'ambiguïté de mon côté. J'ai toujours été claire avec toi. Je ne suis pas attirée par les femmes, et...

Je l'interrompis assez brutalement :

— Je sais que tu n'as pas en général de désir pour d'autres femmes, mais je suis certaine que tu désires que je te désire. Encore aujourd'hui. Tu me fais littéralement craquée, et dans tous les sens du terme d'ailleurs. Si, il y a eu de l'ambiguïté. En permanence. On va arrêter ça. Je n'en peux plus de te courir après. Maintenant que tu es à Florence, ça me fout la trouille. Tu m'as trop fait souffrir. Parce que je l'ai bien voulu, mais pour jouer faut être deux.

Un silence s'installa. Il dura. Elle buvait son café, je la voyais tendue. Son visage s'était fermé.

— Ce que je suis en train de te dire devrait te convenir, puisque tu ne veux pas d'une relation d'amour avec moi. Je ne serai que ton amie. C'est déjà pas mal. J'ignore si je vais y arriver. Mais j'ai décidé. Je ne changerai pas d'avis, sauf si toi, tu casses tes murs.

— Il faut me comprendre Ilaria. Je ne peux pas. Pourtant, je l'ai fait, avec toi. Mais ça m'a rendue malade. Je ne suis pas faite pour ça. Je n'ai pas ta liberté. J'ai essayé. J'aurais aimé y arriver. Je t'ai aimée ; je t'aime toujours d'ailleurs. Mais tu sais comment je suis. Tu as tout compris de moi. Enfin, beaucoup. Mais ce n'est pas mon truc. Tu es allée avec moi au-delà de ce que je peux.

— Ce n'est pas l'impression que ça m'a fait pourtant.
— Arrête, tu me gênes.
— Je ne les ai pas inventés, tes cris, avec moi. Ton plaisir de moi. C'était bien réel. C'était vrai à ce moment-là. Mais ne t'inquiète pas, on arrête tout ça. En revanche, il va falloir tenir ta place d'amie. Parce qu'autant quand je suis amou-

reuse je pardonne beaucoup, je patiente, autant en amitié il faut savoir être à la hauteur. Ça engage, une amitié tu sais. Tu crois que tu sauras ?

Elle soupira, se détendit un peu.
— J'apprendrai à être ton amie.
— Ok. Et ne te formalise pas si je te prends la main, si je t'enlace. Encore une fois ce sera sans arrière-pensée. Tu peux me croire. Je ne m'amuse pas avec toi. Enfin, pas en ce moment précis.

Nous nous serrâmes la main, je l'attirai à moi, l'embrassai tendrement sur la joue. Je la sentais encore une fois comme molle contre moi. Puis elle recula vivement.
— Non, regarde, ça recommence !

— Mais qu'est-ce qui recommence ? C'est dans ta tête. D'ailleurs, je m'en vais, j'ai du travail qui m'attend. Réfléchis à notre proposition. Enfin à ma proposition. Viens vivre près de moi, je m'occuperai de toi. Tu as besoin qu'on s'occupe de toi en permanence. Allez j'y vais.

Elle alluma une cigarette, une énième. Je partis avec une boule dans la gorge et pourtant comme soulagée. Sentiment double de lourdeur et de légèreté. Je savais que j'avais fait le bon choix.

37

C'est ainsi que plusieurs mois après cette discussion Francesca s'installa dans notre immeuble. Comme à son habitude, elle s'était faite prier, avait réfléchi, hésité, avancé avant de reculer, dit oui, puis pourquoi pas, puis je ne sais pas si c'est une si bonne idée, puis et si nous deux ça repart, et tu vas me surveiller à chaque fois qu'un homme me rendra visite, et comment on va faire pour ne pas empiéter sur l'espace de l'autre.

Comme à mon habitude, même si ma patience de nouvelle amie était un peu moins extensible que ma patience d'amoureuse, je l'avais rassurée, écoutée, beaucoup, poussée, un peu. L'avait convaincue que sa vie était auprès de moi, ni trop près ni trop loin, mais que si elle souhaitait rester seule, c'était son choix à elle seule et je le respecterai. De toutes les façons, lui avais-je rappelé, c'est avec Davide que je vis, ce ne sera pas avec toi.

Ça l'avait un peu vexée, mais mon sourire l'avait calmée.
— Tu es train de me dire que tu veux m'avoir sous la main. C'est ça ? Ça n'est pas vraiment fini, n'est-ce pas ?
J'avais soupiré, avais-je envie d'avoir une nouvelle conversation sur mes sentiments et mon désir à son égard ?

— Écoute Francesca, si tu veux faire l'amour avec moi, dis-le clairement. Si tu veux que je te prenne, si tu veux être soumise, dis-le moi. Dis-le. Si tu ne veux pas, alors n'en parle pas s'il te plaît. Parce que je risque de repartir comme une fusée, tu comprends.

— Mais je ne veux absolument pas, comme tu dis, faire ça avec toi. N'importe quoi.

— Je n'ai aucune idée particulière ni malhonnête derrière la tête avec toi. Quand je me taisais, c'est parce que tu me fichais la trouille. Non, ce que je veux, je ne m'en cache pas. Ou plus exactement je ne m'en cache plus. Je veux te voir, souvent et facilement, sans chichis. Après, si tu veux savoir si je suis toujours amoureuse de toi, eh bien je ne te le dirai pas. C'est mon affaire. Je m'en débrouille, de tous ces sentiments mélangés ! Et je te jure que parfois je me contrôle. Mais vraiment !

Elle avait ri, un peu gênée, un peu troublée, mais contente de ma réponse.

Et elle avait acheté un bel appartement, moins grand que le précédent qu'elle avait eu à Florence.

Elle s'était installée ; une espèce de ménage à trois, mais à distance, avait pris vie. Sans règle précise. J'improvisais au quotidien, en fait. Ma vie était auprès de Davide, nous n'étions plus que tous les deux même si Deva, qui poursuivait ses études au Canada, nous rendait visite en moyenne tous les trois mois, parfois un peu plus en fonction de ses examens, de ses stages, parfois un peu moins en fonction de ses amours débutantes aussi.

Avec Davide, nous avions trouvé une sorte de rythme de croisière. Il avait été soulagé, je crois, que je cesse de désirer Francesca. Que je fasse cesser la souffrance. Que je me consacre à lui, à mes romans, à mes voyages, à ma galerie et à mes artistes, à mes rencontres qui se poursuivaient, à mes audaces parfois aventureuses.

Cette aventure-là, ma vie au quotidien avec Davide, et ma vie par intermittence avec Francesca avait duré un peu plus de trois ans. Quatre années particulières, que bon nombre de nos amis ne comprenaient pas. Et je comprenais qu'ils ne comprennent pas.

— Mais Davide, toi, ça te convient que ta femme ait cette histoire ? Et que cette femme soit seulement à quelques mètres ? Tu n'as pas peur, dis-moi !

Davide riait à ces questionnements, auxquels il ne donnait pas de réponse.

Les copains ne comprenaient pas. Mais alors pas du tout. Encore moins quand Francesca passait un moment, pour m'embrasser, boire un verre, parler un peu avec moi, puis repartait dans son univers. Certains trouvaient ça malsain, d'autres excitants, imaginant quelques scènes particulières qui nourriraient probablement leurs nuits ennuyeuses et répétitives.

Je n'avais plus envie, pour ma part, d'expliquer quoi que soit. A personne. J'avais trop parlé dans ma vie à des gens qui ne faisaient pas l'effort d'être courageux, de se confronter au réel. En vieillissant, j'étais devenue non pas intolérante aux autres, à leur douleur, ou à leurs interrogations, mais étanche aux freins des autres. En d'autres termes, étanches aux mauvaises ondes.

— Qu'est-ce que vous ne comprenez pas ? Je n'ai pas de notice à vous donner. Elle vit à deux pas de moi, elle vit sa vie, la mienne est remplie de Davide et de Deva, mais cette femme est là. A côté. Juste à côté. C'est tout. C'est comme ça.

Pour être honnête, il nous avait fallu quelques semaines et même un peu plus pour trouver un équilibre parfois fragile, qui convenait aux trois. J'étais particulièrement attentive à Davide. En permanence, et nous le savions, nous devions travailler sur le nôtre d'équilibre, qui n'avait cessé d'évoluer en fonction de notre âge respectif, de celui de notre fille, puis de l'arrivée aussi soudaine que surprenante d'une femme aussi insaisissable que Francesca. Davide était habitué à ce que des hommes et des femmes entrent dans nos vies. Parfois pour n'y faire qu'un petit tour, d'autres fois pour s'y installer plus durablement mais à distance. Je les appelai les intermittents de notre spectacle. C'était ainsi que nous fonctionnions. Nous savions que nous étions atypiques. Les autres aussi le savaient. Cela pouvait les désarçonner. Les tenter. Les intriguer. Voire les faire fuir. Peu nous importait finalement. Nous avancions dans notre histoire intime, singulière.

Francesca avait les clés de chez nous et nous avions un double de son appartement. Nous avions décidé d'un code entre nous deux d'abord, entre Francesca et moi je veux dire, et entre Davide et toutes les deux.

Si Francesca avait envie de venir me voir, sa question était la suivante, la plupart du temps par sms :
— La voie est libre pour Olga ?
Si je répondais :

— Jean-Paul est en bad moon, Elle ne venait pas.
Si la réponse était :
— Olga est la bienvenue.

Elle accourait.

De mon côté, quand j'avais envie de la voir à l'improviste, et ça pouvait me prendre n'importe quand, un dimanche matin, un soir de semaine, même tard, ma question était :

— Simone peut passer ?

Si la réponse était oui, c'était :

— Olga est impatiente.
Ou bien, limpide mais simple :

— Olga t'attend.

Si la réponse était non, ça donnait :
— Olga danse ailleurs.
Pourquoi Simone, Olga et Jean-Paul ?
Au départ, Francesca avait trouvé ça tiré par les cheveux et Davide avait été plutôt amusé.

Jean-Paul, c'était bien sûr Sartre, Simone, c'était Beauvoir et Olga était l'une des amies-maîtresses de l'intellectuelle française.

Nous avions, Davide et moi, fondé notre pacte d'amour sur le modèle des deux intellectuels français, tout en nous en éloignant librement et rapidement. Mais j'avais, quelques années plus tôt, lu ou relu tout Beauvoir.

Simone de Beauvoir avait souffert d'amour, de jalousie, à en crever. Mais elle était restée jusqu'au bout une femme libre, soumise cependant au diktat de Sartre. Et en relisant son œuvre, j'avais accepté ma propre douleur. Elle, avait écrit dessus. Moi, à mon niveau, à une autre époque, j'avais goûté à cette liberté finalement tout aussi difficile à créer et à respecter dans un siècle et un pays emprunts de religion, de tout autant d'interdits finalement. C'était toujours aussi exigeant et compliqué d'être soi en 1939 qu'en 2020, me semblait-il. En France, le mariage gay avait été voté quelques années auparavant dans un climat violent, délétère, intransigeant, intolérant. Entre les crucifix brandis par les ultra-catholiques, les Musulmans les plus fondamentalistes qui abhorraient toute idée de liberté sexuelle pour les femmes, vraiment, l'époque n'était pas à l'ouverture.

En Italie, nous n'étions qu'à l'union civile, après des années de débats, de discussions, de polémiques, d'excès.

Notre code nous avait paru moins brutal qu'un NON. Derrière notre négation métaphorique pouvait se cacher n'importe quelle situation : je suis fatiguée, je suis occupée, je me repose, j'ai envie d'être seule, on a envie de rester tous les deux, il y a un homme avec moi, nous sommes avec des amis, je suis avec une amie. Je lis, j'écris, je regarde un film.

Tout était possible et notre objectif, enfin surtout le mien, avait été de garder à distance toute vexation, toute blessure narcissique. Et ça fonctionnait bien. Nous étions en permanence sur un fil, c'est vrai. Nous pouvions rester plusieurs jours sans nous voir, Francesca et moi. Je la connaissais par cœur. Elle était capable de demeurer cloîtrée, mutique même. Sans se rendre compte à quel point elle pouvait susciter chez les autres inquiétude d'abord, puis agacement voire colère. Enfin chez moi.

Car elle continuait, parfois, plus rarement c'est vrai, ce jeu qui m'avait exaspéré en son temps, et souvent blessée.

Ce jeu, c'était « Je n'ai pas besoin de toi. Je me passe très bien de toi. » Francesca était une femme incapable, pour des raisons que j'ignorais alors, intimes, propres à son histoire, à son enfance, de dire avec clarté son désir. Son corps et sa tête étaient très souvent en désaccord. Quand je l'avais aimée, physiquement je veux dire, si je m'en étais tenue à ses paroles, rien ne nous serait arrivé. Or, je n'avais fait que recevoir les messages de son corps qui exprimait le désir, l'abandon total. Sa voix disait une chose, son corps en disait une autre. Encore aujourd'hui elle exprimait son envie que je succombe à sa séduction. Elle ne pouvait pas faire autrement que de tenter de me séduire. Pour, après, me mettre à l'amende, me reprocher d'être allée trop loin.

Pour ne pas retomber dans sa toile, et pour protéger ma relation avec Davide, j'avais mis au point un stratagème. Je voulais à tout prix éviter de me trouver sans réponse de sa part. Je jouais le jeu, je me comportais en amie, évitais le plus possible les contacts trop tendres, trop intimes ; elle aimait les contrats, il n'y avait plus aucune raison objective qu'elle ne le respecte pas à son tour. Je le lui avais dit ainsi :

— Tu dois respecter ta part de contrat si tu veux que je respecte la mienne. Ça ne peut pas fonctionner autrement. Quand tu donnes un traitement à un patient, tu veux qu'il le prenne pour qu'il guérisse, n'est-ce pas ? Eh bien nous deux, considère que c'est la même chose.

Elle avait accepté.

Bien sûr il y eut quelques ratés. Francesca ne pouvait pas, à intervalles réguliers, ne pas revenir à son ancien fonctionnement. Je ne dis rien, je disparais, je me complais là-dedans, désire-moi, je te manque, à moi tu ne manques pas j'étais occupée avec moi-même.

Alors, je reprenais les choses en main. On se disputait un peu. Je claquais la porte.
— Bon sang Francesca, ça fait six sms que je t'envoie. Sois polie au moins !

— J'ai quand même le droit d'avoir ma vie. Tu es pénible Ilaria. Vraiment.

— Mais c'est pas le problème, d'avoir ta vie ou pas. Le problème, c'est de respecter ce qu'on a mis au point ensemble.

— Tu es jalouse, exclusive, tu ne supportes pas que je vois d'autres gens que toi ! Je le savais que ça recommencerait !

— Mais qu'est-ce qui recommence ? Tu racontes n'importe quoi Francesca. Tu m'emmerdes. Débrouille-toi toute seule ! Je me barre !

— C'est ça, barre-toi, ça me fera des vacances. J'étouffe!

— Ah ouais, tu étouffes ? Faudrait quand même savoir, je croyais que j'étais ton oxygène !

La porte claquait, je prenais toujours les escaliers pour me calmer dans ces rares moments, je n'entendais jamais la fin de sa phrase. Nous pouvions rester plusieurs jours sur une dispute. Le plus délicat était alors de se croiser dans la rue ou dans la résidence. Ça m'était même arrivé de ne pas lui dire bonjour. Juste de lui lancer un *ça y est t'es calmée ?* Ce à quoi elle répondait invariablement *c'est plutôt à toi qu'il faut le demander.*

Et puis, je lui envoyais un nouveau sms, du genre :

— Simone est malheureuse de ne pas voir son Olga.

354

— Viens !

C'était la réponse que je recevais. Je courais alors, reprenais les escaliers, ouvrait sa porte avec ma clé, et nous nous tombions dans les bras l'une de l'autre. Nous étions absolument ridicules, nous en avions conscience, mais bon dieu que c'était bon !

Trois années étaient ainsi passées. Presque paisibles. Avec Davide, nous avions fait évoluer le pacte. Il avait jugé, et je ne le compris qu'après mais je pense que son objectif était de tenir à distance Francesca, qu'il serait bon pour moi d'entretenir des relations plus durables avec des hommes ou des femmes. En fait, ce qu'il voulait, c'était que je tombe amoureuse de quelqu'un d'autre que Francesca. Que quelqu'un d'autre prenne la place. C'était osé, gonflé, mais pas si risqué que ça. Davide avait toujours pensé que me donner l'autorisation éloignait le vrai danger. Que c'était l'interdiction qui pouvait stimuler chez moi le goût d'être ailleurs. Encore une fois, c'était son pari.

Il ne ressemblait à personne d'autre. C'était probablement l'homme le plus libre qu'il m'ait été donné de croiser dans ma vie. Très indépendant, sauvage presque, solitaire. Et en amour de moi d'une façon unique. Il aimait jouer, et il aimait me faire jouer. D'aucuns auraient pu juger, enfin ils l'ont peut-être fait, que notre jeu avait quelque chose sinon de pervers, du moins de malsain. Nous savions où se situait notre désir. Nous savions aussi que ce désir évoluait. Moi, je ne voulais pas de certaines pratiques que Davide aurait aimées expérimenter avec moi. Alors, il s'autorisait à des fantasmes bien plus trash que les miens. Et alors ? Il était psychanalyste. Il savait.

38

J'avais fait beaucoup pour me détacher de Francesca. Comme si, alors même qu'elle ne m'avait rien demandé, j'avais posé des interdictions. Interdictions de tomber amoureuse de quelqu'un d'autre, et surtout pas d'une autre femme qu'elle. Interdiction de penser à quelqu'un d'autre qu'elle. Je n'ai jamais eu cette discussion avec elle. A quoi bon. Elle aurait nié. A nouveau. Probablement. Nié vouloir me contraindre. Nié ses sentiments intenses pour moi. Nié ses fantasmes pour moi, avec moi. Nié son propre désir. Voire nié le mien, de désir.

— Oh lala, tu fais ce que tu veux, pouvait-elle me lancer quand je lui parlais de rencontre avec untel ou unetelle, de lieux de rencontres. Ah non, quand j'évoquais le nom d'un hôtel, elle disait alors un je ne veux rien savoir. Mais sa bouche dans ces cas-là se pinçait, et partait un peu vers la gauche. L'amertume se lisait sur son visage, l'amertume et aussi une pointe de jalousie, inavouable. Elle, pouvait me raconter ses liaisons, elle n'y voyait aucun inconvénient. Ça ne suscitait d'ailleurs chez moi guère de réaction. A part de l'amusement. Je n'étais pas exclusive, malgré ses affirmations ; je ne voulais simplement pas qu'elle souffre.

Je fis à cette époque deux rencontres simultanées. Un homme et une femme. Je me gardai bien d'abord d'en parler à Francesca, mais Davide fut de toutes les confidences.

L'homme était avocat et je le croisais le matin. Il buvait son café au même endroit que moi. Rien d'exaltant à ça. Plusieurs fois, je remarquais son air coquin. Il était grand, mince, mâchoires un peu carrées, cheveux qui tombaient sur sa nuque. Je pensais, en l'observant à la dérobée, il doit sentir bon le café au lait ou le chocolat chaud. Toujours en costume, un dossier avec lui. Et ce que j'ai aimé au premier coup d'œil, c'est son regard plissé qui disait en gros la vie est sérieuse mais je suis aussi là pour m'amuser.

La femme était mannequin et travaillait dans les relations publiques. Je n'avais pas rencontré depuis Francesca une femme aussi belle. Enfin qui me fit autant d'effet. Enfin que je trouvais aussi belle. D'ailleurs, la première fois que je croisais cette femme, je la scrutais avec une concentration presque indécente. Nous étions dans un cocktail, à un vernissage d'une copine qui exposait un artiste chinois. Il y avait du monde, j'y étais seule, Davide étant encore avec des patients. Nous devions nous retrouver plus tard pour aller dîner ou boire simplement un verre. Je traînais un peu, quand j'aperçus cette grande brune. Ce fut un choc. Non parce qu'elle était d'une grande beauté, il n'y avait que ça en Italie, des beautés sublimes partout, mais plutôt parce qu'il se dégageait d'elle de la joie. Et elle me troubla. Je fixais cette femme, qui me vit la fixer. Me sourit naturellement, avec une grande douceur. A qui je rendis son sourire. Ce fut elle qui s'avança vers moi, interrogative :

— Bonjour. Ou plutôt bonsoir. Nous nous sommes déjà rencontrées, non ?
— Bonsoir. Non, je ne crois pas. Je m'en souviendrais !
Elle rit. Un visage lumineux.

— Pardon, ce que je voulais dire, c'est que je n'oublie jamais. Donc, je m'en souviendrais ! Bon, je m'enfonce, pardonnez-moi ! Je suis Ilaria !

— Et moi Maria.
Et nous nous serrâmes la main. Elle me posa quelques questions, j'y répondis, déjà émue. Puis elle fut happée par sa bande de copines.
— Je vais devoir y aller. A une prochaine peut-être ? J'étais ravie.
Elle m'avait fait perdre mon assurance l'espace de quelques instants. Elle était sûre d'elle, de sa grande beauté, n'en jouait pas plus que de raison, paraissait bien sa peau. Paraissait surtout savoir ce qu'elle voulait. Ou ne voulait pas. Tout dans son regard, son allure, sa bouche, sa façon de se déplacer, tout disait sa douceur.

Ce fut plus facile avec Pasquale. Pas simple, mais facile. Un homme, c'était toujours plus facile pour moi. D'autant plus que les femmes que je choisissais n'étaient pas toujours attirées par les femmes et qu'il me fallait aller chercher loin leur désir pour l'éveiller. Ça m'était arrivé de sortir avec des lesbiennes. Elles me faisaient le même effet qu'un homme, en fait.

Une relation avec un homme ou une lesbienne, c'était assez reposant, car écrite d'avance.

Pasquale cependant n'était pas un homme reposant. Redoutablement intelligent, libre comme pouvait l'être Davide, j'en tombais agréablement, légèrement amoureuse. Je pensais souvent à lui, nous avions instauré une sorte de rituel dans notre relation.

Ce qui est drôle, quand j'y repense, c'est que le premier verre, et avec Pasquale, et avec Maria, se déroula au même endroit. A la même place. Moi dans le même fauteuil.

Maria fut la première à s'y asseoir. J'ignorais à peu près tout d'elle, si ce n'est qu'elle avait été mannequin, animatrice de télé, qu'elle avait représenté une marque de bijoux, qu'elle avait un peu fait l'actrice, et qu'elle travaillait beaucoup dans les Relations publiques. Après notre première rencontre, chaleureuse et naturelle, je la recontactai en tentant un pari un peu surprenant. J'avais trouvé son adresse mail, lui avais écrit un court texte l'invitant à boire un verre. Elle accepta dans la journée.

Notre premier rendez-vous se passa dans un bar de grand hôtel. Un bar que je connaissais bien. Le Monna Lisa. Le bar était un ancien confessionnal. J'arrivai avec un peu d'avance, pour l'observer traverser la pièce moquettée. J'avais fait de même bien des années auparavant avec Francesca, quand nous commencions notre relation. Je voulais en fait me tester. Et tester l'effet que produisait sur moi la belle Maria. Et également assister à l'effet qu'elle produisait sur les personnes attablées dans le bar.

Je fus servie. Sur moi, je ressentis, quand je la vis, élancée, un peu plus grande que Francesca, un peu plus jeune aussi, mais surtout beaucoup plus fluide qu'elle, je ressentis une grande joie. Je sus immédiatement que je l'aimerais énormément. J'étais à une autre période de ma vie. Il y avait Davide, ultra-présent ; Francesca n'était pas loin. Il y avait des rencontres. Je revoyais de temps en temps Sophia, qui s'était entre temps mariée, avait finalement fait un enfant et s'éclatait pas mal dans la maternité. Elle qui ne voulait pas être maman s'était découvert une harmonie dans la relation à un petit être. Qu'elle aimait, parce qu'elle était généreuse. Nous étions devenues très copines. Parfois, un geste traînait, elle me caressait les cheveux, m'embrassait délicatement. Je lui rendais ses baisers, j'avais alors envie d'elle, je le lui disais, elle me répondait il était bien mon petit appart, hein, avec cette chambre- bureau au premier.

Oui, il était bien, et Sophia m'avait procuré avec une facilité déconcertante de jolies sensations. Elle jouait aujourd'hui un peu à la mamma, et avait en fait réussi là où Francesca avait échoué : à mener une existence normale, épanouissante. Et surtout voulu vraiment, pour elle-même, et pas pour apparaître aux yeux du monde comme la femme qui réussit.

Avec Maria, ce fut totalement différent. Si Sophia m'avait bluffée par son rapport quasi-animal à la liberté, si Francesca m'avait épuisée malgré mon amour pour elle, amour qui s'était transformé en tendresse absolue au fil du temps, Maria, la troisième belle brune de ma vie, faisait figure de reconnaissance. Je me reconnaissais en elle, je la reconnaissais. Elle était très belle, très séduisante, joyeuse, fêtarde, avait énormément de copines, de copains, peu d'amis ; elle vivait le soir et la nuit, buvait assez peu, uniquement du champagne et du vin. Vivait seule après un mariage avec un type, très beau lui aussi, un héritier, qui ne comprit rien, de ce qu'elle m'en dit, à sa façon de fonctionner à elle.

— Il a voulu me mettre sous cloche ; il ne supportait pas les regards sur moi. La jalousie, ça va un moment. Je ne peux pas y faire grand chose, à cette beauté. Tu sais que j'en étais arrivée à ne pas me maquiller, à m'habiller comme un sac quand on sortait tous les deux. Mais ça ne lui allait pas non plus parce que j'ai vite compris qu'il aimait avoir à son bras une très belle fille. C'était insoluble, comme histoire. J'ai fini par le tromper, il l'a appris, il était vraiment malheureux, moi aussi. J'ai mis un terme à tout ça. Je ne suis pas certaine d'être faite pour la vie à deux. Ou alors avec la perle ! Comme toi avec ton mari !

Elle me tutoyait, puis reprenait le vouvoiement. Je la laissais passer de l'un à l'autre, sans relever. C'était bien, c'était juste bien. Je ne voulais pas plus. Surtout pas.
Nous avons parlé longuement lors de notre premier rendez-vous. Elle m'a posé des questions, sur l'écriture, « Est-ce difficile, comment ça vient, une histoire, quand écrivez-vous, où écrivez-vous ? Vous gagnez de l'argent avec vos livres ? Vous vous servez des rencontres que vous faites ? Je vais être dans votre livre si je m'en sors bien ? » Et elle riait à cette éventualité, pas du tout gênée que je puise en elle des caractéristiques.

Nous échangeâmes sur sa beauté. Mes questions étaient précises, presqu'indiscrètes et je m'en excusais. Elle me demanda d'être directe.

— Expliquez-moi votre relation au miroir. Aux autres. Aux hommes. A leurs femmes. Est-ce que vous vous trouvez belle ? Tout le temps ? Que faites-vous des regards sur vous ? En jouez-vous ?

Maria me raconta ses parents, sa famille catholique, ses valeurs morales, sa foi en la fidélité malgré sa solitude passagère sans doute, sa recherche de calme et de cocon. Elle avait près de 48 ans, en paraissait 10 de moins. Comme Francesca, il lui arrivait de rougir ; en revanche, elle était claire sur ses intentions, son désir, ne jouait pas avec moi, mais avait très envie de s'amuser.

— Écoute, mon premier souvenir, je te dis ça, je n'y réfléchis pas tous les jours tu sais, je dirais que c'est la voix de mon grand-père. Quand il me surprenait face au miroir, il me disait : fais attention, c'est le diable qui se cache dans le miroir.
Ça me fit sourire. Elle aussi. Mais elle poursuivit :

— Autant te dire que dans ma famille, et surtout chez mes grands-parents qui m'ont en partie élevée, on ne rigolait pas tous les jours. J'ai même deux oncles prêtres à Venise...

364

Et pourtant, Maria avait très jeune basculé dans le monde de la mode et du mannequinat. Elle m'en parla, me donna quelques détails un peu sucrés de cette époque où elle fréquentait les podiums. Mais ne souhaita pas s'éterniser sur ses années de débauche, comme elle me confia plus tard.

— C'est pas que j'en suis pas fière, mais je n'ai jamais fanfaronné sur ma beauté. La beauté, c'est quoi en fait ? De grands yeux, des traits réguliers. Une harmonie. On va pas en faire tout un plat !

La relation évolua vers de l'amitié assez particulière. Beaucoup de tendresse, de jeu aussi rythmaient l'entre-nous. Plusieurs fois je fus tentée de la séduire.

Nous nous écrivions souvent, presque chaque jour. Et tentions de nous voir régulièrement, au moins une à deux fois par mois. Elle me confia un jour ceci :
— Je ne suis pas particulièrement attirée par les femmes, tu sais Ilaria, mais avec toi, si les circonstances l'autorisaient, beaucoup d'alcool, je pense que je pourrais me laisser aller.

Je fus d'abord assez étonnée. Mes réflexes anciens me portaient à un certain conditionnement. Jamais Francesca n'aurait tenu des propos aussi clairs, directs.

— Une hétéro qui veut et qui finalement, se rétracte, j'ai déjà donné tu sais Maria. Ne joue pas à ça avec moi.

Elle fut étonnée du ton agressif de ma réponse, un ton peu courant dans notre relation.

— Je te dis quelque chose de gentil. Pourquoi cette réponse ? Tu veux m'expliquer ?

Elle prit alors un visage grave, ce qui contrastait avec ses yeux habituellement brillants de gourmandise, son petit nez qui se pinçait quand elle était émue, et sa bouche souriante.

Je pris le temps de lui expliquer Francesca. Tout Francesca. Et Davide aussi. Elle m'écoutait avec concentration. Je lui dis l'amour, les amours, l'hésitation, ma liberté et le prix de cette liberté, ma douleur, ma peine, mes emballements. La passion aussi. Je lui dis à peu près tout. Et elle m'écoutait, et je la trouvais belle à tomber. Cette douceur qui se dégageait d'elle à ce moment-là n'avait rien de sexuel. Et je compris alors sa solitude. Et notre rencontre. Et son attachement.

— J'ignorais ton amie, Ilaria. Pardonne-moi si j'ai été indélicate.

— Non, non, tu es honnête. Franche. En ligne droite. Ça me fait du bien. Et je ne vais quand même pas mal prendre ta confidence. Je t'aime vraiment beaucoup, et je suis si heu-

reuse que tu sois entrée dans ma vie Maria. Vraiment heureuse.

Je l'amenai à moi, l'embrassai sur la joue, puis dans le cou.
Elle rit, encore. Me dit :

— C'est agréable !

Je dis :

— Tu ne crains pas les regards des gens sur toi, sur nous?
— Si tu savais comme je m'en contre-fous, du regard des
gens sur moi. J'ai tellement l'habitude qu'on me regarde,
qu'on me mate. Alors, un peu plus un peu moins, tu vois,
Ilaria, C'est pas trop mon problème !

— Et pourtant, si tu regardais derrière toi, tu verrais les
têtes, notamment des mecs !

Nous trinquâmes à un avenir commun, amical, un peu plus
qu'amical. Libre en tous les cas, de faire ou ne pas faire.
— Maintenant que tu m'as mise cette idée-là en tête, je fais
quoi, moi ?

— Laisse faire la vie, Ilaria. Laissons-faire !

39

C'est en la raccompagnant un autre soir à sa voiture, quelques semaines plus tard, alors que nous n'avions pas reparlé de cette éventualité, que nous nous embrassâmes pour la première fois. Ce fut tendre, incroyablement doux. J'avais l'impression d'embrasser un bonbon. Sa peau glissait sous mes doigts, mes lèvres passaient dans son cou, sur ses lèvres. C'était de la barbe à papa fondant dans la bouche. Sucré, doucereux, un goût d'enfance, de fête foraine, de joie. On avait envie de toujours plus, d'en croquer. Et ça fondait sous la langue. Quand je finis par l'embrasser, que je sentis sa langue frôlant la mienne, il faut dire que j'y allais tout en lenteur, tout en sensualité, j'eus envie d'elle. Nous étions dans sa voiture, dans un parking. C'était à la fois excitant, cette situation incongrue, et dans le même temps, ce sous-sol frisait la vulgarité.

Je relevais la tête, la regardais.
— Pourquoi tu arrêtes, Ilaria ? C'est si bon, c'est surprenant. Continue, s'il te plaît, ne pense pas à demain. Continue.
Je lui obéissais, Maria se cabrait quand elle entendait une portière claquer ou des pas taper le sol. Et je crois que c'est justement ça qui l'excitait. Être découverte, être prise la

main dans le sac. Elle me le confirma plus tard, elle aimait faire l'amour dans des lieux inappropriés. Ce soir-là, je ne posai aucune question ; je la caressai, l'embrassai, elle fit de même.

Faire l'amour dans une voiture n'avait rien de confortable, mais j'aimais plus que tout la surprise du moment qu'elle provoqua, elle. Nous en reparlâmes plus tard. Sereinement.

— Si tu savais, Ilaria, comme c'est facile pour moi, de séduire. Mais tu sais, très jeune, j'ai compris que ça ne m'intéressait pas tant que ça. J'arrive, un homme me regarde, il a envie de coucher avec moi. Sa femme me déteste la plupart du temps. Mes copines sont toutes assez superficielles, sympas, gentilles, drôles, des fêtardes. C'est mon milieu. De temps en temps, je tombe amoureuse. Je me dis, cette fois-ci je ne vais pas m'ennuyer. Mais je n'attire pas forcément les plus intelligents. Ou disons que les plus intelligents, ça ne court pas les rues. Déjà, toi tu en as pris un ! Alors, j'essaie de provoquer des scènes plus complexes. Comme avec toi.

— Et ça te comble ?

— Pas toujours. Avec toi, j'ai adoré ! C'était inédit, surprenant, déroutant même ! Ça me nourrit. Ça me fait parfois vibrer. Ça peut paraître étrange de dire ça, mais ma beauté, c'est parfois un handicap. Je n'ai pas à conquérir. Et quand je tente de séduire un homme que je n'attire pas physiquement, ça tourne mal.

— C'est-à-dire ?

— Eh bien, j'ai droit à ce genre de phrase, mais vous croyez que votre beauté vous permet tout, ou bien si vous croyez que je vais vous mettre dans mon lit parce que vous êtes un canon.

Tu vois, ils se font une fierté de me repousser. Ça semble dingue, ce que je raconte. D'ailleurs, il n'y a qu'à toi que je peux en parler. Ces types me repoussent parce que je suis belle. Tu parles d'un drame, finit-elle en explosant de rire.

Moi aussi, ça me fit rire. Je la comprenais. On pouvait être rejeté pour mille raisons, le plus souvent pour des pas assez. Pas assez mince, pas assez jeune, pas assez jolie, pas assez intelligente, pas assez riche, pas assez libre. Pour des trop, c'était quand même plus rare. Trop grande, trop fine, trop drôle, plus rarement. Trop belle, effectivement, j'avais du mal à le croire.

C'est après cette discussion que nous décidâmes de passer pas mal de temps ensemble. J'avais dû me faire à l'idée qu'en public, elle prendrait le pas sur moi, involontairement. Mais elle s'en fichait, elle ne regardait pas ailleurs que dans mon regard quand nous étions en extérieur. Elle me disait :

— Laisse tomber, tu séduis qui tu veux, Ilaria. La beauté n'a rien à voir avec ça. Tu es craquante, sûre de toi, dominatrice. Et ça, les hommes comme les femmes le sentent. Je veux dire, ceux qui ont de l'intérêt. Les autres, les beaufs, les balourds, au moins tu as la paix. Enfin pas toujours. Regarde discrètement le type assis au bout du bar. C'est bien toi qu'il mate, pas moi.

Je tournai le regard, vit effectivement un homme a priori banal qui leva son verre quand mon regard croisa le sien. Il se leva, vint vers nous, et m'interrogea. Il n'avait pas froid aux yeux.
— Vous accepteriez de prendre un verre avec moi ?

— Merci, mais non. Je suis avec mon amie. Les hommes, c'est pas trop notre truc. On a essayé et on a laissé tomber !

Maria renchérit, avec son air sérieux qui me donna envie de sourire :

— Ouais, inutile de vous dire qu'on a en testé quelques-uns. Mais franchement, on est bien mieux entre nous. Entre filles je veux dire ! Bonne soirée et merci pour ma copine quand même !

Le pauvre type repartit s'asseoir.

— Tu vois, tout est tellement écrit d'avance !

Elle avait raison, Maria. Tout était souvent écrit d'avance, avec les hommes.

Ce ne fut pas le cas avec Pasquale.

Pasquale me plut immédiatement. J'en parlais à Davide le soir même, quand je compris que mon attirance n'était pas seulement sexuelle.

— Je suis ennuyée Davide. Je ne sais pas si ce dont j'ai terriblement envie fait partie de notre pacte.

— Je t'écoute Ilaria. On a toujours dit qu'il était possible de faire évoluer le pacte. Tu le sais. Et la condition, tu la connais, c'est que nous soyons tous les deux d'accord.

Je gardais un peu le silence. Entretenir une histoire d'amour, même platonique, même chaotique, mais cependant suivie avec Francesca n'avait pas dérangé Davide. Non, ce qui l'avait exaspéré, c'est bien l'impossible tentation de Francesca.

Je proposais alors à Davide d'aller marcher un peu en ville. Je l'emmenais en fait à la Villa Medicis la Petraia située juste à la frontière de la ville.

Le jardin était en pente, il surmontait une partie de Florence, et j'adorais plus que tout la perspective qu'offrait ce lieu, presque aussi beau que la villa éponyme de Rome. Nous marchâmes dehors quelques minutes, main dans la main. Pour finalement choisir un banc. Le ciel était voilé, comme blanc. Il faisait doux pourtant. Nous sentions les odeurs du jardin, des agrumes.

— Allez, raconte-moi ce qui te tourmente. Que tu peux parfois te torturer toute seule, mon Ilaria.

Cette réflexion me fit sourire.

— Voilà. Ce Pasquale, je t'en ai un peu parlé. C'est un avocat, il prend le café tous les matins à côté de la galerie. J'ignore si c'est dû au hasard, ou s'il fait exprès. Toujours est-il que nous avons commencé à nous saluer, puis à échanger quelques mots, puis à parler. Et je sens que je suis en train de craquer. Un peu même de tomber amoureuse. Je te rassure, enfin, je sais, tu n'as pas besoin d'être rassuré, et je sais aussi que tout ce qui pourra éloigner un peu Francesca, voire prendre sa place, eh bien tu es preneur ! Je n'ai pas envie, mais alors pas du tout, de passer tout mon temps avec lui. Mais je sens, et c'est la première fois depuis très très longtemps avec un homme, que j'ai envie de passer du temps sur la durée. Je veux dire, avec une certaine régularité. Je ne veux pas d'un coup ou deux et puis, pfuit, terminé. Tu comprends ?

Davide me regardait. Il avait un petit sourire. Il ne semblait pas particulièrement perplexe.

— Tu progresses, mon amour, tu progresses. Mais arrête de penser que je suis en compétition. Je ne ressens aucun danger. Aucun. Je trouve même ça plutôt intéressant que tu passes du temps avec un autre homme. Il y a trop de femmes dans ta vie. C'est bien, les femmes, je sais que tu les aimes, enfin que tu en aimes certaines. Plus exactement que tu aimes les belles brunes qui viennent chercher chez toi de la transgression.

Pour ce Pasquale, je ne vois pas où est le problème. Il va sans doute t'inviter à boire un verre, tu vas sans doute accepter. Il va vouloir te revoir, il va t'inviter à dîner. Au resto ou peut-être même chez lui, s'il est célibataire. Ou divorcé. Et tu vas commencer une histoire en étant claire. La seule condition, Ilaria, c'est être claire avec lui. Pas de week- end, pas de vacances. Juste des soirées. Même des nuits. Gaffe aux petits déjs. Pas plus. Explique-lui qui tu es. Qui tu es, toi. Parle de toi, uniquement de toi.

J'avais écouté. Je commençais à avoir un peu froid. Je tremblais même sans même m'en rendre compte. Davide me prit dans ses bras, me frottant ses mains sur ses bras et mes épaules pour me réchauffer.

— Profite, mon amour. Et tous les deux, nous allons prendre quelques jours. Ça te va ? Je vais regarder les vols.

Nous rentrâmes à la maison, il me fit couler un bain. Puis nous fîmes l'amour, avec une réelle tendresse. Sans jeu excessif. Juste l'amour. Simplement des caresses. Des baisers. Comme une redécouverte de nos deux corps pourtant archi connus. Je pouvais fermer les yeux, de Davide je connaissais chaque recoin de son corps. Je savais quand il était sur le point de jouir à son odeur qui soudainement se modifiait ; j'étais apte à appréhender quand son désir s'évanouissait. Ou au contraire quand il était si fort qu'il éjaculait en quelques minutes, sous le coup d'une colère extérieure à notre couple et qui nécessitait d'être expulsée.

Nous nous aimions.

40

Dès le lendemain matin, alors que je n'avais pas prévu de me rendre à la galerie, j'enfourchais mon vélo électrique. Il ne pleuvait pas, malgré une météo grise et capricieuse. Pasquale était à l'heure, comme à peu près tous les matins. Il me sourit quand il me vit. Je n'y allai pas par quatre chemins. Il en fut presque surpris.

— Bon, vous allez vous décider ou bien ?
— Mais qu'est-ce qui vous prend ce matin ? Vous avez mangé du lion ?

— Je me demandais juste quand vous alliez vous décider à m'inviter à boire un verre ! C'est aussi simple que ça !
— Vous trouvez vraiment que c'est aussi simple que ça ? Je vous ai aperçue, je pense que vous étiez avec votre mari. Vous sembliez tous les deux très amoureux. Elle serait où, ma place, dans votre histoire ? J'avoue, je ne vois pas bien !
— OK, je comprends mieux maintenant. Votre hésitation. Comment vous dire ?
— Il n'y a rien à me dire. Vous êtes mariée, vous êtes même bien mariée. Qu'est-ce que vous voulez de moi ?

Son ton était presque hostile mais je décidais de ne pas m'en offusquer. Très vite, j'essayais de me mettre à sa place. Et je le lui dis :

— Pasquale, écoutez-moi. Je pense que vous êtes un homme très intelligent, plutôt libre, évolué. Bon, j'ai un peu l'habitude des Italiens, depuis le temps que je les pratique ! Ces hommes-là sont rares, et pas seulement chez les Italiens d'ailleurs !

Il y a des femmes, dont je fais partie, libres. Il y a des couples, et c'est le fonctionnement du mien, qui sont libres. Donc, invitez-moi ! Et ne me parlez pas de mon mari !

Lui qui plissait souvent les yeux, je lui avais d'ailleurs demandé un matin s'il avait des origines asiatiques, sa réponse négative n'expliquant donc pas ce trait physique plutôt séduisant, cette fois-ci écarquilla le regard. Il me rappelait Francesca, que j'avais un jour surnommé mon hibou, tant elle faisait des grands yeux quand je la dérangeais dans ces certitudes. Cela me fit sourire intérieurement.

— Bon, c'est OK alors ? Vous me direz quand. Et où ! Allez, je file travailler et vous devriez vous aussi vous presser. Il me sourit, et redit cette même phrase entendue plusieurs semaines auparavant :

378

— Mon dieu que vous pouvez être dominatrice ! C'est dingue ça, je n'ai jamais vu de femme comme vous. Et pour être honnête, d'habitude, c'est moi qui décide ! Mais ça me plaît, vous me plaisez en fait. Beaucoup. Je vous dis quand. Et où donc !

Il m'embrassa sur la joue, n'osant pas provoquer en public davantage. Il était bien élevé, même si je devinais en lui un sacré jouisseur.

Il laissa passer quelques jours, une bonne vingtaine si ma mémoire est bonne.

Je profitais de cette attente, qui me nourrissait tant j'étais certaine de l'histoire à écrire avec lui et avec Davide, pour justement me concentrer sur mon travail. Je rencontrai d'autres galeristes, avec qui j'échangeais un peu sur notre travail respectif. En accord avec Davide, qui décida de poser quelques jours, nous programmâmes un voyage d'abord à Montréal pour aller embrasser Deva, puis à New-York où je voulais un peu fouiller ce qu'il s'y passait côté culture. Tout allait tellement vite dans cette partie du monde, contrairement à l'impression que me donnait l'Italie, et pire encore la France, où je n'avais pas remis les pieds depuis le retour de Francesca.

Je vis aussi un peu Francesca. Qui s'éloignait. De quoi, de qui, je n'en savais rien. C'était l'impression qu'elle me donnait. Je lui proposai deux jours toutes les deux. Pour souffler, parler un peu, s'amuser aussi. Elle refusa. Je l'interrogeai. Nous faillîmes une fois de plus nous disputer. Elle suspectait de mauvaises intentions de ma part. Enfin ce qu'elle jugeait négativement. Moi, j'avais toujours un vieux fond de désir pour elle, parfois, un désir fugace qui montait violemment en moi parce qu'un regard, un geste, un frôlement, une caresse sur mon bras, un mot, une phrase.

— Tu crois que je ne te vois pas venir. J'ai quand même l'expérience avec toi !

— Mais de quoi tu parles ? N'importe quoi ! Putain, Francesca, tu es agaçante. Si je ne te désire pas, tu te vexes, si je te désire, tu te bloques, si je te donne des nouvelles, c'est que j'ai une idée saugrenue derrière la tête, si je garde silence, c'est que je t'oublie ou te néglige. Si on se voit avec Davide, tu veux me voir seule. Si je te vois seule, tu veux Davide comme témoin. Si je te demande de tes nouvelles, c'est que j'attends qu'elles soient mauvaises. Ou c'est pour te surveiller. Ou parce que je suis exclusive. Oh, redescends sur terre : je t'invite deux jours, rien de plus.

— Pardon Ilaria, pardon. Je n'y arrive pas, tu vois bien que je n'y arrive pas. Ni avec toi, ni sans toi. Ni avec un homme. Et toi, tout fonctionne.

— Tu n'es quand même pas jalouse ? Et non, tout ne fonctionne pas. Mais je sais me réjouir, contrairement à toi. D'une rencontre, de quelqu'un qui me dit que ça va bien. Et je te l'ai toujours dit, je ne m'occupe pas trop des autres, et de leur avis. Davide est encore pire que moi pour ça ! Viens dîner à la maison alors !

— Oui, c'est une bonne idée et ça me fera du bien. Je viens ce soir ! Et puis, pour les deux jours, pourquoi pas. On verra.

— On verra toujours avec toi. J'aurais dû te surnommer depuis le premier jour Madame On verra plus tard !

Je la pris dans mes bras, la serrant contre moi. Une fois de plus, pour la millième fois, contre mon gré, contre ma volonté, le désir me foudroya. Mal, j'avais à nouveau mal de Francesca, comme à chaque fois. Dans la poitrine, dans le bide, dans le sexe. Comme des coups de poignard, mais plus encore le même produit, illicite, se répandait dans tout mon corps quand je touchais Francesca. Quand je respirais Francesca. Quand je sentais Francesca.

Bon dieu, c'était toujours aussi bon et autant douloureux.

Elle demeurait pour moi un danger, et il me fallait une fois de plus un contrôle important pour ne pas l'embrasser.

Pourtant, j'avais tout et beaucoup dans ma vie. J'avais Davide. Davide, que j'aimais, que je désirais, qui me faisait jouir, qui savait tout de moi. J'avais Pasquale, depuis peu, qui me faisait vibrer et qui suscitait en moi envie et curiosité. J'avais Maria, celle que j'avais d'abord cru être, une seconde, le clone de Francesca avant qu'elle ne révèle immédiatement sa vraie nature, gaie, déterminée, sûre d'elle, parfois amicale, parfois érotique. Toujours généreuse.

Je me détachais de Francesca, je tentais de ne pas laisser paraître ni mon émoi ni mon envie de la repousser, de l'éloigner de moi ; je vis son regard fouiller le mien. J'étais une fois de plus au bord du précipice avec elle et c'est exactement ce que j'attendais d'elle. Encore et toujours. Et là où elle voulait à chaque fois m'emmener, sans doute inconsciemment. Je baignais avec elle en totale incohérence avec moi-même.

— A ce soir alors, je préviens Davide. Viens à 19h, il finit tôt je crois. Nous aurons le temps de boire un verre toutes les deux avant. Je te prépare ton risotto.
Elle m'embrassa tendrement sur la joue, je l'embrassai tendrement sur le front. Je lui pris la main. Elle me dit :

— Arrête Ilaria.
Je lui répondis :

— J'arrête quoi ? Je n'arrête rien du tout. A ce soir ma Francesca.

Le dîner fut bon, nous regardâmes même un film tous les trois, moi installée entre Davide et Francesca. Davide me tenant de temps en temps la main, Francesca n'osant évidemment pas mais collant son épaule contre la mienne. Je sentais son corps et la chaleur qui s'en dégageait, et c'était juste agréable. Davide alla se coucher le premier. Je restais seule avec elle. Nous étions toutes les deux assises sur le même canapé. Et je me tournais vers elle. Je la sentis une nouvelle fois se braquer.

— Attends, je vais te faire un déca, celui que tu aimes. Ok ? Je revins quelques minutes plus tard, elle était allongée, sa nuque sur le bras du canapé. Je m'assis à côté d'elle, et lui pris les pieds dans mes mains. Ils étaient froids. Je les lui frottais doucement, et remontais mes mains sur ses chevilles. Mes doigts tournaient sur sa peau. Je sentais son frisson.
— Tu as froid ? Tu veux une couverture ?

— Non, ce n'est pas ça Ilaria. Et tu le sais bien.
— Je ne ferai rien de plus, Francesca, sauf si tu me le demandes. Et comme tu en es incapable, je vais me contenter

de te caresser les chevilles. Mais tu sais à quel point c'est érotique, une cheville ?

Je la vis rougir, sourire, je l'entendis un peu marmonner. Et je sentis qu'elle se détendait.

Que c'était compliqué, à force, de tout expliquer, de rassurer en permanence, et même de se justifier. Je passai outre une fois de plus. Et lui demandai, pour la provoquer :
— Tu crois qu'on peut jouir par les chevilles ?

Elle s'étouffa alors qu'elle buvait une gorgée de son déca.

— Ça va pas ! Putain, mais t'es vraiment obsédée !
— Tu veux pas que j'essaie et tu me dis si ça marche ? Elle faillit s'emporter, mais reconnut mon air taquin.

— Andouille !
Je poursuivais pourtant mes caresses et remontais même un peu vers les mollets.
— Ferme les yeux, laisse-toi un peu aller. Je ne fais rien de mal, et toi non plus d'ailleurs. Laisse-moi faire.
Je la vis s'allonger un peu plus, se mettant à l'aise. Je lui passai un coussin pour qu'elle s'en serve comme oreiller. Elle posa sa tasse vide par terre. Elle finit même par somnoler, puis par s'endormir sur le sofa. Je la regardais dormir d'abord. Observai son visage. Un peu marqué par le temps,

mais pas trop. Elle vieillissait bien. Quand elle dormait, elle semblait même apaisée. Ses traits étaient moins tirés que quand elle était éveillée, l'abandon semblait total.

Je me levai, posai sur son corps une couverture, embrassai son front très délicatement. Je partis me coucher, l'abandonnant à ses rêves et à sa solitude.

Le lendemain matin, elle n'était plus là, la couverture était pliée, la tasse propre sur l'évier. Et un petit mot :

« Je me suis réveillée dans la nuit. Je suis rentrée. C'est bien, les chevilles. Tu as raison. Merci. Bisous »

41

J'avais eu un gros coup de mou après cette fin de soirée passée avec Francesca. Je ne me l'expliquais pas trop tout d'abord. Un sentiment agréable avait précédé un malaise grandissant en moi. C'était toujours la même histoire avec Francesca, et elle était la seule à me faire ce triple effet. D'abord la mission de la rendre heureuse, puis la conquête et le sentiment d'aboutir, et enfin une sensation de dépression atmosphérique, qu'en toxicomanie on aurait pu appeler la descente. Combien d'auteurs avaient écrit sur cette question ?

Cette fois-là, et c'est ça que je ne m'expliquais pas, un autre sentiment, comme une prémonition, ne me lâchait pas. Je ne comprenais pas. La soirée avait été agréable. Était-ce d'avoir trouvé le canapé sans Francesca le lendemain matin qui m'avait donné comme un goût de départ, de fuite même ? Voire d'abandon ?

Toujours est-il que les jours qui suivirent, je me traînais. Comme à mon habitude, comme un alcoolique en fait qui soignait l'alcool par l'alcool, je soignais le mal d'amour par l'amour. Je ne connaissais pas, me concernant, d'autre traitement efficace.

Davide était absent de Florence pour une bonne semaine. Avant nos vacances prévues ensemble, il était parti pour animer au Brésil une série de séminaires de psychanalyse avec des confrères. On se mailait beaucoup, on se parlait via la nouvelle application de notre opérateur une fois par jour, malgré le décalage horaire. Il m'avait proposé de l'accompagner d'abord, mais j'avais décliné. J'avais besoin de calme, de silence. Pas envie, de mondanités, de cocktails sans fin à répondre à des questions sans intérêt à des gens sans intérêt. Pas envie de faire du shopping seule. Quitte à être seule, je préférais l'être chez moi. Avec mes repères. Davide comprenait très bien ces moments, rares mais intenses, comme douloureux, que je pouvais traverser. Il s'était même réjoui un jour :

— Enfin, tu oses laisser venir cette mélancolie qui fait partie de toi. Ça change !
— Je repoussais tout ça pour Deva. Et pour toi. Enfin, pour notre vie de famille à tous les trois. Probablement parce que je ne pouvais pas faire autrement. J'étais en chemin, en quelque sorte.

— Je comprends. Laisse aller et venir alors, mon amour!

Je me retrouvai donc seule. Francesca était là, je le savais. A l'autre bout de notre résidence. Je ne la contactai pas trop et ne lui proposai pas que l'on se voie. Prétextant trop d'occupations.

C'est d'abord Maria que j'eus envie de voir. J'avais envie de sa beauté lumineuse. Plus exactement, j'en avais besoin. C'était ça pour moi, Maria. De la chaleur. Beaucoup de sincérité. Une parole directe mais toujours douce. Une forme de liberté qui m'était devenue précieuse. Et qui équilibrait ma vie. Elle m'en prenait, de la chaleur, mais surtout elle m'en donnait. Cette femme-là savait donner. N'avait pas peur de donner. Aimait donner. Je ne sais pas si elle l'avait appris, si on lui avait appris, ou si ces choses-là s'apprenaient. Ce que je savais en revanche, c'est qu'elle ne me vidait pas comme Francesca avait pu le faire.

Par un simple échange de sms, l'affaire fut bouclée. Maria passerait me prendre et m'emmènerait dans un endroit à elle. Pour me changer les idées, dit-elle.

Ce qu'elle fit, et ma foi très bien !

Elle m'invita ce soir-là dans un lieu à la mode où se côtoyaient people locaux, sportifs, escorts.

— Ça va me rappeler un peu le boulot, mais je suis sûre qu'on va s'amuser. On ne fait rien, on n'accepte aucune invitation. On ne fait que regarder, commenter et rire. Ça te va Ilaria ?

— Ça me va très bien, même !

Et c'est que nous fîmes. Perchées sur des tabourets hauts, côte à côte, presque serrées, nous regardâmes, nous commentâmes, avec beaucoup de rires échangés. Beaucoup.

Maria m'avait emmenée dans un bar lounge, qui faisait aussi boîte de nuit. Nous dansâmes d'ailleurs un peu. Surtout, nous observâmes. Je vis à quel point elle attirait les regards. Elle a beaucoup joué ce soir-là, avec certains hommes. Pour m'amuser.

— Tu as vu comme je sais bien faire la cruche. Les mecs adorent. Mais ce soir, je le fais juste pour toi. Tu aimes quand je fais la dinde ?

— J'aime tout de toi, Maria. C'est drôle, cette façon que tu as d'incliner légèrement la tête quand tu fais semblant de séduire ces mecs.

— Un truc qu'on t'apprend quand tu fais des shootings.

— Et il y a quelqu'un qui te plaît, ce soir ?

— Ça va pas ! Je suis avec toi, je repartirai avec toi ! Tu veux que je danse ? Pour toi ?

Et elle se leva, après avoir bu un peu de champagne, et dansa un bon quart d'heure, en fermant souvent les yeux. Je savais qu'elle pensait à moi. Je la regardais bouger, presque lascivement, entourée d'hommes et de femmes, qui la désiraient pour les premiers, l'enviaient pour les secondes. Elle était vraiment belle, une apparition. Mais ce qui me faisait

390

fondre, et me rendait parfois mélancolique, c'était sa gentillesse à mon égard. Elle était d'une bonté dénuée de tout
calcul. Elle était elle, pleine de doutes qu'elle me racontait
parfois.

Elle me raccompagna, je l'invitai à monter, elle accepta.
— Qu'est-ce que tu veux faire de moi, Ilaria ?
— Je n'ai aucune idée derrière la tête ! Comme d'habitude.
Ça la fit rire, évidemment.

La soirée fut chaste. J'avais mis de la musique. Nous avions
un peu trop bu et pourtant, nous nous servîmes de la vodka.
Deux chacune.

Elle me parla de son enfance, elle se livra beaucoup. Son
rapport à la religion, comment elle s'en était détachée,
presque violemment en partant dans le monde de la mode.
Comment ces valeurs-là l'avaient pourtant et sans paradoxe
protégée aussi des excès, de la violence du milieu.

— La mode, c'est le milieu le plus violent que je connaisse.
Peut-être parce que je ne connais pas celui de la politique,
tu me diras !
— La politique aussi, c'est très violent. Mais ce sont
souvent des violents contre des violents, tu vois. Donc, s'ils
s'entretuent symboliquement, c'est un peu parce qu'ils l'ont

choisi et qu'ils ne peuvent pas faire autrement... Le pouvoir, ça n'est que de l'adrénaline.

Celui qui entre en politique pour changer le monde se plante, à moins d'être Gandhi et il y en a un par siècle. Et encore. Les autres, ce sont soit des mâles dominants, soit des chiens de meute qui veulent devenir chef de la meute. Qu'ils en aient ou non les capacités, l'intelligence, le talent. J'ai rarement vu autant de personnes inaptes à exercer des fonctions de pouvoir au mètre carré ! Et pourtant à le vouloir si fort !

— Je vois. Alors que la mode, ce sont des gamines, ou des gamins d'ailleurs ; eux, ils rêvent. Qu'ils sont les plus beaux, qu'on va forcément les aimer, les adorer, les cajoler. Alors bien sûr, ça arrive, qu'on les cajole. Mais neuf fois sur dix, les filles, pour ce que j'en ai vu et vécu surtout, se prennent un râteau. Et ça les déstabilise avec une force que tu n'imagines même pas. Je ne sais pas si ça te fait ça avec tes livres. Je veux dire, si quelqu'un vient te voir et te dit : votre livre, c'est une merde.

Tu réagis comment ?
— Ben ça dépend. De qui ça vient, du jour où ça tombe. C'est certain, ça ne me fait pas plaisir, mais en fait, les livres, je les écris d'abord pour moi. C'est comme une né-

cessité. Comme si je ne pouvais pas faire autrement que d'écrire telle ou telle histoire, tu vois. La beauté, il me semble ma belle Maria, c'est un peu autre chose. Enfin, le rapport des autres à la beauté. Tu te souviens, ça a été notre première discussion.

— Oui, je m'en souviens bien. Ça m'avait bien plu ! Quand tu prends dans un casting dix filles, dix belles filles, et ça m'est arrivé, tout le temps en fait, qu'est-ce qui fait qu'une telle est choisie et pas les neuf autres ? Sincèrement, je n'ai toujours pas la réponse. On prend toutes bien la lumière, on est toutes belles, on dégage toutes quelque chose. Eh bien, des filles magnifiques dévastées parce qu'elles ne sont pas l'élue, j'en ai vues un nombre incalculable. C'est franchement terrible.

— Et toi, dans tout ça ?
— Moi, mon équilibre, je l'ai puisé dans la religion. Dans la foi plus exactement. La spiritualité. Appelle ça comme tu veux ! C'est mon truc à moi. Une sorte de tuteur. Je sais, ça fait bizarre à entendre, mais c'est comme ça. Ne fais pas cette tête-là ! Mes valeurs, elles sont solides. J'ai choisi un milieu professionnel à l'opposé de la religion. Et pourtant, j'ai la sensation que c'est ça qui m'a fait tenir. Ou plutôt rester droite, je veux dire. Malgré les tentations, les périodes où je me sentais vraiment seule, perdue. C'est étrange, c'est

393

même difficile à expliquer. Comme si ma vie avait été sans arrêt un jeu de ping pong avec là d'où je viens et là où je suis. Les deux se sont répondus. Comme en écho.

— Mais c'est quoi, cette histoire de religion ? Tu pries ? Tu te repens des horreurs que tu fais ? Ou que tu pourrais faire mais que tu ne fais pas ?

— Non non ! Pas du tout !

Elle rit à l'idée de la confession.

— Tu me vois entrer dans une église, et confier à un curé mes pires fantasmes ?

— Ah ça oui alors, je te vois parfaitement sortir de là avec deux Avé et trois Pater ! Et je t'imagine bien faire ta prière du soir, agenouillée au bord de ton lit, en tenue de nuit. Une grande chemise de nuit écru. Légèrement transparente. Rien que t'imaginer ainsi, ça me fait des choses !

Elle riait toujours, acceptant bien volontiers que je la taquine, comme elle disait toujours !

— Non, ça n'est pas comme ça que ça se passe. D'ailleurs, pour être honnête, je ne sais pas bien comment ça se passe. Je suis structurée ainsi. Je me fie à ce qui est bon ou mauvais pour moi. Tu sais, j'aurais pu participer à des partouzes, me faire sauter par des tas de types, riches, même me faire entretenir et arrêter de bosser. Faire l'escort. Mais non. Je sais que ce n'est pas mon truc. Je ne me raconte pas d'histoires sur moi. Tu pourrais en parler sans doute mieux

394

que moi, et comme tu dis souvent, mon désir à moi n'est pas là-dedans.

— Mais reconnais qu'il y a quelque chose de pas clair. Tu es catholique, une vraie Italienne ! Mais tu as choisi un milieu quand même assez ouvert, libre, presque dangereux.

— Libre ? Pas tant que ça ! Toutes ces filles ne sont pas si libres que ça. En quoi elles sont libres ? Parce qu'elles couchent à droite à gauche, parce qu'elles sniffent de la coke ? Parce qu'elles se font vomir ou ne bouffent rien à part la fameuse feuille de salade ? Je t'assure Ilaria, il faut être sacrément structurée pour ne pas se casser la gueule. Crois- moi.

— Comme partout, tu ne crois pas ?

— Je sais ce que tu veux dire. Que c'est quand même plus dur de faire la caissière jusqu'à 20h avant de rentrer chez soi s'occuper seule de la marmaille. T'as raison, c'est presque indécent de se plaindre de faire des shootings au Brésil ou au Bahamas. Mais toutes ces gamines, enfin beaucoup sont détruites par ce milieu. Justement parce qu'elles n'ont aucune base. Alors peut-être que moi je me suis inventée un cadre et ça a été la religion parce que c'était mon éducation. Quand tu as deux prêtres dans la famille, ça marque quand même !

— Mais c'est drôle que tu parviennes à passer de cette

bombe atomique que tu es en public, à cette femme calme et posée dans le privé.

— Et laquelle tu préfères ? Dis-moi!

— J'aime beaucoup les deux. La Maria publique est sublime, sublimement belle je trouve. Ce que tu dégages, c'est dingue. Enfin je trouve. Et la Maria privée est très attachante. D'ailleurs, je suis attachée ! Regarde !

Et je tendis mes deux mains, pour lui montrer que j'étais prise au piège.

— Tu veux que je te menotte ? Tu as ça ici ? C'est votre truc avec Davide ?

Elle me fit rire avec cette réflexion qui sortait bien de la bouche d'une catho !

— Non, ça n'est pas trop nous. On a essayé, mais c'est vite lassant ! Et toi, tu aimes ça ?

Elle baissa les yeux comme pour mieux réfléchir à ma question et surtout peser sa réponse. Quand elle faisait cette sorte de moue, son nez se pinçait et c'était juste beau à observer. Comme si elle gardait un peu plus d'oxygène que nécessaire. Elle releva vite le visage :

— Non, je suis assez sage. Tu le sais bien. Comparée à toi, je veux dire ! Elle s'approcha, je la serrai un peu dans mes bras, l'embrassai dans le creux de l'oreille. Elle me sourit. Je lui caressai ses longs cheveux châtain. Mais n'allai pas plus loin. Le moment était beau, la tendresse et la douceur qui s'en dégageaient étaient suffisantes. Je ne cherchais pas davantage et elle non plus.

Elle dormit à la maison. Avec moi. Toutes les deux en tee-shirts. Chastes donc. Elle se glissa contre moi, même si elle était bien plus grande, c'était une petite fille que je tenais dans mes bras, l'embrassant sur ses cheveux, lui parlant avec délicatesse, lui disant toute mon affection pour elle. Je ne savais pas si je l'aimais, je savais que je l'aimais énormément et ça me rendait heureuse. Je ne sentais avec elle, auprès d'elle, aucun danger. La nuit fut paisible, agréable, calme. Elle bougea un peu, elle s'agitant même. Elle rêvait. Oui, en fait, je l'aimais.

Le deuxième moment que je privilégiai fut avec Pasquale. Il m'avait proposé quelques jours auparavant un rendez-vous. Que j'avais d'abord décliné, prétextant trop de travail. Mon coup de fatigue moral, je le gardais pour moi.

Finalement, la soirée avec Maria m'avait bien reboostée. Elle avait sur moi cet effet. Et visiblement, la réciproque était vraie.

Davide m'aimait, me supportait, me coachait, m'encourageait, m'admirait.

Francesca m'aimait, se l'interdisait, me cherchait, me trouvait, puis me fuyait. M'écartait. M'éloignait. M'épuisait.

Ce fut un matin que j'eus, enfin, dira Davide au moment de mon récit, le désir de voir Pasquale. D'en savoir plus. Enfin, j'avais envie de sa peau, de son odeur, de ses muscles. Enfin, je me sentais prête à démarrer une relation. Une relation avec un homme, avec un autre homme que Davide. Je lui envoyai un court sms, franc, pas trop direct. Je savais que ça pouvait l'agacer.

— Bonjour Pasquale. Après un temps intensif de travail, j'aimerais beaucoup que nous passions un moment ensemble. Ce soir, par exemple ? Ilaria.
La réponse arriva trois heures plus tard. Le oui l'emportait et il me donna rendez-vous dans un bar. Je choisis le même où j'avais rencontré pour la première fois Maria.

Nous prîmes un verre. Il en commanda un second. Avant de recevoir un coup de fil d'un confrère. Pour une urgence. Il s'en excusa, m'invita chez lui pour le soir suivant. J'acceptai.

Je savais parfaitement de quoi j'avais envie. J'avais envie de me rendre chez un homme vraiment charmant, presque beau, oui en fait il l'était, beau ; j'avais envie d'un homme qui m'ouvrirait sa porte, en jean, pieds nus. J'avais envie d'un homme qui cuisinerait pour moi, pour nous, qui ouvrirait une bonne bouteille, un vin français, un peu fort, tannique. J'avais envie d'un cliché. Un beau cliché. Un truc nouveau, que Davide ne pouvait plus m'offrir. C'était bien la seule qu'il ne pouvait plus m'offrir !

Ce fut exactement ce qu'il se passa. Il me semblait que pour lui plaire et le mettre vraiment à l'aise, il me fallait être la femme amoureuse, en désir. Désir de se laisser mener et non de décider. Et non la dominatrice qui l'avait certes attiré mais qui pouvait aussi à tout moment castrer sa virilité. Je jouais donc ce rôle, mais en demi-mesure. Je l'interrogeais, les hommes aimaient qu'on les fasse parler d'eux. Les femmes aussi, d'ailleurs ! Il ouvrit comme dans mon espoir un Château-Margaux, d'une bonne année. Son appartement était élégant, bien rangé. Pasquale avait un petit quelque chose de méthodique qui, sans doute m'aurait agacé si j'avais dû vivre avec lui, mais qui était rassurant pour les moments que nous partagerions à l'avenir. Il avait du goût, pour les meubles, pour les tapis, les lampes, les tableaux et surtout les photos. Je remarquais effectivement quelques clichés intéressants. Il m'expliqua que sa sœur était photographe, passionnée du Japon. Les photos couleur représentaient aussi bien la densité étouffante des villes japonaises que la campagne et les bains qui laissaient flotter une atmosphère particulièrement zen.

Et puis, alors que nous parlions du Japon, soudainement, il me prit mon verre, le posa sur une table, m'enlaça et m'embrassa. Je me laissai totalement faire, totalement aller. J'en avais envie, moi aussi, et j'avais surtout envie que l'on me prenne. Que l'on prenne l'initiative. Qu'on ne me demande pas mon avis. Qu'on me bascule, qu'on me bouscule. Ce que fit très exactement Pasquale. Son baiser fut fougueux, il parlait un peu aussi. En me tutoyant :

— Depuis le temps que tu me fais courir, Ilaria, je n'en peux plus. Je ne laisse jamais une femme se comporter ainsi avec moi. C'est toujours moi qui décide. Sauf avec toi. Et c'est ça qui me plaît. Que j'aime ton côté dominateur. Viens. Viens dans ma chambre.

Sa chambre était elle aussi rangée, ordonnée, propre. Avait-il changé les draps peu avant ma visite, c'était fort probable. Je devinais en Pasquale une élégance rare chez la plupart des hommes que j'avais pu croiser dans ma vie. Il était parfait. Bien élevé. Trop peut-être pour que j'en tombe vraiment amoureuse. Et puis, Davide était là, bien là. Même à 8000 kilomètres, mon homme c'était Davide.

Pasquale me fit l'amour comme on fait l'amour la première fois. Il découvrait avec sagesse d'abord mon corps, l'embrassait, le caressait, n'oubliait pas une parcelle de peau. Et c'était agréable. Je me laissais complètement faire, ses mains étaient douces. Il passait sa langue un peu partout, mais j'avoue me souvenir avec précision quand il parcourut l'intérieur de mes cuisses. Sans doute sentit-il que je prenais un plaisir fou à sentir sa langue remonter lentement. Ce fut un moment délicieux. Ravissant. Hors du temps.

Qui cessa par une odeur de brûlé.
— Merde, j'ai complètement oublié d'éteindre le feu. Merde merde merde !
Il partit en courant, nu, vers la cuisine. Je regardais ses fesses. Jolies fesses. Pas aussi belles que celles de Davide. Davide avait le plus beau fessier de Florence, voire d'Italie !

Il revint, tout penaud.C'est brûlé. Quel con. Je suis désolé.Ne t'inquiète pas. On a deux solutions. Ou tu nous fais des pâtes au beurre, comme pour les enfants. Ou on s'habille et on mange dehors! Allez, viens, je t'emmène dans un bistro sympa : ça te va ?Eh bien, dis-moi, avec toi, c'est simple. On a l'impression que rien n'est grave. Mon ex-femme, je lui faisais un coup comme ça, elle hurlait et faisait la gueule pendant deux jours. Comme quoi je ne pensais pas à elle, enfin ce genre de conneries ! Mais moi, je sais que tu pensais à moi, enfin surtout à mon cul !

Cela le fit rire ! Il se détendit un peu. Nous dînâmes dehors. Puis j'acceptai de remonter chez lui. Où sa bonne bouteille nous attendait. Je lui demandais de m'appeler un taxi, j'avais trop bu pour conduire, ou même rentrer à pied.

— Dors ici. Avec moi.
— Je veux bien. Mais Pasquale, écoute-moi bien : je suis heureuse de rester avec toi, mais nous ne formons pas un couple. Je sais, je suis un peu directe, mais je veux que ce soit clair.
— Ok, tu m'as déjà expliqué. Je ne m'emballerai pas. Je vais prendre une douche, j'ai trop chaud.

Je fouillais dans mon sac, vis que trois sms m'attendaient. Un de Davide, qui voulait tout savoir de ma soirée, m'embrassait. Et me disait avoir hâte d'entendre mon récit. Et encore plus hâte de me retrouver.

Je lui répondais. Je savais que c'était l'aube pour lui. Il le trouverait à son réveil.
Un autre sms de Maria. Qui se faisait avec moi de plus en plus charmante, prenant exemple sur ma façon de faire. Clairement, nous flirtions.

— Alors, petite coquine, où es-tu donc passée ? J'ai beaucoup aimé notre soirée. Et notre nuit. A la prochaine. Soirée. Et nuit. M.

Je répondrais plus tard. Elle devait dormir.

Et enfin, un sms de Francesca était arrivé tardivement. Ce fut celui qui me perturba le plus. Il me suffisait, encore aujourd'hui, de lire le nom de Francesca pour que mes tripes se tordent. De bonheur d'abord. Puis d'inquiétude.

— Mon Ilaria, bonsoir. Je crois que tu n'es pas chez toi. J'avais envie de parler un peu. Je me sens fatiguée en ce moment. Je ne sais pas ce que j'ai. Bon, on va pas s'inquiéter pour rien. Bonne soirée, ou plutôt bonne nuit. Bise.

Je connaissais trop bien Francesca pour, au contraire, m'inquiéter. Je lui envoyai, malgré l'heure très tardive, ceci :
— Je suis dehors mais je ne suis pas loin de toi. Tu le sais que je ne suis jamais loin de toi. Je t'appelle demain matin et tu me dis ce qui t'arrive. Je t'embrasse fort. Repose-toi.

Et alors que Pasquale se couchait, finalement, je me décidai à répondre à Maria. J'écrivis ceci :
— Pour moi aussi cette soirée, et plus encore cette nuit, furent délicieuses. On refait quand tu veux. Demain soir?

Les heures passées avec Pasquale ne m'avaient pas permis de mettre de la distance avec mon histoire. Ou plus exactement avec mes histoires. Ma vie était ainsi. Un vrai cœur d'artichaut, se moquait l'une de mes amies. Comme elle avait raison. Je ne pouvais cesser d'aimer, de vibrer, de m'emballer, mais aussi de protéger.

J'attendais maintenant le retour de Davide, prévu pour deux jours plus tard.

42

Souvent, les gens disent, ah si j'avais su. Si j'avais su que la
vie passerait si vite, si j'avais su que je tomberais malade, si
j'avais su le coût de la douleur, si j'avais su à quel point la
santé est précieuse... Si j'avais su comme j'aimais la vie, si
j'avais su écouter, donner, partager, si j'avais su moins
m'appesantir sur des problèmes futiles, si j'avais su être
courageux, si j'avais su mieux regarder, si j'avais su que la
peur était le pire des freins, si j'avais su à quel point l'éducation, mon éducation a fait de moi cet individu éloigné de
son désir, si j'avais su que ne pas avoir mal dans mon corps
est un bien précieux, si j'avais su tout ça, sans doute aurais-
je touché du doigt le bonheur, la joie. Pourquoi ne l'ai-je
pas su plus tôt ? Pourquoi est-ce souvent si tard, trop tard,
que l'on sait ?

Pour ma part, j'avais passé une partie de ma vie à apprendre
à savoir. Et l'autre partie à essayer d'apprendre aux autres.
Parfois au même moment d'ailleurs. Comme une forme de
mission. Je me souviens, au tout premier temps de notre
histoire avec Davide, lui avoir dit, sous le coup de la colère
et de la frustration, alors qu'il n'était qu'un tout jeune psy-

chanalyste, débutant, balbutiant même, je me souviens lui avoir dit ceci :

— Tu me fais penser à une toile de maître, mais une toile vide. Ou plus exactement une toile à remplir de sens, de figures, de couleurs. Une toile à colorer, oui c'est exactement ça Davide. Tu vas te décider à t'en saisir, de cette toile ? Ou bien tu vas passer ta vie à l'éviter ?

Ma colère venait d'un sentiment qui m'avait sauté au visage. Je voyais Davide dans l'incapacité de se sortir d'une autre toile, celle-là une toile d'araignée dans laquelle l'avait emprisonnée sa mère. Cette mère-là était en tout point la femme à fuir. Mais c'était la mère de Davide, il l'aimait et la fuyait. Son frère, plus jeune, avait été radical. Il était parti vivre en Indonésie et avait coupé tout contact avec sa mère. Il appelait Davide deux ou trois fois dans l'année et n'était jamais revenu en Italie depuis son départ, plus de 15 ans auparavant.

Souvent, quand Davide rendait visite à sa mère, ou qu'elle l'appelait pour lui annoncer qu'une fois de plus, mais que cette fois-ci c'était définitif, c'était sûr, qu'elle ne reviendrait pas sur sa parole, elle allait mettre fin à ses jours, il murait ses émotions. Elle prévenait donc son fils. Qui s'inquiétait. Et, s'il ne s'inquiétait pas car il connaissait par cœur sa mère, il culpabilisait de ne pas s'inquiéter. Situation inextricable, la toile d'araignée dans toute son horreur pour un fils bien constitué. Et doublement responsable, puisque son cadet était loin.

J'avais donc fini un après-midi, un dimanche, par me mettre en colère. Je ne voulais pas qu'il me renvoie cette image d'un homme faible, soumis. Cette femme-là lui était nuisible, donc nous était nuisible. Il entama un énorme travail sur lui-même. Et il parvint, malgré sa douleur, malgré une situation parfois en déséquilibre, à donner moins de prise à cette femme toxique.

Ma vie, ça avait donc été celle-là. Quand j'aimais, j'étais certaine de parvenir à finalement sauver l'autre.

Voilà sans doute pourquoi le coup de fil de Francesca, plus encore que la simple mais foudroyante annonce de sa maladie plus tard, me transperça. Je vécus sa maladie d'abord comme un échec personnel.

J'avais fini par revendre ma galerie. Je n'avais plus le temps de la gérer, plus l'envie de parcourir le monde et les résidences d'artistes pour dénicher la perle rare. J'avais adoré cette période de ma vie, qui m'avait permis de voyager, de faire des rencontres intéressantes. Je n'étais plus certaine aujourd'hui d'avoir envie de porter à bout de bras des artistes en devenir, des artistes en plein doute malgré leur talent évident. Des artistes dépressifs, maniaco-dépressifs mais absolument géniaux pour certains, destructeurs pour d'autres.

Non, j'écrivais. Ou plus exactement je vivais et j'écrivais ce que je vivais. Il m'arrivait de répondre à des commandes. Mais ce qui me rendait plus que tout heureuse était ce rituel que j'avais instauré dès mes premières pages d'écritures des années auparavant. Mon ordinateur, une bougie, Bach, mon carnet. Un café allongé. Parfois un whisky, en fait seulement quand j'écrivais le dimanche soir.

C'est rassurant, un rituel.

Francesca et sa maladie soudaine et fulgurante bousculèrent tout.

Il y avait eu ce sms que j'avais reçu pendant ma première soirée avec Pasquale, où elle évoquait une fatigue anormale. Puis ce coup de fil, un matin, où elle me faisait part de ses fortes douleurs dans la tête et dans la nuque.

— Ilaria, c'est moi. Pardon, je te dérange peut-être. Dis-moi si tu es occupée. Mais j'ai une douleur terrible dans la tête depuis quelques jours. Je me sens fatiguée, je me sens mal.

Je l'avais accompagnée passer les premiers examens. Il me semble qu'elle avait compris, bien avant moi, que la maladie était là. Que la maladie l'avait envahie sournoisement. Qu'elle attendait patiemment son heure.

Et que l'heure était venue.

Quelques années auparavant, alors que je lui avais rendue visite en France, ne m'avait-elle pas dit, je ne me souviens plus des termes exacts, mais sa phrase ressemblait à « Il faut que je prenne des forces, je sens que je vais en avoir besoin. » Une phrase qui m'avait interloquée alors.

Le verdict fut sans appel.
— Madame, souhaitez-vous que votre amie soit présente?
Elle m'avait regardée, avait souri, à peine, m'avait serré la main. Et, imperturbable, avait asséné au professeur qui tenait du bout des doigts son scanner du cerveau.
— Oui, je veux que mon amie entende ce que je vais entendre. Allez-y, j'ai compris que ce n'était pas très bon. Allez-y. Je suis médecin. N'ayez pas peur.
— Très bien madame. Voyez ce scanner. Vos douleurs intenses, ce que vous avez, vos migraines, viennent de là.
Elle le lui arracha des mains, resta concentrée comme s'il ne s'agissait pas d'elle. Je la vis changer de visage, se décomposer.

— Est-ce opérable ?

Le ton, polaire de Francesca me glaça. Moi, je n'étais pas de la partie, et mon côté optimiste, bagarreur, fit que je mis du temps à comprendre.

Elle se tourna vers moi. Son regard était terrible. J'y déchiffrai alors de la terreur et une lucidité hors norme. Comme s'il avait fallu attendre la maladie pour qu'elle affronte la vérité de sa vie.

— Non Madame, ça ne l'est pas. Nous pourrions certes essayé, mais les chances sont si infimes que je préfère vous le dire : c'est incurable.

La question que j'avais entendue des dizaines de fois dans les films, Francesca la posa :

— Combien de temps ?

— Deux, peut-être trois mois. Peut-être plus. Vous le savez comme moi, on ne sait jamais avec exactitude. Ce sera rapide Madame. Mais nous allons entamer un traitement pour vous soulager. Je suis vraiment désolé.

— Vous n'avez pas à l'être.

J'étais tétanisée. Je ne comprenais pas les paroles qui s'échangeaient. Je savais ce qu'elles signifiaient mais quelque chose en moi, qui n'était pas le déni, c'était autre chose, une incapacité à penser ma vie sans Francesca, m'interdisait de visualiser sa mort. Son absence.

Elle se leva, comme si la consultation qui s'achevait avait été normale, ordinaire. Elle salua le professeur.
— Madame, vous ne pouvez pas partir ainsi. Nous devons parler du protocole. De la douleur.

— Oui, nous en parlerons. Je vais aller marcher un peu. Je ne sais pas ce que je vais faire en fait. Merci. Au revoir.

Et se tournant une nouvelle fois vers moi, elle me dit :
— Bon, tu viens ? On y va. On a des choses à faire. Allez.
Je me levai comme un zombie. Je ne parvenais pas à prendre un visage ordinaire. J'avais l'impression d'être en dessous de tout. Toutes les phrases qui me venaient à l'esprit me paraissaient ridicules. Inappropriées. Décalées. Alors, je me taisais. Lâchement.

En sortant de l'hôpital, enfin elle craqua. Elle s'écroula contre un mur en pierre. Je l'empêchai de se cogner la tête contre le dur.
— Arrête, arrête ça tout de suite. On va aller voir un autre spécialiste. Après tout, c'est qui ce mec ? On n'est jamais certain, en médecine, tu le sais bien Francesca.

Elle me regarda, avec une dureté que j'avais déjà vue chez elle. Puis elle se calma. Ses yeux étaient explosifs. Elle s'appuyait contre le mur, levait la tête vers le ciel, respirait fort. Tapait son poing droit à s'en faire mal, presque saigner. Je finis par oser m'approcher. Tout au long de notre histoire, j'avais sollicité son contact physique au prix d'un dépassement de ma peur. Cette fois-ci, le désir était absent de mon geste et j'étais bien incapable d'identifier de quoi il s'agissait. J'étais pétrifiée, c'était aussi simple que ça. Tout au long de notre histoire, je l'avais sollicitée pour la vie, et c'est la mort qui régnait.

Je la pris dans mes bras, et ce fut moi qui pleurais. Elle était comme vidée de tout. La vie déjà partait d'elle. Je ne le savais pas encore, mais ses dernières semaines seraient à la fois surprenantes, intenses, inoubliables, angoissantes. Tout ce que Francesca avait été au cours de son existence.

Je la ramenais chez elle. Elle me demanda à rester seule. Me dit :
— Je t'appelle demain matin. Ou peut-être ce soir. Je dois me reposer. Penser à ce qui risque de se passer. Je ne sais pas qui je dois prévenir. Qui je vais prévenir. Sans doute les proches, en fait je ne sais pas. Michel aussi ? J'en sais rien. Je vais me poser un peu. Je te fais signe.

J'avais failli lui répondre cette pensée qui m'avait traversée l'esprit, et dont j'eus vraiment honte :

— N'attends pas trop pour m'appeler, parce que le temps, maintenant, n'est plus notre allié.

Je m'étais tue. Je l'avais embrassée.

Je rentrai chez moi. Dévastée. Je téléphonais à Davide. Qui vint dans l'heure, annulant même deux séances avec des patients.

Elle consulta un autre spécialiste, qui lui confirma le premier diagnostic. Elle fit le tour des marabouts de la ville. Elle rencontra un Africain qui lui demanda, comme dans les films, d'apporter un poulet. « On vous a envoûtée Madame » lui avait-il dit. Que pouvait-il lui dire d'autre ? Puis elle se soigna auprès de médecines parallèles. Je ne l'empêchais pas, à quoi bon ? Certains rendez-vous lui faisaient du bien. Elle alla voir une spécialiste en shiatsu, qui détecta un mal. Francesca s'était bien gardée de lui confier de quoi elle souffrait. Elle voulait laisser toute latitude aux différents soignants qu'elle consultait. Francesca se livra en revanche sur sa vie, et les deux femmes travaillèrent ensemble pour faire en sorte que les énergies circulent autant que faire se peut.

Elle se rendit également chez deux voyantes, qui prédirent à Francesca un avenir radieux. Un homme. Des voyages. De la sérénité. C'est sans doute ce à quoi elle aspirait et que les voyantes devinaient.

Elle venait en courant chez moi :
— Tu vois, Ilaria, c'est peut-être des conneries. Peut-être que je ne suis pas vraiment malade en fait. D'ailleurs, je n'ai pas eu mal depuis ce matin. C'est un signe, tu ne crois pas ?
— Peut-être, peut-être. Sans doute même. Viens, on va faire un tour. J'ai déniché un endroit sympa pas loin. Ils font bar, salon de thé, boutique de fringues.

Et je l'emmenais avec moi, nous partions bras dessous bras dessus dans les rues du quartier. Elle passait un bon moment, nous parlions comme si rien de morbide n'assombrissait notre horizon. Je lui racontais des rencontres, des gens, des artistes. Je la faisais rire. Elle me conseillait :

— Tu devrais écrire sur ce sujet Ilaria. Moi ça m'intéresserait de lire ce que tu pourrais raconter sur ce sujet.
Le sujet, ça pouvait être n'importe quoi. Une femme qui dit à son mari « Avec toi je n'ai jamais les coudées franches », un homme qui dit à ses enfants sur son lit de mort, « Je veux que vous fassiez pousser des roses dans le jardin, après moi. »

— D'accord, je vais écrire sur le sujet de ton choix, pour toi et tu seras ma première lectrice.

Son visage alors se transformait radicalement, passant d'une seconde à l'autre de la paix à la peur.

— Tu sais bien que je ne lirai plus jamais un seul de tes livres à paraître, ni d'ailleurs aucun livre à paraître.

Le silence devenait lourd. Je l'avoue, mes yeux s'embuaient, parfois, je fuyais aux toilettes prétextant une soudaine envie. Et je pleurais en m'enfermant. Je ressortais, les traits un peu tirés. Le nez rougi. Elle ne faisait aucun commentaire. Pas un « Tu es enrhumée » ou pire, « Tu as pleuré ». Nous nous tenions alors la main sans parler. A quoi bon ? Qu'y avait-il à dire ? Et puis elle demandait à rentrer, je la raccompagnais chez elle. Elle se sentait épuisée, avait des douleurs dans les yeux. Elle pouvait alors dormir plus de 24 heures. Je passais régulièrement chez elle, lui porter à manger, voir si elle buvait un peu. Je lui faisais couler des bains. Je voyais son corps. J'aurais peut-être dû continuer mon manège avec elle, pour l'accompagner jusqu'au bout dans sa séduction. Elle restait belle, même si son regard trahissait souvent le grand départ. Ou était-ce mon imagination ?

Plusieurs semaines passèrent ainsi, à la vitesse de l'éclair. J'aurais voulu apprécier chaque seconde à ses côtés. Mais j'avais peur, moi aussi.

Son état se dégrada d'un coup. Des parties de son cerveau étaient endommagés. Et si elle ne souffrait pas autant que nous aurions pu le craindre, elle changea de caractère les dernières semaines de sa vie. Elle se mit en tête de réécrire le Nouveau testament. Elle sortait de moins en moins, avait beaucoup maigri malgré les petits plats que Davide lui préparait. Elle n'y touchait guère. Ses amies aussi étaient à ses côtés. Moi, je ne la quittais plus. Je l'avais décidé, de peur de regretter. De manquer. Un événement, un regard. Je voulais me souvenir de tout. De la texture de sa peau, de son odeur qui, malgré les médicaments, n'avait pas été altérée. De ses cheveux. De ses chevilles. Son nez. Ses pommettes. Ses lèvres, que j'avais tant aimées embrasser malgré ses réserves, ses réticences, ses résistances.

J'allai donc lui acheter le Nouveau Testament. Elle s'enfermait alors dans sa chambre, et elle écrivait des heures durant. Qu'écrivait-elle, je ne le sus jamais puisqu'elle sortait dans la soirée de la pièce avec les papiers noircis, se rendait dans sa cuisine, craquait une allumette et foutait le feu à son travail de l'après-midi. Je ne commentais pas, à quoi bon ? Qu'aurais-je pu lui dire ? Que tout ça n'avait aucun sens, qu'elle aurait mieux fait d'occuper le peu de temps qui lui restait à des choses utiles. A quoi bon ?

Elle décida aussi d'acheter un bateau pour, disait-elle, une fois guérie, aller aux Marquises. Pourquoi les Marquises, mystère. Je savais qu'elle aimait ce chanteur français, Jacques Brel, que Michel lui avait fait découvrir. Je l'empêchai cependant de se porter acquéreur d'un voilier sur Internet. Prétextant qu'elle devrait d'abord prendre des cours.

— Tu as raison, je vais faire les choses dans l'ordre. Je vais finir de réécrire les textes sacrés, après je prends des cours, tu penses qu'il faut quoi, une vingtaine d'heures ? Puis j'achète le voilier. Tu viendras me voir quand je serai là-bas ?

Je le lui promettais, d'ailleurs je lui promettais tout ce qu'elle voulait. Elle était redevenue la petite fille qu'elle avait sans doute été avant. Qu'elle avait été un jour.

Car elle finit, un soir de parfaite lucidité, en tous les cas c'est ce que je voulus croire, à me raconter son drame initial. Jamais ça ne m'avait effleuré l'esprit. Elle avait été abusée par un confrère de son père, alors qu'elle n'avait que 10 ans.

— Mais le pire, si je puis dire, c'est la réaction de mon père qui a surpris ce sale type, le pantalon baissé, m'obligeant à.

Je ne sais pas comment dire. Ben à sucer sa bite. Tu sais ce qu'il a dit.

— Non, dis-moi, si tu en as envie. Enfin si tu y arrives.

— Il m'a regardé presque méchamment. Et il a lancé de cette voix qui peut être parfois glaçante : Francesca, rhabille-toi, tu n'as pas honte ?

— Mais ton père est un salaud !

Ma réaction avait été immédiate. La sienne aussi, parce qu'elle me gifla. Je ne m'y attendais pas. Je saisis son poignet, le serra fort, à lui faire mal.

— Francesca, c'était pas à toi d'avoir honte. Tu le sais bien, quand même, à ton âge. Si je t'ai blessée au sujet de ton père, ce n'était pas volontaire. Mais ce qu'il t'a dit ce jour-là, tu sais à quel point ça a pu modifier ton appréhension du monde. Des hommes. Des relations humaines. Et surtout ton estime de toi-même. Pourquoi tu ne m'en as jamais parlé ? Ça aurait été tellement plus clair pour moi, si j'avais su tout ça.

Les larmes coulèrent sur ses joues, je tentai de les essuyer de mes doigts, doucement, délicatement.

— Je ne sais pas, Ilaria. Je n'ai pas eu le courage nécessaire. J'aurais tellement voulu que mon père soit fier de moi, tu sais. Toute ma vie, j'ai cherché à lui faire plaisir. En fait à me faire pardonner la honte. Ça, j'ai eu honte. Le pire, tiens je me répète, c'est que ce type est venu dîner à la maison comme si de rien n'était, qu'il me fallait lui faire la bise, qu'il me lançait de regards en biais. J'en tremblais. Et mon père ne disait rien. Et ma mère ne disait rien. Je ne sais même pas si elle savait d'ailleurs. Ce que j'ai pu les détester. Et j'avais encore plus honte de les détester. Dans ma tête d'enfant, c'est moi qui avais fauté, pas eux. Tu te rends compte, pas une seule fois je me suis dit ils ne t'ont pas protégée. Je crois que si cette pensée était alors venue à ma conscience, j'en serais morte. J'ai tenu 50 ans au moins ! C'est déjà pas si mal.

Elle sourit, un sourire triste, résigné. Je souris avec elle, pris sa main dans sa main.

— Francesca, tu sais que tu n'avais pas à avoir honte ? Je veux dire, tu le ressens aujourd'hui ? Tu l'as bien intégré n'est-ce pas ?Oui, c'est fait. Mais j'ai perdu tant de temps. Toute ma vie j'aurais travaillé à débloquer. Pour quoi à l'arrivée ? Une tumeur au cerveau. Super.

— Ne réduis pas ta vie à ça. Je veux dire, tu n'es pas passée d'un viol à la maladie. Tu as vécu, tu as aimé, on t'a aimé, des tas d'hommes, et moi. Je peux dire que je t'ai aimée et désirée, et encore aujourd'hui d'ailleurs et aujourd'hui tu ne m'empêcheras pas de te le dire !

— Je le sais. On fait tous comme on peut. Mais je ne sais pas ce qui m'a manqué ou ce qui a été abîmé pour que je ne sois pas foutue d'assumer mon corps, mon désir. Comme avec toi. J'en avais envie, mais j'avais tellement honte d'avoir envie d'une femme, si tu savais. Ça me faisait souffrir, je me disais, non, il ne faut pas, c'est malsain, c'est sale. Quelle conne.

— Les rôles qu'on fige dans les familles se figent immanquablement. Et ignorent le temps qui passe, Francesca.

— Je pense que la vie, c'est comme la fragmentation. On est en mille morceaux, parce que la mère, parce que le père, parce que les places de chacun. Les rôles, comme tu dis. Et toute sa vie, on cherche à récupérer, plutôt à recoller les morceaux. Mais on n'y arrive jamais totalement. On n'est jamais vraiment au complet.

— J'ignorais que tu ressentais de la honte. Je savais pour ta peur. Je savais pour tes blocages, on en a parlé un nombre de fois incalculables. Je pensais que tu étais avant tout une séductrice qui aimait séduire mais qu'aimer t'ennuyait. Je te trouvais si belle, tu sais.

— Mais tu ne me le disais jamais!
— C'est vrai ! C'était ma petite vengeance quand tu me repoussais !

— En plus, les deux ou trois fois où je t'ai vue avec ta copine, celle qui a été mannequin...

— Elle l'est toujours !

— Oui c'est bon on a compris que tu la trouves sublime, eh bien justement tu lui disais, devant moi, comment elle s'appelle déjà ?

— Maria.

— Oui, eh bien tu disais devant moi, Maria je te trouve très belle avec cette robe, cette veste, ou je ne sais quoi. Que tu pouvais m'énerver ! Tu le faisais exprès ?

— Oui, je le faisais pour t'agacer ! Pas seulement, en fait. C'est une belle personne. Bien sûr que je te trouvais belle mais les rares fois où je te l'ai dit, tu as pris cet air supérieur qui pouvait me mettre en rogne. Du coup, je ne te faisais pas ce plaisir-là.

Ces discussions furent de plus en plus rares. Elle était fatiguée, ses forces commençaient à lui manquer, mais plus encore la conscience la quittait. Je le compris vraiment le jour où l'une de ses copines m'appela. A la voix inquiète, je sus alors que le moment se rapprochait.

— Elle raconte n'importe quoi, elle me demande de prévenir ses enfants. J'ai beau lui dire qu'elle n'en a pas, qu'elle n'en a jamais eu, elle insiste. Elle m'a même engueulée. Ilaria, on fait quoi ?

— On prévient son toubib. Je m'en occupe.

Il l'hospitalisa, arguant qu'elle ne pouvait plus rester seule.
Elle tomba rapidement dans le coma. Une semaine après,
elle mourut. Seule. Une nuit. J'avais demandé à avoir un lit
de camp auprès d'elle, ce qui m'avait été accordé. Francesca
se débrouilla pourtant pour me tenir à distance une dernière
fois. J'étais rentrée chez moi pour me doucher, manger un
peu, passer quelques heures avec Davide. J'étais tellement
épuisée de la veiller que je m'étais endormie sur le canapé
de notre salon. Me réveillant subitement à 5 heures du matin.

Il m'avait fallu à peine une vingtaine de minutes tant j'avais
roulé vite pour rejoindre l'hôpital et la chambre de Francesca.

La chambre était vide, le lit déjà refait pour un patient à venir.

43

Francesca était morte depuis quelques semaines. Une fin foudroyante, un comble pour elle qui avait été si lente à vivre sa vie. Ca s'était passé tellement vite que ça me paraissait encore irréel. Ca l'était, d'ailleurs. J'étais comateuse. Je pleurais beaucoup, seule. Chez moi, sous la douche, dans la rue. Il fallait alors que je m'assois, n'importe où, sur un banc, un muret, un trottoir. Il me fallait un soutien. Mes jambes ne me portaient plus et ça pouvait durer plusieurs minutes.

Je me vidais de chagrin.

Davide parla à Deva. Qui m'ordonna de venir passer quelques jours avec elle. Ça marchait bien pour elle, elle aimait toujours autant le Canada. Elle était devenue une jeune femme apaisée, énergique pourtant, mais surtout déterminée. Quand je regardais des photos d'elle bébé, je reconnaissais ce même regard fort. Il ne vous lâchait pas. Arrivée à la vingtaine, elle était d'une autonomie désarmante parfois pour nous, ses parents.

Davide m'avait laissée partir rejoindre notre fille, qui m'avait préparé un sacré road trip dans le Grand Nord. Il viendrait ensuite. Je n'aimais pas particulièrement le froid, mais l'idée de passer du temps avec Deva, de vivre quelque chose de neuf, de m'éloigner de tout ce qui pouvait me faire penser à Francesca, à sa mort, à son absence définitive, eh bien j'étais preneuse.

J'avais passé les semaines précédentes à, selon les jours, m'activer pour régler toutes les affaires de mon amie ; à pleurer ; à réfléchir à son histoire.

J'étais dévastée. Comme à mon habitude, cette fichue habitude dont je ne parvenais à me défaire, je contrôlais, pour l'entourage. Qui n'exigeait pas ça de moi. C'était ma façon de lutter contre le chagrin.

Maria m'avait encouragée aussi à partir, un peu. Elle serait là, à mon retour, m'avait-elle promis.

— Pour tout, avait-elle ajouté, mystérieuse et toujours taquine. Nous allons nous écrire tous les jours d'accord, m'avait-elle dit. Tu es une personne précieuse pour moi Ilaria. Tu es là, dans ma vie, et tu y restes.

Je partais donc avec une nouvelle promesse, celle de Maria, à laquelle je croyais.

Davide était fatigué de m'accompagner dans ce périple, même s'il savait que je ne m'y attarderais pas éternellement.

Il avait senti venir la dépression en moi, m'avait fait prescrire un peu de chimie pour tempérer mes humeurs et surtout les gonfler. Il m'avait entourée. M'avait demandé de penser à un déménagement.

— On ne peut pas rester ici. Tout te fait penser à elle. On prend notre temps, mais on part.

— J'aurais l'impression de l'abandonner, Davide.

— Tu ne l'abandonnes pas, qu'est-ce que tu racontes Ilaria ! Je sais que tu as mal, je vois ta tristesse, elle est immense. Moi aussi j'ai de la peine. Mais elle ne peut pas tout envahir. Va voir Deva, change d'atmosphère, change d'air. De paysage. Passe du temps seule s'il le faut. Mais arrête, maintenant. Fais confiance en la vie, comme tu as toujours fait. Je vous rejoindrai. Tu ne trahis personne, et surtout pas Francesca. Au contraire. Tu as mal, mais avance. Je t'aime. Tu m'aimes. N'oublie pas le pacte. Accroche-toi à ça. Tu vas y arriver. Et emporte avec toi quelque chose d'elle.

Je fis mes bagages. Je pris son briquet. Ce vieux truc, sans couleur, que je lui avais offert au tout début. Voilà, je pourrais le transporter avec moi sans que cela soit un poids. J'avais retrouvé aussi une petite boîte à musique, un cadeau que je lui avais fait. Elle était sur mon bureau, et n'en bougerait plus. Seulement pour ce voyage-là.

Davide m'accompagna à l'aéroport. Il m'embrassa, me dit :

— Donne-moi une quinzaine de jours. Je te rejoins. Et je mets en vente l'appartement. Je m'occupe de tout. S'il le faut, on ira vivre à l'hôtel quelque temps !

Deva m'attendait de l'autre côté de l'Atlantique. Nous partîmes toutes les deux pour ce voyage inédit. J'avais mon ordinateur avec moi, ma fille aimée. Elle était si belle.

— Tu es belle, tu sais Deva ?

— Maman, tu me l'as dit 1000 fois déjà que j'étais belle.

— Et je t'ai dit combien de fois que je t'aimais ?

—Un million de fois.

— Seulement ?

— Un million de fois par année ! Maman, je le sais, ne t'inquiète pas. Tu es une sacrée maman. Va écrire, plutôt que de dire des bêtises. Va vite ma petite maman. Moi aussi, je t'aime. Moi aussi je trouve que tu es belle. File maintenant. Ca suffit, tu deviens lourde. Allez, j'ai du travail. Des mails à envoyer. On se retrouve pour dîner!

44

Tout cela finalement n'avait été qu'un rêve. Un rêve éveillé qu'il me faudrait écrire.

J'allumai alors mon ordinateur, ouvris un fichier, le baptisai « Une folie » et entamai mon nouveau livre.

« Elle n'avait pas seulement été mon amie,

Elle avait été une folie...

FIN

Mille mercis à Richard et Lucie. Toujours là. Eux pour moi,
moi pour eux.

A Anne-Laure D., pour son amitié indéfectible, sa générosi-
té, notre énergie contagieuse.

A Isabelle D., pour son avant-bras gauche si doux, ses vi-
brations et sa nature romanesque.

A Véronique R., pour son whisky, son franc-parler, nos
échanges constructifs depuis si longtemps.

A Alexandra LG., pour le très bel effet de surprise, sa
confiance et nos confidences.

A Laurence C., pour ses précieux conseils médicaux.

A Brigitte B., pour son amour des mots, sa liberté et son
courage.

A Valérie D., pour ses encouragements, sa foi dans la création et son rire.

A Gwenaelle P., pour ses conseils, et sa qualité d'écoute et
d'écriture et son humour ravageur.

A Chanel numéro 5.

A Paillette, sacré chat, jamais très loin de l'ordinateur.

Printed in Germany
by Amazon Distribution
GmbH, Leipzig